KB154238

붓신

# 2

도몬 후유지 지음

250여 년 전 파탄직전의 에도막부를 살려낸
한 지도자의 실화소설

굿인포메이션

개혁은 반대자들이나
부패한 적대자들을 몰아내는 것만이 아니다.
그것은 구성원들의 의식을 바꾸는 것이며
동시에 그들의 경제를 풍요롭게 하는 것이다.
- 본문 중에서

# 역자서문

이 소설은 지금으로부터 250여 년 전 일본 봉건사회에서 성공적으로 개혁을 추진했던 한 통치자의 이야기를 쓴 것이다. 암울했던 시대에 밝은 빛을 던져준 그는 이미 미국 케네디 대통령이 가장 존경하는 일본인이라고 칭송한 바 있으며, 변화와 혁신이 어느 때보다 절실하게 요구되는 오늘날의 우리에게도 그의 이야기는 매우 소중한 힘이 되어줄 것이라 믿어 이 소설을 번역 출판하게 되었다.

이 글은 1700년대 후반 약 2백60개의 번으로 구성된 막번체제의 에도 시대를 배경으로 한다. 당시의 일본사회는 각각의 번이 에도 막부의 지배와 간섭을 받으면서도 번주를 중심으로 자율적인 정부를 구성하여 관할 번민을 통치하는 일종의 봉건사회였다. 따라서 하나의 번은 그 자체로서 하나의 나라였고 번주도 그 안에서는 하나의 왕과 같은 존재였다.

이 소설은 극심한 궁핍과 부채로 번의 재정이 파탄지경에 이르고 번민은 만성적인 무기력과 패배의식에 빠진 요네자와라는 번에 열일곱 살의 젊은 청년이 양자의 신분으로 번주가 되면서부터 이야기가 시작된다. 당시 일본의 대다수 번이 그러했듯이 소설의 배경인 요네자와 번도 관습과 절차, 형식에 사로잡혀 위기에 처한 현상을 극복하지 못하고 자신의 지위만을 지키려는 보신주의적인 중신들과 그러한 중신들을 원망하면서 체념에 빠진 번민들로 구성되어 있는 '죽어 있는 나라', 곧 '재의 나라'에 불과하였다. 그런데 이러한 재의 나라에 주인공인 청년 번주가 '불씨', 즉 과감히 현상을 타파하고 희망을 심어주는 개혁의 불을 붙이기 시작하면서 사람들의 마음 하나하나에 '불씨'가 옮겨지게 되고 온갖 난관을 극복하면서 마침내는 번 전체를 개혁의 뜨거운 용광로로 만들어간다는 이야기이다.

이 소설에서는 종래의 역사소설이나 기업소설이 갖는 비문학성을 탈피하고자 노력한 흔적이 엿보인다. 그럼에도 불구하고 작가의 뛰어난 문체나 적절한 비유를 충분히 살리지 못한 번역에 아쉬움을 금할 수가 없다. 부족하나마 다음을 참고하여 읽으면 이 글을 이해하는 데 도움이 되리라 생각한다.

첫째, 소설의 등장인물과 활동무대를 독자가 속한 환경의 그것과 비교하면서 읽었으면 한다. 요네자와 번을 하나의 기업이나 단체, 나아가 국가 단위로, 번주를 최고경영자나 단체의 장으로, 개혁의 주체세력인 '찬밥파'나 수구세력인 중신들을 관리자층으로 간주하여 보면 이해가 쉽고 재미있을 것이다. 그래서 이 소설을 읽는 독자가 회사의 경영자나 관리자, 혹은 현실을 개선하려는 의욕을 가진 어떤 사람이건 간에 유용한 시사점을 찾게 되리라 믿어 의심치 않는다.

둘째, 주인공 우에스기 요잔의 개혁이 성공할 수 있었던 요인이 과연 무엇인가를 스스로 찾아보면서 읽어주었으면 한다. 무엇보다도 우에스기 요잔의 순수하면서도 철저한 개혁이념과 굽히지 않는 강인한 추진의지, 그리고 일선에서 개혁이념을 실체화시켰던 개혁 주체들의 고귀한 희생이 있었기에 가능했다는 사실을 눈여겨보아야 할 것이다.

번역작업을 마치면서 역자는 진정한 개혁의 성공적인 모델을 찾을 수 있었다. 진정한 개혁이란 부정부패의 환부를 도려내는 것뿐만 아니라 구태의연한 의식과 관습을 획기적으로 뜯

어고치는 것이며, 궁극적으로는 누구나 다 가지고 있는 '타인에 대한 헤아림'이 자연스럽게 교류하도록 하여 서로 믿고 사는 사회를 이룩하는 것이다. 그런데 이러한 개혁의 성공에는 그 개혁의 추진과정이 실질적으로 구성원들의 부富를 목적으로 하여 그들의 물적 욕구를 충족시키면서 경제재건을 이룩해야 한다는 필요조건이 있음을 간과해서는 안 된다. 그것은 구성원 하나하나의 물질적인 기대치가 충족되어야만 비로소 개혁의 성공을 인정하게 되고 또 자발적이고 능동적으로 참여하게 되기 때문이다.

　오늘 우리가 함께하고 있는 변화와 혁신은 분명히 당시의 요네자와 번과 흡사하다. 무언가 해보자는 모두의 마음은 진정 역사를 바꿀 수 있는 것이다. 우리에게는 할 수 있는 능력이 있고 또 그런 경험도 있다. 지금 우리에게 필요한 것은 무엇인가에 대한 답이 이 소설 속에 있으며, 우리의 독자는 충분히 그것을 발견하리라고 믿는다. 요네자와 번의 출중한 인물들이 겪은 파란만장한 삶과 고뇌가, 거듭 태어나기를 바라는 오늘날 우리 독자들에게도 조금이나마 도움이 되기를 바랄 뿐이다.

■ **에도시대**(1603~1867년)

소설 〈불씨〉의 시대적 배경이 되고 있는 에도시대는 도요토미 히데요시
豊臣秀吉의 뒤를 이어 천하를 통일한 도쿠가와 이에야스德川家康가 17세기 초
에도(도쿄)에 막부를 설치한 이후 약 260년간의 통치시기를 일컫는다.
막幕은 중앙행정기구로 장군들에 의해 장악되고, 번藩은 지방자치기구로
지방 영주가 통치하고 있었다. 막부는 다이묘가 지켜야 할 규칙을 정하고
이를 어겼을 때는 영지를 몰수하는 등 엄하게 다스렸으나, 그 규칙 안에서는
영주 나름대로 영지를 지배할 수 있도록 독자적 권한을 부여하였다.
3대 쇼군인 이에미츠는 참근교대제를 만들어 영주의 처자식을 볼모로 잡고
강력한 중앙집권제를 실시하였다. 전체 인구의 76.4%나 되는 농민들을
지배하기 위해 사농공상士農工商의 신분제도를 만들어 최상계급인 무사들이
강력한 권한을 행사하도록 했다.
18세기에 들어서면서 막번체제는 흔들리는 조짐을 보이기 시작한다.
각종 허례의식이 성행하고 관리들은 뇌물에 빠져 있었다. 전란기간에 주목받던
무사계급들이 말 그대로 토사구팽兎死狗烹되어 다량의 실업자군을 형성하고,
민중들은 지배계급의 수탈이 가중함에 따라 궁핍의 늪에 빠질 수밖에 없었던
것이다.

■ 주요 다이묘 배치도

아가타

야마가타 · 센다이
요네자와
아이즈
시라카와
우쓰노미아
가나자와
다카야마 · 마에바시 · 미토
후쿠이
에도
교토 · 나고야 · 오다와라
오사카 · 순푸
지
나라 · 야마다
와카야마

## ■ 일러두기

이 책은 도몬 후유지童門冬二의 소설 〈우에스기 요잔上杉鷹山〉(学陽書房, 1983)
상·하권을 완역한 것이다. 소설이지만 등장인물이나 지명 및 사건 등이 역사적으
로 실재한 것들이므로 사실전달과 이해증진의 측면에서 다음과 같은 원칙으로 번
역하였음을 밝힌다.

· 인명과 지명은 일본어음으로 표기하였고, 처음 나올 때 한자를 기록하였다.
· 관직명은 일본어음보다 한자음이 더 쉽게 전달되므로 한자음으로 표기하는 것을
  원칙으로 하였으나 국내에서 자주 소개된 일부 관직명은 일본어음으로 하였다.
· 연대는 일본연호를 사용하고 일본어음으로 표기하되, ( ) 안에 서기년도를 첨가
  하였다.

## ■ 용어해설

· 가로家老 : 각 번주에 딸린 가신家臣, 중신重臣들의 우두머리
· 고가高家 : 에도 막부를 섬겨 세습하며 의식, 예식을 맡았던 집안
· 근신近臣 : 근습近習. 번주를 가까이서 섬기는 신하
· 노중老中 : 에도 막부에서 장군에 직속되어 정무를 총괄하고 다이묘를 감독했던
  직책
· 다이묘大名 : 1만 석 이상의 넓은 영토를 가진 무가武家, 봉건영주를 지칭
· 막부幕府 : 도쿠가와 이에야스 이후 장군이 통치하던 곳 또는 그 정권
· 번藩 : 에도 시대에 각 영주가 다스리던 영지, 에도의 막부 아래 있는 각 지방의
  통치단위
· 번주藩主 : 번을 다스리던 영주, 제후
· 번사藩士 : 번의 영주에 소속된 무사, 상급무사와 하급무사가 있음
· 번저藩邸 : 번주가 기거하는 번의 대표부
· 봉행奉行 : 무가 시대에 행정사무를 담당한 각 부서의 책임자
· 성시城市, 城下町 : 성을 중심으로 발달한 거리
· 에도江戸 : 오늘의 도쿄東京
· 연공年貢 : 해마다 바치는 세금 성격의 공물
· 하타모토旗本 : 에도 시대에 장군가에 직속된 무사로서 직접 장군을 만날 자격
  이 있는 봉록 1만 석 미만, 5백 석 이상인 자

# 불씨
**2**

# 새로운 불씨를

하루노리는 요즈음 계속 생각해 오던 것에 대해 사토에게 의견을 물으려 근신들이 있는 대기실로 들어섰다. 근신들은 제각기 일을 하고 있었으나 사토 분시로만은 뒤에서 '후우후우' 하며 불을 붙이고 있었다. 일곱 명의 중신들을 처벌했던 그 해 겨울이었다. 갑자기 대기실에 들어선 하루노리를 보고 근신들은 놀라서 일제히 무릎을 꿇었다.

"괜찮다. 그대로 일을 계속하라."

미소로 답한 하루노리는 사토 곁으로 갔다.

"분시로, 무엇을 하느냐?"

"예? 이건."

고개를 돌린 사토가 싱긋 웃으며 앞에 놓인 불화로를 가리켰다.

"또 번주님의 불씨를 나누고 있습니다."

"오! 누구에게?"

"기억하고 계실런지요? 오래 전에 기타자와 고로베이 일행이 오타루가와 부근에 새로 밭을 개척한 적이 있습니다."

"기억하고 말고. 세키덴 의식도 치른 토지였지."

"그렇습니다. 그 세키덴 의식을 거행할 때 술이 없어서 근처 여관에 구하러 갔었습니다."

"그 여관에서는 술뿐 아니라 여주인이 사람들을 데려와 시중까지 들어주었지. 제법 세련된 여주인이었어."

"그 여주인은 에도출신입니다. 남편운이 없다 보니 요네자와에 온 것 같습니다. 에도에서 물장사를 했다고 하니 세련된 게 아닐런지요."

거기까지 얘기하던 사토가 갑자기 다소 책망하듯 하루노리를 바라보았다.

"도대체 무슨 말씀을 하시려는 겁니까?"

"여관의 여주인이 세련됐다는 얘기지."

"아닙니다. 그런 말씀을 하시려는 게 아니지 않습니까! 번주님도 달라지셨군요. 이상하게 여자 얘기를 다 하시고 ⋯."

심각하게 항의조가 되는 사토와 그것을 받아들이는 하루노리 사이의 대화를 듣고 옆에 있던 근신들이 웃기 시작했다. 또 시작이구나 싶어서였다. 이런 웃음소리조차 예전에는 요네자와 성城 내에서 전혀 들을 수 없었다.

적막한 분위기를 깨고 여기저기 웃음소리가 되살아난 것은 뭐라 해도 하루노리가 과감하게 일곱 명의 중신을 처벌했기 때문이었다. 그들의 압력이 성 내에서 그만큼 강했었다는 반증이었다.

사토가 말했다.

"이 불씨는 그 여관의 여주인이 원합니다."

"뭐라고?"

하루노리는 사토의 얼굴을 보았다.

"그 여주인이 불씨를?"

"예. 전부터 부탁을 받았는데 ⋯. 여관이 영업을 계속하는 한 그 불을 절대 꺼뜨리지 않겠답니다. 그 불 옆에서 하인들과 함께 일하면서 마음가짐을 가다듬겠다고 합니다."

"그런가?"

하루노리가 알겠다는 듯이 고개를 끄덕였다.

"이제 백성도 불씨를 원하게 되었느냐?"

하루노리가 즐거운 듯 물었다.

"원하는 정도가 아닙니다."

사토가 한층 강한 어조로 말했다.

"지금 번 내에는 농민이나 상인 할 것 없이 많은 백성들이 불씨를 나누어달라고 아우성입니다. 전부 다 해주려면 성의 모든 무사들이 아침부터 밤까지 불을 붙여야 할 지경입니다. 도무지 전부 응해줄 길이 없습니다."

"……."

하루노리는 믿기지 않는다는 표정으로 사토를 쳐다보고 있었지만 마음속으로는 즐거워하고 있었다.

불씨는 개혁의 상징이다. 그것을 농민들이 원한다는 것은 개혁의 정신이 번민들 사이로 스며들기 시작했다는 것을 의미했다.

"뽕나무를 기르는 자들은 '뽕나무조의 불씨'를, 닥나무를 기르는 자들은 '닥나무조의 불씨'를, 잇꽃나무를 기르는 자는 '잇꽃나무조의 불씨'를, 잉어를 기르는 자에게는 '잉어조의 불씨'를…. 이런 식으로 불씨를 조별로 나누어주고 있습니다만 사토 말처럼 개개인 모두에게는 나누어줄 도리가 없습니다."

18

근신들 중에서 구라사키 세이쿄가 말을 거들었다. 이제는 누구든지 부담없이 자신의 의견을 하루노리에게 말할 수 있는 습관이 몸에 배어 있었다.

"그렇구나 …, 그렇게까지 됐구나."

하루노리는 정원을 바라보았다. 추운 날이었으나 하늘은 굉장히 맑았다. 하루노리의 뇌리에는 요네자와 10만 번민의 집집마다 개혁의 불씨를 소중히 지키고 있는 모습이 떠올랐다. 그것은 작은 불씨를 공통적인 이해의 기반으로 삼아 신분의 차별이 없는 강한 유대를 나타내는 모습이었다.

'하루라도 빨리 그렇게 되고 싶다.'

하루노리는 간절하게 바랐다. 지금 사토에게 의견을 물으려 이곳에 온 것도 실은 그 불씨에 관한 것이었음을 상기했다.

"잠깐, 모두에게 의견을 묻고 싶다. 일손을 놓지 말고 들어주길 바란다."

하루노리가 말을 시작했다. 처음에는 사토만 불러내 그 의견을 들으려 했으나 하루노리는 이제 그런 생각을 버렸다. 대기실의 분위기에서도 알 수 있듯이 근신들은 하나로 어우러져 있었다. 그런 가운데 사토만을 불러내는 것은 좋지 않았다. 그렇다, 차라리 모두의 의견을 들어보는 편이 더 정확하리라.

근신들은 책상에서 서류를 정리하거나 글을 쓰던 손을 멈추었다.

"손에서 일을 놓으면 안 된다."

근신들의 모습을 보고 하루노리가 다시금 주의를 주고 말을 계속했다.

"너희들의 불씨 얘기는 대단히 즐거웠다. 내가 묻고자 하는 것도 실은 그 불씨에 관한 것인데, 실제 탄炭이 아닌 사람에 대한 것이다. 즉, 인재를 의미하지. 인간에게 항시 새로운 피가 필요하듯 번에도 똑같은 이치가 적용된다. 불씨를 꺼뜨리지 않듯이 사람도 끊겨서는 안 되지. 그러기 위해서는 학문이 필요하다. 젊은 사람들의 교육문제는 더욱 중요하다. 너희들의 뒤를 이을 사람들을 기르는 일이다. 요즈음 그 문제로 생각이 많아지고 있지. 그래서 너희들의 솔직한 의견을 듣고 싶다…."

"……."

"개혁은 너희들의 노력으로 조금씩 결실을 맺고 있다. 그러나 요네자와의 번민이 부유해지는 것은 좀더 장래의 일이다. 그러기 위해선 훌륭한 개혁자가 계속 태어나서 빈틈없는 정치가 지속되어야 한다. 그러한 인재를 육성하려면 역시 학교진

흥이 필수적이지. 나는 요네자와에 학교를 세우고 싶다. 새로운 학교는 번사들만의 것이 아니다. 물론 번사들의 자제도 입학할 수 있지만 동시에 일반 백성들도 입학시키고 싶다. 좋은 선생님을 모셔와 요네자와 번의 장래에 기여할 수 있는 인재를 지금부터 기르고 싶은 것이다."

역시 근신들은 금방 대답을 내놓지 못했다. 너무 중대한 일이었다. 사실 "그것 참 좋은 생각이십니다. 어서 추진하시지요"라고 말할 수 없는 사정이 있었다. 재정문제였다. 학교를 제대로 운영할 만큼 번의 재정은 넉넉지 못했다.

"그러자면 또 돈이 들겠습니다."

사토와 함께 에도에서부터 하루노리를 도와오며 그의 성품을 잘 아는 기무라 다카히로가 태평스런 어조로 말했다. 돈이 들겠다는 절실한 얘기를 너무도 유유자적한 어조로 말하는 그가 엉뚱해서 자리에 있던 자들이 일제히 웃음을 터뜨렸다. 하루노리도 웃으면서 말했다.

"그렇지. 대단히 많은 돈이 든다. 그래서 너희들과 상담하고 싶은 것이다."

"번주님께서 생각하시는 건 무엇이든 돈이 많이 드는군요."

기무라가 마치 놀리듯이 말했다.

"이번에는 다케마타님과 노조키님도 머리 꽤나 쓰셔야겠습니다."

사토 분시로가 새 탄에 불을 다 옮긴 뒤 머리를 들었다. 불을 붙이는 데 몰두해서인지 얼굴이 빨갛게 상기되어 있었다. 사토가 말했다.

"우리는 개혁의 정신을 잘 알고 있습니다만 실제로 하고 있는 것은 아무래도 눈앞에 있는 것에 치중하게 됩니다."

"……."

'무슨 말을 하려고 하나?'

다른 근신들이 사토의 얼굴을 보았다. 그 얼굴들을 보며 사토는 말했다.

"눈앞의 개혁에 치중한다는 말은 눈앞에 있는 나무 한 그루에만 눈길을 빼앗긴다는 것입니다. 그 뒤의 숲이나 삼림에 대한 논의를 빠뜨리게 되는 결과이지요. 이것은 요네자와 번의 장래를 생각하면 실로 안타까운 일입니다."

기무라가 장난기있게 방해했다.

"번주님과 똑같다. 사토 하루노리님의 말씀이다."

다른 근신들을 돌아다보며 말했기에 모두 박장대소하였다. 사토는 낭패라는 듯 말했다.

"그게 아니야, 그런 당치않은 생각에서 말한 것이 아니고 나는 단지 ….."

"학교를 만드는 것을 찬성한다, 그 말이지?"

"그 … 그렇지."

흥분하면 으레껏 말을 더듬는 버릇이 있는 사토가 고개를 크게 끄덕였다.

"여기에 있는 사람들도 모두 찬성이지. 문제는 재정이다."

구라사키가 조용히 말했다.

"새로운 재원을 찾을 수 있으면 좋겠는데 …."

하루노리가 일어섰다.

"논의해서 좋은 의견이 모아지면 알려주기 바란다."

그렇게 여운을 남겼다. 이런 자리는 계속 지켜볼 것이 아니라 자유로운 토론으로 남겨두는 편이 좋다는 사실을 하루노리는 알고 있었다. 돌을 던져두면 근신들이 반응을 할 것이다.

"번주님!"

밖으로 나가려는 하루노리에게 기무라가 난데없이 물었다.

"좋은 선생님으로 어느 분을 마음에 두고 계십니까?"

"호소이 헤이슈 선생님이다."

하루노리가 대답하였다.

"역시!"

전부 얼굴을 쳐다보며 미소지었다. 호소이 헤이슈는 에도에 있을 때 하루노리가 스승으로 모셨던 학자이다. 막부가 신봉하는 주자학뿐만 아니라 어느 정도 실용적인 입장의 학문을 고수하고 있었다.

"학문은 세상에 기여하지 못한다면 아무것도 아니다. 막부의 학문은 학문을 위한 학문으로 문자 그대로 유흥이다. 나는 실학의 스승님을 요네자와에 모셔오고 싶다."

"번주님!"

구라사키가 웃으며 말을 막았다.

"저희 앞에서는 괜찮지만 그 말씀은 막부의 정치를 비판하는 겁니다. 에도에 알려지면 책임을 추궁당하실지 모릅니다."

농담 반 진담 반이었다. 하루노리는 웃었다.

"상관없다. 사실이니까. 에도 성城 내에서도 나는 같은 말을 할 것이다. 그런데 어떤가? 학교를 세워 호소이 선생님을 모셔오는 데는 약 5백 냥의 돈이 필요하다. 내가 입국했을 때 번의 금고는 바닥이 났고, 있는 것이라고는 차용증서 사본뿐이었다. 이제는 상인들도 요네자와라고 하면 한 푼도 빌려주지 않는다. 사정이 여의치 않다 ….."

그날 밤 하루노리의 거처로 다케마타가 찾아왔다.

"번주님."

"다케마타, 이렇게 밤늦게 웬일이냐?"

"모두에게 들었습니다. 학교를 세우셔서 호소이 선생님을 요네자와에 초빙하십시오."

하루노리는 깜짝 놀랐다.

"그러나 그 많은 돈을 …."

"돈은 있습니다."

"뭐라고?"

"황송합니다만 번주님의 방침에 따라 개혁을 추진하던 중 번주님의 소박한 일상생활을 보고 아무리 그래도 너무 안되셨다며 밤에 드시게 약주를 준비하든가, 국 한 그릇 반찬 한 가지에 덧붙여서 때로는 생선이라도 올려드리라고 번사나 서민, 농민으로부터 매일같이 얼마간의 갹출금이 모아지고 있었습니다. 제가 이 돈을 맡았습니다만 죄송스럽게도 그 돈으로 번주님께 약주나 생선을 올리지 못했습니다. 그대로 두고 있었더니 그 돈이 지금은 수백 냥에 달해 있습니다. 그 돈으로 학

교를 지어 무사의 자녀뿐 아니라 서민, 농민의 자녀도 입학할
수 있다고 하면 모두가 얼마나 기뻐할지 …. 이것이야말로 실
로 의미있는 돈의 지출이라 생각합니다. 주저하지 마시고 생
각대로 써주십시오."

"다케마타, 그것이 정말인가 …?"

의외의 사실에 하루노리는 목이 메었다. 번사나 번민이 그
정도로 자신을 생각해 주었다는 것에 감격한 것이다.

다케마타가 말했다.

"결정된 이상 빨리 호소이 선생님을 모셔오십시오. 그러나
선생님을 모셔오는 데 다른 사람을 보낼 수가 없습니다. 수고
스럽지만 번주님께서 직접 모셔오셨으면 좋겠습니다."

'수고스럽지만'이라고 되풀이하는 다케마타의 말 뒤에는 그
런 영광스런 의미의 사자로서 꼭 젊은 번주를 내세우고 싶다
는 하루노리에 대한 깊고 따듯한 배려가 있었다.

"… 고맙다."

하루노리는 눈시울이 뜨거워져 고개를 숙였다. 모두가 고맙
게 느껴졌다. 아마도 다케마타 혼자만의 지혜가 아닐거라 생
각되었기 때문이다. 다케마타가 물었다.

"그런데 번주님, 학교 이름은 생각해 두셨습니까?"

"흥양관興讓館이다."

하루노리는 그 자리에서 즉시 대답했다.

"흥양관!"

다케마타는 학교 이름에 대해 사랑과 애착이 깃든 목소리로 되뇌었다.

*

사토 분시로는 찬바람을 뚫고 말을 달려 오노가와로 향하고 있었다. 흙으로 만든 그릇 속에는 불붙은 탄이 들어 있었다.

"가지러 가겠습니다."

여주인이 말했지만 사토는 급히 생각을 바꾸었다.

'아니다. 아예 내가 갖다주자.'

하루노리가 특별당부를 했기 때문이었다.

"그 여주인에게 지난 일에 대한 인사를 정중하게 해다오."

그리고 가지러 오라고 하면 불씨의 고마움도 약해질 수 있다고 사토는 생각했다.

'번주님은 아까 나의 생각이 듣고 싶으셨던 것이다. 호소이 선생님 문제로.'

사토가 그렇게 생각하는 데는 이유가 있었다. 하루노리와 사토 모두 잘 알고 있는 호소이 헤이슈에 대해 공통된 기억을 가지고 있었기 때문이다.

오와리에서 태어난 호소이 헤이슈의 이름은 도쿠다미德民다. 소년 시절부터 교토에 가서 공부했으나 극도로 생활이 어려워 말 그대로 국 한 그릇 반찬 한 가지로 연명하였고, 아버지로부터 받은 학비는 거의 책을 사서 공부하는 데 이용했다. 고향에 돌아갈 때는 다 떨어진 옷에다가 몸은 때투성이여서 마치 걸인과 같았다. 겨우 말 한 필만을 끌고 있었지만 말 등에는 지금까지 읽었던 책이 말을 주저앉힐 정도로 많이 얹혀 있었다. 스물네 살에 에도로 나와서 학당을 열었다. 문인들이 금방 몰려들었고 그 문하에 다카야마 히코구로高山彦九郎라는 기인도 있었다.

헤이슈의 학풍은 기본은 주자학이었으나 폭넓은 응용성을 중시해 학문과 현실이 다른 길이 되지 않도록 해야 함을 학문의 목적으로 삼고 있었다. 즉 실생활에 도움이 되지 않는 학문은 가르치지 않는다는 것이 평소의 주장이었다. 따라서 형이상학적인 이론이나 정설은 가르치지 않았고, 가르치는 방법도 매우 알기 쉬운 표현으로 이루어졌다. 당연히 과거의 학문보다 이해하기도 쉬워서 실생활에 많은 도움을 주고 있었다.

하루노리는 이렇게 확약했었다.

"내가 구상하는 새로운 학교는 번사만의 것이 아니다. 물론 번사들의 자제도 들어올 수 있지만, 일반 백성들의 자제도 들어올 수 있게 하고 싶다."

이것이 또 큰 문제가 될 소지가 있었다. 번의 학교에서 번사의 자식들과 서민의 자식들이 책상을 나란히하고 공부한다고 하면 그것만으로도 고루한 생각을 가진 번사들은 '어림도 없다. 그런 학교를 세우는 것은 반대한다' 할 것이 틀림없기 때문이다.

'하나에서 또 하나로 번주님은 끊이지 않고 문제가 되는 불씨를 잘도 생각해 내시는구나.'

사토는 말 위에서 미소를 지었다.

호소이 헤이슈는 죽은 와라시나 쇼하쿠와도 잘 알고 지냈다. 우에스기 하루노리가 열네 살 때 그의 스승으로 초빙되었기에 하루노리에게는 어렸을 적부터의 스승이 된다. 헤이슈는 철저하게 '정치의 기본은 도의'라고 항상 가르쳤다. 이러한 가르침은 지금도 하루노리의 모든 행동의 좌표가 되어 있었다. 정치를 하는 자는 우선 덕을 쌓지 않으면 안 된다는 그의 태도는 어릴 적부터 헤이슈의 가르침이 배어 있었기 때문이다.

에도 번저에서는 하루노리와 동석해 사토도 가르침을 받을 기회가 있었다. 사토는 당시 시동이었기에 에도의 하마쵸浜町 야마부시이도山伏井戸에 있던 헤이슈의 작은 집을 곧잘 방문 하곤 하였다. 헤이슈도 사토의 꾸밈 없고 과묵하고 정직한 기 질을 아껴 번저에서의 강의와는 별도로 귀여워하였다.

"너는 나의 특별한 제자다."

사토가 그렇게 귀여움을 받게 된 것은 이런 일이 있었기 때 문이었다.

열일곱 살이 되어 가독家督을 상속받은 하루노리는 상속 직 후 헤이슈로부터 한 가지 조언을 받았다.

"우선 번 내의 효자나 열녀를 표창하십시오. 번민에게 커다 란 격려가 될 수 있습니다."

즉시 급사가 요네자와에 파견되었고 요네자와에서도 바로 명부를 보내왔다. 철야를 해가며 명부를 정리한 사토는 눈이 충혈된 채 아침 일찍 하루노리에게 간곡히 요청하였다.

"이 명부는 호소이 선생님께서도 보고 싶다고 하셨습니다. 요즈음 강의는 가끔 효와 정절을 주제로 다루고 있기도 하니, 어떻게 해서라도 호소이 선생님께 보여드리도록 해주십시오."

하루노리는 그 명부를 받아들며 약속했다.

"알겠다. 밤새워 정리하느라 수고했다. 내가 오늘 반드시 호소이 선생님께 보여드리마."

헤이슈가 사쿠라다의 우에스기 에도 번저로 출강하는 날은 매월 6일로 정해져 있었다. 이날이 바로 그날이었다.

사토는 눈 한번 붙이지 않은 채 계속 헤이슈의 강의를 들었다. 강의가 효와 정절에 관해서 계속되어도 하루노리는 도무지 명부를 꺼내지 않았다. 그리고 그대로 강의가 끝나버렸다. 돌아가는 길에 헤이슈가 하루노리에게 물어보았다.

"지금 저에게 하실 말씀이라도?"

그렇지만 하루노리의 대답은 간단했다.

"없습니다. 언제나 내용이 충실한 강의에 감동받고 있을 따름입니다."

"그렇습니까?"

헤이슈는 흘낏 사토를 쳐다보고 그대로 사라졌다. 사토는 화가 치밀어올랐다.

"잊고 계신 건 없습니까?"

얼굴색을 바꾸며 사토가 하루노리에게 대들 듯이 물었다.

"정말 아무것도 잊으신 게 없으십니까?"

의아해 하는 표정으로 하루노리는 사토를 돌아보았다.

"호소이 선생님께 말씀드릴 게 있지 않으셨습니까?"

"아니, 무엇이 있었느냐?"

'아아!'

사토는 가슴속으로 소리를 질렀다.

'번주님은 완전히 잊고 계셨구나.'

갑자기 화가 폭발했다. 상대가 번주라는 사실도 잊어버리고 말았다. 사토는 그 정도로 외고집이었다.

"효자 열녀의 명부가 있지 않았습니까?"

사토가 드디어 야단치듯 말했다.

"앗!"

하루노리는 자기도 모르게 외마디 소리를 질렀다. 얼굴색이 금방 변했다.

"분시로, 용서해라."

곧바로 용서를 빌었으나 사토는 고개를 저었다.

"잠깐만 기다려주십시오. 그 명부를 호소이 선생님께 보여주시지 않으셨지요?"

"… 그렇다."

하루노리는 말끝만 들릴 정도의 대답밖에 하지 못했다.

"들리지 않습니다. 확실히 말씀해 주십시오."

"잊었다. 밤을 새운 너의 노력을 무시했구나. 할말이 없다."

"제가 여쭙고 있는 것은 밤을 새워 했기 때문이 아닙니다. 번주님은 전혀 모르고 계셨습니다."

사토의 야단치는 듯한 목소리가 더욱 커졌고, 그것도 번주를 야단치는 것이라 주위사람들이 눈치를 챘다.

"사토! 말이 조금 과하네."

"번주님한테 무슨 말버릇인가?"

같은 동료인 기무라 다카히로나 상관인 다케마타 마사쓰나가 낮은 소리로 말리려 들었다. 그러나 사토는 어깨를 흔들며 뿌리쳤다.

"제 말은 조금도 과하지 않습니다. 저는 신의를 저버리는 사람을 번주라고 생각하지 않습니다."

사토는 다시 엄청난 소리를 해댔다. 주변사람들의 얼굴이 하얗게 질려버렸다. 이런 얘기를 들었으니 하루노리가 얼마나 화를 낼지…. 하지만 하루노리는 힘없이 고개를 떨구었다.

"정말 미안하다. 깜빡 생각을 못했다."

그런데 그것이 또 사토를 건드렸다.

"깜빡 생각을 못했다고 하셨습니까?"

"그래."

"깜빡 생각을 못했다는 것은 잊었다는 말씀이십니까?"

"그렇다."

"번주님의 시정 방침이란 게 이런 중요한 일을 즉시 잊어버리실 정도로 무책임한 것입니까?"

"아니다. 이런 일은 지금까지 한 번도 없었다. 나도 이유를 알 수가 없구나. 약간 피곤했는지도 모르겠다."

"피곤한 건 번주님 혼자가 아닙니다. 모든 번사가 지쳐 있습니다. 번주님은 오늘날까지 호소이 선생님의 가르침을 어떻게 받아들이고 계신 겁니까? 알고 보니 번주님은 '나는 학문을 하고 있소'라고 세간에 알리려는 게 아닙니까? 겉모양뿐이지 실제로는 아무것도 받아들이지 않고 …. 아아! 이런 분을 명군이라고 모시고 현군이라고 믿어온 이 사토 분시로야말로 요네자와 유일의 바보 천치였습니다."

그렇게 말하면서 사토는 정말 웃음을 터뜨렸다. 그러나 옆에 있던 사람들로서는 그대로 있을 수 없었다.

"너무하구나, 분시로!"

"정신차려라!"

주위사람들의 책망의 소리가 어느덧 분노로 변해 있었다. 사토가 가신의 지위를 너무 크게 벗어나 있었기 때문이다. 그

순간 하루노리가 오히려 그들을 말렸다.

"아니, 나쁜 쪽은 분시로가 아니다. 나다."

그리고 하루노리는 손을 짚고 사과하였다.

"분시로, 내가 이렇게 빈다. 용서해라."

사람들은 하루노리가 이렇게까지 하면 아무리 사토라도 당황하겠지 생각했으나 일방적인 추측이었을 뿐 외골수인 사토는 결코 물러서지 않았다. 도리어 울면서 따지듯 물었다.

"번주님께서 사과를 하시는 겁니까? 주군이 가신에게 사과하시는 겁니까? 그래서 가신이 용서한다고 하면 번주님께서는 그것으로 만족하시겠습니까? 그렇습니까? 번주님은 그 정도의 주군이셨습니까?"

듣고 있는 자들이 모두 불쾌감과 분노의 눈으로 사토를 노려보았다.

'저 밉살스럽게 말하는 태도라니 ….'

'무슨 잡소리인가?'

놀랍게도 사토의 분노는 마음 깊은 곳으로부터 나온 것이었다. 그는 그대로 그곳에 정좌하고 앉아 움직이지 않았다. 하루노리도 분시로가 용서해 줄 때까지 같이 있겠다고 했으나 주위사람들이 설득해 거실 쪽으로 데리고 나갔다.

하루노리가 거실로 오자 측근들은 일제히 하루노리를 위로 하려고 애썼다.

"그 자가 감히 무엄하게 …."

"그런 자가 말한 것은 절대 마음에 두지 마십시오."

"정말이지 말하는 대로 그냥 두니까 …. 번주님도 분시로의 응석을 너무 많이 받아주셨습니다."

다케마타조차 그렇게 말할 정도였다.

그날 밤이 되어도 하루노리는 계속 앉아 있었다. 저녁식사도 밥상을 앞에 놓은 채 전혀 손대지 않았다.

"몸이 상하십니다. 조금이라도 드시고 속히 주무십시오."

다케마타와 가신들이 식사를 권유해도 하루노리는 천천히 고개를 저을 뿐이었다.

"아니, 내가 나빴다. 분시로는 어쩌고 있는가?"

"아직 그대로입니다만 …."

"그러면 나도 이대로 앉아 있겠네."

두 사람 다 한 번 말한 바는 절대로 굽히지 않기에 그대로 놔두면 다음날도 똑같은 상황이 벌어질 것이 틀림없었다. 당연히 하루노리의 곁에서 일하는 사람들도 마음놓고 잘 수가 없었다. 모두들 난처해졌다.

밤이 깊어지자 다케마타가 마침내 마음을 결정했다.

"기무라, 하마쵸에 다녀와라."

"예?"

"이렇게 되면 호소이 선생님께서 직접 와주시는 것 외에 방법이 없다. 수고스럽지만 선생님께 이유를 잘 설명하고 모셔와라."

자타가 공인하는 노련한 다케마타도 어쩔 수가 없었던 모양이었다. 기무라는 깊은 밤 거리를 달려 하마쵸로 갔다. 그리고 호소이 헤이슈를 데리고 왔다. 오는 도중에 대강의 이야기를 듣고 성 내에 들어왔지만, 헤이슈는 계속 앉아만 있는 하루노리와 사토의 모습을 보고는 자기도 모르게 웃음을 터뜨릴 뻔했다. 대기소에서는 어린애같이 고집을 피우고 어깨를 으쓱 치켜올리고 있는 사토와 거실에서는 의기소침해 있는 하루노리의 모습이 우습기 짝이 없었기 때문이다.

"대단한 지경에 이르셨습니다."

그렇게 말하는 헤이슈의 웃는 얼굴을 보고 하루노리는 매달리듯 희색을 보였다.

"이런, 선생님!"

그리고 고개를 숙였다.

"저의 불찰로 대단한 폐를 끼치게 됐습니다."

"지난날의 과로를 시정하는 데 주저하지 말라고 하였습니다. 반성은 이제 충분하십니다."

헤이슈는 그렇게 말한 뒤 사토에게로 가서 꾸짖었다.

"이봐, 분시로! 스승인 나도 책망하지 못하는 번주님을 제자인 네가 책망하는 건 도대체 무슨 경우인가?"

놀라서 어안이 벙벙해 헤이슈를 본 사토는 곧 엎드렸다.

*

"그때는 나도 젊었었지. 번주님께서도 젊으셨고."

사토는 그때를 떠올리고 있었다. 번주님께서는 그 호소이 선생님을 모셔오고 싶은 것이다. 그러나 학교를 세워 선생님을 모셔오려면 기무라가 말했듯이 막대한 돈이 필요했다. 그 돈을 도대체 어떻게 마련할까? 생각은 확실히 훌륭했지만 그것을 뒷받침해 줄 돈이 문제가 되자 사토의 기분이 곧 가라앉고 말았다.

길을 왼쪽으로 꺾어 남쪽으로 향하면 전방에 좌측으로부터 아즈마, 이이모리, 미쿠니, 이이데의 눈덮인 산봉우리들이 햇빛에 반사되어 그 빛이 차갑게 시야로 들어왔다. 사토는 눈덮인 봉우리의 아름다움에 반했다. 산의 사계절은 제각기 아름다웠으나 사토는 그 중에서도 겨울이 특히 좋았다.

오타루가와 부근에 다다랐다. 이 강을 거슬러올라가면 시라후白布 온천으로 가게 된다. 강은 남쪽의 아즈마 산맥에서 시작되고 있다. 오노가와의 개간지가 가까워졌다. 기타자와 고로베이나 야마구치 신스케의 얼굴이 보고 싶었으나 돌아가는 길에 들르기로 했다. 지금은 불씨를 그 여관에 가져다주는 것이 급선무다.

전에 와본 기억을 더듬어 강 근처의 길로 들어서자 여관으로 가는 길이 나왔다. 그곳엔 온천이 나오는 우물이 하나 있는데, 울타리에 둘러싸여 하얀 김이 한기를 뚫고 올라오고 있었다. 마을의 집들에서는 여기에서 자신의 집까지 물을 대는 곳도 있었다. 모두 좁은 도랑이 만들어져 물이 그 도랑 안으로 흘러갔다.

말을 타고 먼길을 달려왔기 때문에 사토의 손가락이 얼어있었다. 사토는 말에서 내려 무릎을 꿇고 흐르는 물 속에 손을 넣었다. 뜨거웠지만 참을 만했다. 곧 뜨거운 물이 차가워진 손을 덥히고 그 온기가 따뜻해진 손끝에서부터 몸의 구석구석까지 전해졌다.

사토는 불씨를 넣은 그릇을 가지고 여관 앞에 서서 큰소리로 불렀다.

"안에 누가 있는가?"

"예."

맑은 목소리가 나면서 젊은 하녀가 튀듯이 나왔다. 밖으로 나오는 하녀를 보고 사토는 자신도 모르게 손에 있던 그릇을 땅에 떨어뜨렸다. 미스즈였다.

"미스즈⋯."

멍청하게 서 있던 사토와는 대조적으로 미스즈는 기민하게 행동했다. 미스즈는 곧 부엌에 가서 빈 주발을 가지고 뛰어왔다. 신발도 신지 않고 바닥에 내려와서 그곳에 흩어진 재를 모아 주발 안에 넣고 뒹굴어져 있는 탄을 손으로 집어 주발로 옮겼다. 성에서 가져온 개혁의 불씨였다. 새빨갛게 타고 있던 불씨에 '지지직' 하고 미스즈의 손가락이 타는 소리가 났다.

그 광경에 사토는 갑자기 법석을 떨었다. 그는 밖으로 뛰어나가 길가에 쌓인 눈을 양손 가득 떠담아 미스즈 앞으로 달려와서는 숨이 차서 헐떡이며 다급하게 말했다.

"미스즈, 눈 속으로 손을 집어넣어요. 지금 하면 늦지 않습니다."

불에 손을 데었을 때 곧장 찬물에 담그면 화상을 방지할 수 있음을 사토는 어렸을 때 경험으로 알고 있었다. 자신도 어렸을 때 미스즈가 한 것과 똑같은 경험을 한 적이 있기 때문이다. 물론 같은 경험이라고는 하지만 미스즈처럼 기지機智가 반짝이는 그런 행동은 아니었다. 사토의 경우는 그의 타고난 덜렁거리는 성격 때문이었다.

"……."

감사하는 마음을 두 눈에 가득 담은 채 미스즈는 사토가 양손을 그릇처럼 둥글게 해 담아온 눈 속으로 데인 손을 넣었다. 차가웠다. 그러나 마음은 훨씬 따뜻해졌다. 사토 분시로의 무뚝뚝한 듯하면서도 자상한 마음 씀씀이가 기뻤다.

"미스즈!"

"예?"

"어떻게 이 여관에?"

"……."

미스즈가 미소지었다. 사연을 얘기하자면 길어지리라. 과연 지금껏 지내온 이야기를 한번에 잘 말할 수 있을까? 지금 말하기에는 너무나도 가슴이 떨렸다. 사토가 떨어뜨린 불씨가 여관 주인 치요가 매일 입버릇처럼 말하던 '번주님의 불씨'라는 것을 알았기에 꺼뜨려서는 안 된다는 생각에 황급히 주발에 옮겼다. 굳이 생각해서 한 행동이라기보다는 본능적인 행동이었다.

사토 못지않게 놀랐던 미스즈다. 너무나도 급작스러운 사토의 방문이다. 그것도 치요가 열망하던 '번주님의 불씨'를 가지고 올 줄이야 짐작도 못한 일이었다.

길에서 사람 발걸음 소리가 나더니 여관 앞에 멈추었다. 현관에 서 있는 두 사람을 의아하게 보고 있는 사람이 있었다. 그러나 연민의 마음이 한껏 고조되어 서로를 마주보던 두 사람은 미처 알아차리지 못했다.

미스즈가 손을 넣자 사토 손 안의 눈이 조금씩 녹기 시작했다. 차가운 눈이 따뜻한 체온으로 녹듯이 두 사람의 마음도 어느새 녹고 있었다. 사랑하는 연인간의 달콤한 행복감이리라. 단지 그렇게 얼굴을 마주보며 손을 맞잡고 있다는 것만으로 사토도, 미스즈도 행복할 수 있었다.

"… 스즈?"

길에서 머뭇머뭇 부르는 소리가 들렸다.

"뭘 하고 있니?"

그 소리에 얼른 제정신으로 돌아온 미스즈가 사토의 손에서 황급히 자신의 손을 빼내며 얼굴을 붉혔다.

"아주머니!"

"이런 ⋯."

사토도 얼굴이 새빨갛게 되어 당황하고 있었다. 젊은 두 사
람의 모습에 치요도 당황했다.

"아니, 사토님! 이렇게 갑자기 ⋯."

치요가 사토의 표정을 살폈다. 사토가 머리를 긁적이며 말
했다.

"번주님의 불씨를 가지고 왔습니다."

이번에는 치요가 놀랐다.

"번주님의 불씨를 일부러 가져다 주셨습니까? 제가 가지러
가겠다고 그렇게 말씀드렸는데. 저런! 일부러 이렇게 귀한 걸
음을 하시다니."

치요는 가슴 깊이 우러나온 황송한 빛을 감추지 못했다.

"번주님께서도 모쪼록 잘 부탁한다고 하시며, 오노가와의
개간지에서 세키덴 의식을 했을 때 술과 안주를 마련해 준 호
의에 아직도 감사하고 있다고 하셨습니다."

"저런, 번주님이 저 같은 온천장 여자에게 그런 말씀을 ⋯.
그렇게 말씀하시면 제가 몸둘 바를 모르겠습니다."

사람좋은 치요는 에도 여자답게 사토의 전언에 금방 감동하며 순식간에 눈물을 글썽였다.

"그런데 그렇게 벼르고 별러서 가지고 온 번주님의 불씨를 내가 그만 실수로 바닥에 떨어뜨리고 말았습니다."

"옛?"

듣고 있던 치요의 얼굴이 새파래져서 원망하듯 사토를 보았다. 사토는 치요의 시선을 부드럽게 받아내며 미소지었다.

"불씨는 무사합니다. 미스즈가 재빠르게 주웠습니다. 그것도 맨손으로."

"아!"

안도의 한숨을 쉬면서 치요는 미스즈의 손을 보았다.

"스즈, 된장을 바르는 게 좋겠어. 지금 하면 늦지 않을 거야."

치요의 말에 미스즈가 픽 하고 웃었다. 치요는 눈썹을 치켜세웠다.

"뭐가 우습니?"

"그게 아니에요. 사토님도 지금 하면 늦지 않다고 말씀하시며 밖에서 이렇게 눈을 …."

설명하는 미스즈에게 치요는 이제야 납득한 듯 웃었다.

'아! 그랬구나.'

그리고 현관마루 귀틀에 놓여 있는 주발 쪽으로 다가가서 소중히 양손으로 잡고 마치 주발에다 볼을 비빌 듯이 기뻐하였다.

"번주님이 나 같은 여자에게 불씨를 주시다니 번주님은 정말 자상하신 분이시구나 ….."

그러면서 사토와 미스즈를 보고 말했다.

"나는 스즈한테 모든 얘기를 들었지만 사토님은 스즈가 왜 여기에 있는지 이상하지요? 스즈, 이층에 가서 사토님에게 밀린 얘기를 해드리는 게 어때?"

"예."

미스즈는 금방 승낙의 뜻을 밝혔으나 사토는 고개를 저었다.

"아니, 미스즈의 이야기는 다음에 듣기로 하겠습니다. 오늘 저는 번주님의 명령으로 단지 불씨를 전하러 왔습니다. 사적으로 시간을 보낼 수는 없습니다. 그리고 ….."

치요가 뒷말을 이으려는 사토의 말을 막으며 말했다.

"당신은 스즈가 얘기한 대로군요. 착실하지만 융통성이 없고 …. 계속 그렇게 나오시면 스즈와는 죽을 때까지 엇갈리고 말 거예요."

치요는 대충이 아니라 매우 구체적인 사정까지 알고 있는 것 같았다. 죽을 때까지 엇갈리고 만다는 말투가 그것을 여실히 증명하고 있었다. 치요의 말에 또 얼굴이 새빨개지며 사토가 대답했다.

"저는 미스즈를 좋아합니다. 그래서 죽을 때까지 엇갈리지 않게 수를 쓰면 좋겠지만 지금 말하려는 건 그런 게 아닙니다. 성에서 다케마타님과 노조키님이 기다리고 계십니다. 번주님께서 학교를 세우고 싶다고 하셔서요."

"학교를요?"

치요가 갑자기 놀라며 미스즈를 쳐다보았다.

"네, 학교 말입니다."

의외로 크게 놀라는 치요를 무시하고 사토는 계속 말을 이어나갔다.

"당신이 지금 가지고 있는 불씨는 우리가 정성껏 돌보면 언제까지나 계속 탈 것입니다. 그와 같은 원리를 번주님은 사람에게도 적용시키고 싶다고 하십니다. 즉 뒤를 이을 젊은이들을 지금부터 키워나가지 않으면 안 된다고 하시면서, 그러기위해선 학교가 제일이라고 …."

"······."

뭔가 말하려는 치요를 이번에는 사토가 제지시켰다. 사토는
이야기를 계속했다. 완전히 이야기에 도취되어 있었다.

"들어주십시오. 학교라고 하면 누구나 번사들의 자제를 교
육시키는 곳이라고 생각할 겁니다. 번주님의 생각은 그렇지
않습니다. 번주님이 새로 세울 학교에는 번사들의 자식뿐 아
니라 농민, 상인 등 서민들의 자식도 같이 배우게 하자는 것입
니다. 훌륭한 생각이시죠."

사토의 눈이 반짝였다. 사토 자신이 이 학교에 큰 꿈을 가지
고 있음을 잘 알 수 있었다. 미스즈는 그런 사토의 모습이 좋
았다. 남자가 자기 일에 완전히 몰입해 있을 때만큼 매력적일
수 있을까. 에도에 있을 때도 사토는 이런 모습을 보여주었다.

'분시로님은 하나도 변하지 않으셨다.'

미스즈는 마음이 뭉클해졌다.

'죽을 때까지 나는 이분을 사모할 거야. 비록 이분과 어긋난
다 하더라도 나는 결코 불행하지 않아.'

미스즈는 혼잣말로 되뇌었다.

"그러나 번주님의 생각이 훌륭할수록 이를 실행할 재정이
문제입니다. 그 돈이 지금 번에는 없습니다. 에도에 계신 호소

이 헤이슈 선생님도 학교로 모셔오고 싶어하십니다."

"호소이 선생님을요?"

치요가 놀라 물었다. 사토가 그런 치요를 보며 의아해 했다.

"아십니까?"

"네. 에도에 있을 때 호소이 선생님 강의를 멀리서나마 들은 적이 있습니다. 호소이 선생님은 신분의 차별을 두지 않는 분이셨습니다. 그리고 어려운 내용을 쉽게 풀어 가르쳐주셔서 저같이 배운 것 없는 여자도 잘 이해할 수 있었습니다."

"그렇습니다. 말씀 그대로입니다. 이것 참 잘됐군요."

순진한 웃음을 지으며 사토는 치요의 손을 잡았다. 건성으로 분위기를 맞추는 것이 아니라 치요가 호소이 헤이슈를 정확히 알고 있다는 사실에 사토는 신이 났다. 그러나 금세 어두운 표정을 지었다.

"그러나 호소이 선생님을 모셔오는 데는 돈이 필요합니다. 뭐든 하려면 돈이 있어야 하는데 돈 생각만 하면 머리가 아파옵니다. 특히 저는 이재理財에는 감각이 둔해서요."

사토는 말을 마무리지었다.

"그래서 성에 돌아가 모두와 상담을 하려는 것입니다. 빨리 돌아가지 않으면 안 됩니다."

상대가 여관집 주인인데도 사토는 치요에게 시종 정중한 경어로 말했다. 번주인 하루노리가 지금까지 세키덴 의식날 치요의 봉사를 잊지 않고 감사해 하고 있어서이기도 하고, 또 이유는 알 수 없으나 미스즈가 신세를 지고 있기 때문이었다.

치요가 말했다.

"그러면 스즈와의 얘기는 다음 기회로 미루세요. 스즈도 참아라. 그래도 같은 요네자와에 있으니까 언제든지 만날 수 있잖니?"

그렇게 말하고 사토를 똑바로 쳐다보며 말했다.

"바쁘신데 죄송하지만 잠깐 얘기해도 괜찮을까요?"

"네, 좋습니다."

사토가 답하자 치요는 아까 밖에서 돌아올 때 가져온 보자기를 가리켰다.

"보자기 속에 〈맹자〉라는 책이 들어 있습니다."

"〈맹자〉?"

사토는 깜짝 놀랐다.

"예. 저는 지금 오노가와 학당에 다니고 있습니다."

"오노가와 학당?"

의아해 하는 사토를 보고 치요가 웃기 시작했다.

"학당에 다닌다고 하니까 좀 과장된 것 같네요. 그러나 다니고 있는 사람은 전부 그렇게 부르고 있어요. 선생님은 기타자와 고로베이님이란 분이십니다."

"기타자와님이?"

"예. 오노가와 개간지의 책임을 맡고 계시는 분이죠. 번주님의 불씨를 소중히 가지고 계십니다. 원래는 이타야 숙소에서의 실책으로 할복해야 했을 자신을 번주님께서 구해주셨다며 감사해 하십니다. 번주님에 대한 그분의 생각을 옆에서 보고 있으면 언제나 가슴에 와닿는 것이 있습니다. 그 기타자와님이 개간지에 살고 있는 번의 무사 자녀들에게 '단지 괭이만 휘두르고 있어서는 안 된다, 무엇 때문에 괭이를 휘두르고 있는지 학문을 하지 않으면 알 수 없다'고 하시면서 학당을 시작하셨습니다. 누가 와도 좋다고 하셔서 저도 얼마 전부터 다니고 있습니다."

기타자와 고로베이가 사용하는 교재는 〈맹자〉뿐이라고 했다.

〈맹자〉는 인간은 누구나 그 본성이 선하며 타인에 대한 자상한 마음을 가지고 있다고 서술한 책이다. 어떤 이유로 그런 자상함이 표면에 나타나지 않을 때도 있지만, 그런 따뜻함을

솔직하게 표현할 수 있도록 다시 한번 여기서 맹자를 공부해
두자."

기타자와는 그렇게 말하며 맹자가 쓴 '우물에 빠지는 아이'
이야기를 입버릇처럼 자주 한다고 하였다.

"우물 옆을 지나갈 때 한 아이가 막 우물에 빠지려 하고 있
다. 그때 그것을 본 사람은 어떻게 할까? 본능적으로 아이를
구하기 위해 달려갈 것이다. '앗! 위험해'라고 생각하는 심리,
그리고 구하려고 달려드는 심리, 그러한 인간의 자연스런 심
리를 맹자는 '참을 수 없는 마음'이라고 하였다. 위기상황을
보고 있으면서 참고 가만히 있을 수 없다는 의미에서다.

지금 요네자와 번은 쓰러지느냐 일어서느냐의 기로에 서 있
다. 번을 일으키기 위해서는 물론 돈이 필요하다. 돈을 만들어
내야 한다. 그러나 번주님은 가난한 요네자와에도 사람은 있
다고 하셨다. 인간이 있다고 하셨다. 번주님은 다른 곳에서 양
자로 오셨고 워낙 본성이 착하셔서 모진 말을 하지 못하신다.

나는 단지 인간이 존재한다는 것만으로는 아무 도움이 되지
않는다고 생각한다. 인간은 타인에게 도움이 되지 않으면 안
된다. 인간이 타인에게 도움을 줄 수 있으려면 우선 이 '참을
수 없는 마음'을 갖추어야 한다. 우물에 빠지려는 아이가 있으

면 본능적으로 달려가는 따뜻한 마음을 갖는 것에서부터 교육을 시작해야 한다. 우리는 이 개간지에서 그런 마음을 배우자."

기타자와 고로베이는 그렇게 말했다고 한다. 찬바람을 가르며 말을 달려 성으로 돌아가는 길에 사토는 계속 중얼거렸다.

"참을 수 없는 마음이라 ….'

기타자와의 가르침은 맹자와 번주 하루노리의 생각을 훌륭하게 연결시키고 있다고 생각했다. 오노가와 부근을 개간하기 시작했을 때 기타자와 고로베이는 하루노리의 불씨를 받았다. 그러나 치요로부터 들었던 기타자와의 학당 이야기는 단지 그 불씨를 태우는 것 이상의 의미가 있다.

'기타자와님은 그 불씨에 나름대로 새로운 탄을 더하고 장작을 더해 새로운 불을 태우기 시작했다.'

한 가지 기쁜 일이 더 있었다.

"아까 번주님께서 새로운 학교를 세우고 싶다는 얘기를 들었을 때 내가 스즈와 얼굴을 마주본 것도 그런 사정이 있었기 때문입니다."

치요가 말하다 멈추고 양해를 구했다.

"잠깐 기다려주십시오."

치요는 재빨리 안으로 들어가 곧 보자기 꾸러미를 가지고 나왔다. 그리고 의아한 얼굴을 하는 사토에게 꾸러미를 내밀며 말했다.

"죽은 남편이 저에게 남겨준 돈입니다. 지금은 이 돈에 손을 대지 않고도 여관은 그런 대로 운영되고 있습니다. 사토님, 학교를 만드는 데 사용해 주십시오."

"어떻게 그럴 수가 있겠습니까?"

사토는 돈 꾸러미를 극구 돌려주려 했지만 치요는 듣지 않았다.

"저도 에도 여자입니다. 한번 내놓은 돈을 다시 집어넣을 수는 없습니다."

"그런 논리는 요네자와에서는 통용되지 않습니다. 일단 번이 학교를 세우는 데 개인에게 돈을 내게 할 수는 없습니다."

조금 전까지 정중했던 사토는 말투를 엄하게 바꾸었다. 정중하게 했다가는 치요의 제의를 거절할 수 없다는 판단에서였다. 사토의 말을 치요는 맹렬히 공박하였다.

"매우 이상한 말씀을 하십니다."

"뭐가 이상합니까?"

"그렇지 않습니까? 아까 새로이 짓게 되는 학교에는 무사뿐만 아니라 농민이나 상인들도 다닐 수 있다고 하시지 않았습니까?"

"아! 그랬습니다."

"그러면 장사하는 제가 비용의 일부를 내도 괜찮지요. 장사하는 사람에게 돈을 내게 할 수 없다는 말은 저를 무시하시는 겁니다."

"음! 그건 그렇군요."

사토는 깨끗이 굴복했다.

"제가 잘못했습니다."

"그렇게까지 사과하지 않으셔도 됩니다."

'스즈는 이런 사토님의 솔직함을 좋아하겠지만 ….'

그런 생각으로 미소 지으며 미스즈를 흘깃 쳐다본 치요는 진지한 얼굴로 말했다.

"그럼, 이렇게 해주십시오. 성에 돌아가서 여러분과 상의해주십시오. 이 돈을 써주실지 말지."

"물론 쓰지 않겠다고 하실 게 틀림없습니다."

"그럴까요?"

치요는 고개를 갸우뚱했다.

*

　‘그럴까요?’라고 고개를 갸우뚱했던 치요의 말은 맞았다. 다케마타, 노조키, 기무라 등은 찬바람 속을 달려 돌아온 사토에게 자초지종을 들었지만 사토가 예상했던 반응은 보이지 않았다. 사토는 그들로부터 이런 돈은 쓸 수 없다거나 왜 이런 돈을 받아왔느냐고 힐난이라도 당할 줄 알았다.

　그러나 세 사람은 사토의 얘기를 다 듣고는 서로 얼굴을 쳐다보았다. 그리고 서로 누군가 먼저 말하기를 기다리는 눈치였다. 그것은 절대로 치요의 제의를 거부하는 표정들이 아니었다.

　‘도대체 어떻게 된 것인가?’

　사토는 불안한 마음이 들었다. 노조키가 말을 시작했다.

　"이 돈을 잠시 빌리는 걸로 하면 어떨까?"

　"나도 그런 생각을 했다 …."

　기무라도 말했다.

　"빌리겠다 이 말씀이십니까?"

　사토가 옆으로 다가갔다.

　"상인의 돈을?"

　"그것도 괜찮은 생각이군."

기무라가 사토를 보고 쓴웃음을 지었다.

"치요라는 여관 주인의 말도 일리가 있다."

"뭐가 일리가 있습니까?"

"그렇게 일일이 눈 크게 뜨고 보지 말게. 말을 제대로 할 수가 없지 않나?"

기무라는 말을 계속했다.

"번이 하는 일에 상인에게 돈을 내게 하는 것은 확실히 자네가 말한 대로 그렇게 떳떳한 일은 아니다."

"번 당국의 창피입니다. 번청의 책임포기입니다."

"나도 옛날에는 그렇게 생각했다. 그러나 이런 생각도 할 수 있지. 치요 같은 상인들이 늘어나게 되면 번주님께서 하시려는 일이 요네자와 사람들에게 의외로 더욱 깊이 파고들 수 있는 계기가 될 수도 있다. 돈을 빌리게 되면 개혁의 취지가 좀 더 잘 전해질 것 같단 말이지."

"그건 궤변입니다. 저는 승복할 수 없습니다. 이 돈을 돌려주고 오겠습니다."

돈 꾸러미를 들고 일어서려는 사토를 다케마타가 막았다.

"잠깐 기다려라."

"기무라가 아직 할 얘기가 남아 있는 모양인데."

다케마타가 흥미있는 듯 쳐다보았다. 기무라가 새로운 생각을 한 것처럼 느껴졌다.

"있습니다."

기무라가 확실하게 대답했다.

"학교를 세울 자금을 전 번민에게 호소하여 헌금을 하게끔 하면 어떨까요?"

"그건 당치도 않습니다."

사토는 기가 막혔다.

"상인뿐만 아니라 농민들에게까지 헌금을 받는다면 무사라고 말할 자격도 없습니다. 창피한 일입니다."

그렇게 말하는 사토를 기무라는 싱글싱글 웃으며 마치 귀여운 동생을 바라보는 듯한 눈으로 쳐다보며 말했다.

"자네도 아직 번주님께서 말씀하시는 참된 정신을 잘 모르고 있구나."

"그렇지 않습니다. 번주님께서 말씀하시는 것을 저만큼 이해하고 있는 사람은 없다고 생각합니다."

사토는 의외라는 듯 말했다.

"그럴까? 그러면 아직 자신을 바꾸지 못하고 있다고 해야 좋을까?"

기무라는 놀리는 어조였으나 뜻밖에도 옳은 말이었다.

"자신을 바꾸지 못하고 있다는 건 어떤 의미입니까?"

"번주님은 이렇게 말씀하셨다. 개혁이라는 것은 제도나 정치의 방식을 바꾸는 것만이 아니다. 무엇보다 중요한 건 인간 자신을 바꾸는 것이다. 그리고 자신을 바꾸어갈 때 가장 큰 장애가 되는 것이 고루한 사고방식에 구애받는 것이며, 그 중에서도 가장 큰 문제는 자신은 절대 바꿀 수 없다고 생각하는 것이다. 곁에서 보면 벽돌 같은 것을 자신만 보석 같다고 여기고 있을 때가 종종 있다고 …."

"제 생각이 벽돌이란 말씀이십니까?"

"글쎄, 어떨까?"

기무라는 웃음을 거두고 사토를 쳐다보며 곧 말했다.

"말하자면 지금 무사의 창피라고 한 너의 말이 그 예이지. 무사가 혼자 결정해서 그렇게 생각하고 있는 건 아닌지. 아니면 아직 우리는 그렇게 혼자 결정한 협소한 장소에서 살고 있는 건 아닌지 …."

"……."

사토는 묵묵부답일 수밖에 없었다. 말은 없었지만 기무라의 말을 소처럼 거푸거푸 되새김질하였다. 직설적이긴 하지만 사토도 바보는 아니었다. 거기다가 기무라가 인용하고 있는 하루노리의 말은 하루노리로부터 항상 듣던 말이었다.

잘 생각해 보면 기무라가 말하는 대로였다. 무사의 창피란 도대체 무엇인가? 치요가 써달라고 하면 그것을 순수하게 받아들이는 것이 나쁜 건가.

"나도 기무라의 생각에 찬성이다."

다케마타가 말했다.

"새로운 학교는 우리 모두의 돈으로 만드는 것이다."

# 모금

밤이 깊어지자 바람이 그쳤다. 하늘에는 낫모양을 한 초승달이 날카롭게 빛나고 있었다. 사토 분시로는 달이 비치는 길을 걷고 있었다. 상가가 밀집해 있는 길모퉁이에 서서 주위를 둘러보았다. 아무도 없었다.

"옳지."

혼자 중얼거리며 사토는 모퉁이를 돌아서 좁은 골목길로 들어섰다. '전당포'라고 염색된 천이 보였다. 사토는 등에 큰 짐을 지고 있었다. 무거웠다. 전당포는 아직 열려 있었다. 점포 주인이 어슴프레한 사방등 뒤에서 두꺼운 장부를 뒤적이며 굵은 주판알을 굴리고 있었다. 그 모습을 입구에서 한참 동안이나 훔쳐보던 사토는 마침내 마음을 정하고 들어섰다.

"실례하오."

"예?"

얼굴을 든 주인은 다소 경계하는 눈빛으로 사토를 보았으나 사토의 등에 있는 큰 짐을 보고 이내 표정을 바꾸었다.

"어서오십시오."

사토는 주인 옆에 짐을 내리면서 말했다.

"이걸로 돈을 빌려주게."

"예."

대답하며 주인이 물었다.

"맡길 물건은 무엇입니까?"

사토는 자랑스럽게 대답했다.

"갑옷이다. 선조 대대로 내려오는 것으로 유서가 깊다. 게다가 비싼 것이다."

"갑옷이라 …."

사토의 기분과는 달리 주인은 매우 시큰둥하게 대답했다.

"오십 냥만 빌려주게."

"농담도 …."

주인은 확실히 느낄 수 있는 조소의 빛을 띠었다.

"이런 태평성대가 계속되니 전쟁이 일어나지도 않고 갑옷 같은 걸 맡아놓아도 별로 득되는 일이 없습니다. 많이 봐드려도 닷 냥 정도밖에 안 되겠습니다."

"닷 냥이라고?"

사토는 당신이야말로 농담 말라는 식으로 덤벼들었다.

"아까 말했듯이 선조 때부터 내려온 물건이다. 닷 냥이라니 바보 같은 소리 하지 말게."

"바보건 뭐건 시세가 그렇습니다. 저희들한테 선조의 유품이라고 하신들 아무 가치도 없습니다."

그렇게 말하면서도 주인은 등불을 비추어서 이쪽을 보았다.

"그런데 필요하신 돈은 대체 어디에 쓰시려고?"

사토는 잠시 입을 다물었다.

"그게 ….."

전당포 주인에게 사실을 말하기가 망설여졌다. 선조의 유품인 갑옷에도 전혀 감동하지 않고 돈을 빌려주지도 않을 것 같아 더더욱 그랬다.

"무사님."

어두운 등 밑에서 다시 한번 사토의 얼굴을 주시한 주인은 사토의 그런 망설임을 보고 놀리듯 말했다.

"설마 지금부터 색시집에 가시려는 건 아니겠지요?"

"바보 같은 소리 그만해라. 그런 게 아니다."

사토는 금방 불쾌한 내색을 하며 큰소리를 질렀다.

"번의 학교를 세우는 자금으로 상납하고 싶어서 그런다."

금방 사실대로 말해 버렸다. 주인의 꾀에 걸려든 것이다.

"역시 그러셨군요."

주인은 얼굴표정을 바꾸었다. 그리고 무릎 위의 먼지를 손으로 털며 일어났다.

"잠시 이쪽으로 와보시겠습니까?"

"무어냐?"

사토는 의아한 얼굴을 하였다.

"창고로 안내하고 싶어서 그럽니다."

"창고?"

"예."

"……."

무엇 때문에 창고에 가는지 몰랐으나 사토는 주인의 권유에 따랐다. 점포 뒤로 나가자 조금 떨어진 곳에 있는 두꺼운 지붕 밑의 흙창고문을 주인이 큰 열쇠로 열었다. 주인은 가지고 온 촛불로 창고 안을 밝혔다.

"들어오십시오."

사토는 안으로 들어갔다. 창고 특유의 냄새가 코를 찔렀다. 여러가지 물건이 수납되어 있었다. 그리고 잘 정돈된 채 보존되어 있었다.

"매우 철저하게 보관하고 있구나!"

탄복하며 사토가 말했다.

"예."

주인이 대답했다.

"손님들의 귀중한 물건을 맡아놓고 있는 거라 되돌려줄 때는 맡아놓을 때와 똑같이 해서 드리지 않으면 안 됩니다."

그렇게 말하고는 그곳에 있던 우단옷을 잠시 만지며 사토를 향해 돌아보았다.

"나는 사토라고 하네."

사토가 이름을 밝혔다.

"사토님."

주인은 이름을 부르며 말했다.

"전당포로서는 빌려준 돈보다 맡은 물건을 벌레먹지 않도록 보존하는 게 더 큰일입니다."

'그럴지도 모르겠다.'

태어나 처음 전당포에 온 사토는 들어올 때만 해도 가슴에 꽉 차 있던 부끄러움이 조금씩 사라지고 있음을 느꼈다. 주인의 태도가 그렇게 만들어주었다. 특히 맡은 담보물의 보존에 만전을 기하는 주인의 세심한 자세는 정이 많은 사토를 감동시키기에 충분했다.

"이쪽으로 와보십시오."

우단옷 옆에 있던 훌륭한 칼에 눈이 머문 사토는 주인을 따라 가리키는 쪽으로 갔다. 그곳에는 갑옷 두 개가 나란히 있었고 그 옆으로는 창들이 수풀같이 늘어서 있었다. 갑옷에도 창에도 모두 이름을 쓴 종이가 붙어 있었다. 그 이름을 보기도 전에 사토는 갑옷과 창을 한데 묶어놓은 새끼줄에 매달려 있는 나무패를 보게 되었다.

'학교건립을 위하여.'

쓴 지 얼마 안 된 듯 묵이 완전히 마르지 않았다. 사토는 깜짝 놀랐다. 읽기 쉽게 주인이 촛불을 얼른 옆에 갖다 대고 비추어주었다. 갑옷에는 '기타자와 고로베이'라고 쓴 종이가 붙어 있었다. 또 하나의 검에는 '야마구치 신스케'라고 쓰여 있었다. 창은 전부 기타자와의 부하로 그와 같이 개간작업에 참여하고 있는 무사들의 것이었다.

"조금 전에 오셔서, 그러니까 사토님보다 30분 정도 일찍 오셨을까요?"

주인은 그렇게 설명했다. 그 다음은 듣지 않아도 알았다.

'당했구나.' 사토는 솔직히 그렇게 생각했다.

번 정부는 오늘 모든 번사, 번민에게 협력요청을 하였다. '뒤를 이을 젊은이들을 위해 학교를 세우고 싶다. 미안하지만 모두에게 지원을 받았으면 한다'는 모금취지서였다. 새로 만드는 학교에서는 무사, 농민, 관리, 상인 구별없이 배우게 하겠다고도 적혀 있었다.

오노가와의 여관 주인 치요가 상납한 돈이 계기가 되었다. 기타자와 고로베이는 솔선하여 그 모금에 응하기 위해 소중한 갑옷을 전당포에 서슴없이 맡긴 것이다. 야마구치 신스케도 이에 동참하였다. 그리고 이것을 안 기타자와의 부하들도 창을 내놓았을 것이다. 사토는 그 광경이 눈에 보이는 듯했다.

'기타자와님은 장하다. 훌륭하다.'

사토의 생각을 끊으며 주인이 말했다.

"기타자와님은 당분간 갑옷은 허드레옷으로, 창은 괭이와 가래로 대신할 테니 맡아달라고 하셨습니다. 배포도 크고 마음이 넓은 분이십니다. 저희 가게와는 오래 전부터 인연이 있던 분이라서요. 오노가와에 오시기 전에도 이 가게에 자주 들르셨지요."

무엇이 주인의 경계심을 풀었는지 그런 말까지 하였다.

"오노가와에 오기 전부터? 기타자와님이 그렇게 돈이 궁하셨는가?"

그래도 경비대장 자리에 있는 기타자와가 왜 그렇게 돈이 필요했을까? 조금 이상해서 사토는 물었다. 주인은 웃었다.

"그게 아닙니다. 그 돈으로는 전부 사람들에게 술을 사주었습니다. 배포가 큰 분이세요. 그러나 옛날부터 그랬던 것은 아닙니다. 잘은 모르지만 아는 분 이야기로는 오히려 검약 일변도로 사람들과 거의 친교가 없을 정도였는데 무슨 일인지 갑자기 사람이 변해 자신의 일은 전혀 개의치 않고 남의 일만 걱정하게끔 되셨다고 합니다."

'이타야 고개 사건이구나.'

사토는 금방 알아챘다. 번주님이 처음 입국했을 때 기타자와는 큰 실수를 저질렀다. 기타자와의 실수라기보다 사실은 번 중신들의 심술이었지만 책임을 지고 할복하려고 했었다. 그것을 알아차린 하루노리는 사토에게 기타자와가 할복하게 놔두어서는 안 된다고 강경하게 말했었다.

그 은혜를 느끼고 기타자와는 변했다. 변했다기보다 자신을 바꾸었다. 자신을 전혀 생각하지 않고 타인을 위해 희생하고 있다는 주인의 말은 그대로였다. 타인을 위해 희생한다는 것은 타인에 대한 헤아림이요, 따뜻한 마음이다.

"그렇구나!"

거기까지 생각하던 사토는 갑자기 깨달았다. 치요가 했던 말이 생각났다.

"기타자와님은 지금 〈맹자〉를 가르쳐주고 계십니다. 맹자의 '참을 수 없는 마음'을 예로 타인을 생각하는 따뜻한 마음을 가르쳐주십니다."

전부 연결이 된다. 기타자와 고로베이의 언행에는 일관성이 있다. 그리고 그 동기는 눈쌓인 이타야 고개에서의 일이라고 생각했다.

'사람이 사람에게 주는 영향이라는 것이 이렇게 크구나.'

기타자와는 번주님에 의해서 확실하게 변했다. 자식 같은 나이 어린 번주와의 만남을 계기로 과거와는 아주 딴판으로 변해버렸다.

'대단한 일이다.'

가슴속으로 사토는 그렇게 중얼거렸다. 사람과 사람의 만남은 그만큼 커다란 사건이라고 생각했다.

"주인장."

사토가 불렀다.

"기타자와님께는 얼마나 준비해 드렸나?"

"세 냥입니다."

"세 냥?"

놀라 물었다.

"너무 작은 것 아닌가?"

"사토님."

주인은 쓸쓸하게 웃었다.

"이 갑옷으로는 세 냥도 많은 겁니다. 저는 장사꾼이기 때문에 장사꾼의 틀에서 벗어날 수는 없습니다. 마음으로 감동하는 것과 돈을 내드리는 건 별개 문제입니다."

사토는 입을 다물었다. 그러한 사토를 조금은 날카로운 눈으로 보며 주인이 말을 이었다.

"전당포는 원래 백성, 상인을 상대로 하는 장사입니다. 무사님들의 마음가짐은 충분히 이해하지만 그것에 감동하여 분별없이 돈을 빌려드리면 가게가 망합니다. 그렇게 되면 가장 곤란한 건 백성과 상인들입니다. 그들에게 전당포는 없어서는 안 되는 곳입니다. 아직까지는 그런 사정이지요. 그렇지 않습니까?"

주인이 심각한 얼굴로 사토의 눈을 쳐다보았다. 사토는 압도당했다. 아직까지는 그런 사정이라고 하는데 뭐라고 할말이 없었다.

번주의 개혁이 활기를 띠고 있지만 아직 초기단계로 요네자와 전체가 부유해진 것은 아니었다. 번 내에서는 아직도 전당포를 드나들며 그날 그날을 이어가는 농민이나 상인이 많았다. 사토는 전당포 주인이 하는 말을 너무도 잘 이해할 수 있었다.

사토는 주인의 얼굴을 쳐다보다가 갑자기 혼자서 웃기 시작했다.

"왜 그러십니까? 뭐 우스운 일이라도?"

"아! 우습구나. 자네를 번주님과 만나게 하고 싶다."

사토의 말에 주인도 진지한 얼굴이 되었다.

"저도 만나뵙고 싶습니다."

"뭐라고?"

"백성이 나라의 보물이라는 개혁의 요지는 확실히 알고 있습니다만 좀더 분명하게 확인하기 위해서는 번주님도 한번 이 전당포에 와보셨으면 합니다. 창고 안도 보시구요."

완고하고 나름의 생활철학을 가지고 있는 주인을 보며 사토는 번주님도 이 주인을 만나보면 어떨까 장난처럼 생각했던 것이다. 그러나 주인은 진지했다. 두드리면 소리가 나듯이 곧바로 반응한다는 것은 언제나 깊이 생각하고 있기 때문이다.

'번주님을 만나서 말씀드리고 싶다. 그러면 개혁이 좀더 구체적으로 마음에 다가오겠지.'

이런 서민들의 절실한 바람을 주인은 항상 마음에 지니고 있었던 것이다. 그리고 그러한 마음을 가지고 있는 사람은 비단 이 주인뿐만이 아니었다.

'요네자와에는 분명히 그런 번민이 많을 것이다. 그러나 그런 번민의 목소리가 잘 흘러갈 수 있는 언로言路가 잘 만들어져 있는가? 번 정부의 관리들은 역시 책상 앞이나 머릿속으로만 개혁을 추진하고 있는 건 아닌가?'

생각만 해도 소름끼치는 일이었다. 사토는 처음으로 서민들의 진실한 목소리를 들은 것 같았다.

'정말 번주님을 한번 모시고 오자.'

그렇지만 그것은 그것이고, 다시 교섭이 시작되었다.

"닷 냥이라고만 하지 말고 열 냥만 빌려주게. 선조님께도 죄송스럽네."

"신경쓰지 마십시오. 선조님은 이미 안 계신데요. 여섯 냥까지입니다."

"창고 안에서의 얘기는 감동하였다. 그러니까 열 냥."

"그러기에 말씀드리지 않았습니까? 기분하고 돈하고는 별개의 문제라고요. 여섯 냥이 한계입니다."

"그럼 아홉 냥. 나도 물러설 테니 너도 조금 물러서라."

"처음 오신 분치고는 매우 흥정을 잘하시는군요. 그러면 깎아서 일곱 냥."

"아홉 냥."

"일곱 냥."

사토는 부끄러움도 체면도 잊었다. 처음 불렀던 오십 냥은 잊은 지 오래였다. 어쨌든 한 냥이라도 좋으니 더 많이 빌리고 싶은 마음뿐이었다.

"그러면 이렇게 하죠. 여덟 냥으로 합시다."

"고맙네."

"단 빌려드리는 것은 일곱 냥으로 하겠습니다."

"뭐라고?"

"한 냥은 저의 상납금으로 하겠습니다."

"……!"

주인을 바라보는 사토의 눈이 조금씩 젖어가고 있었다.

"좋은 생각이군. 정말 좋은 생각이야."

빈손이 되어 접은 보자기를 만지며 사토는 얼어붙은 밤길을 걷고 있었다. 지갑에는 여덟 냥의 돈이 들어 있었다. 전당포 주인은 결국 일곱 냥밖에 빌려주지 않았다. 선조 대대로 내려오는 갑옷도 어차피 이 태평시대에는 그 정도 가치밖에는 없는 것이었다.

"소중히 보관해 놓겠습니다."

주인은 그렇게 말했다. 창고에 그처럼 훌륭하게 물건을 보관해 놓은 솜씨를 본 뒤라서인지 안심이 되었다. 그러나 도대체 언제 찾으러갈 수 있을까? 그건 그렇다치고 기분도 낼 줄 아는 주인이었다.

"빌려주는 돈은 이 이상 올려줄 수 없지만 이것은 나의 몫입니다. 좋은 학교를 세워주십시오."

이런 말을 하며 한 냥 더 얹어주었다. 상쾌한 경험이었다. 초승달이 중천에서 제법 서쪽으로 넘어가 있었다. 한기는 매서워서 살을 에이고 뼈까지 스며들었으나 사토의 마음은 훈훈했다.

*

　사토가 집 앞에 도착했을 때 한 무사가 문 앞에서 기다리고 있었다. 요네자와 번에서는 번사에게 주어진 땅이 신분에 따라 넓고 좁고 하였는데 대개가 장방형의 길쭉한 침상형이었다. 근신인 사토는 약 50평의 토지를 받았다. 실제 건평은 스무 평 정도로 뒷 정원에는 뽕나무와 옻나무가 빽빽하게 심어져 있었다. 자신이 먹는 무나 야채류도 그 옆에 심어져 있었다.

　야마구치 신스케였다.

　"신스케, 이렇게 늦게 웬일이냐?"

　"너야말로 웬일이냐? 이렇게 밤늦게까지 어정어정 돌아다니고."

　밖에서 기다리고 있어 몸이 완전히 얼어버렸는지 투덜대는 신스케였다.

　"급한 일이냐?"

　"당연하지. 급한 용무가 아니면 누가 이 깊은 밤중에 이런 낡은 집에 오겠나?"

　"낡은 집이라니?"

　"낡은 집이잖아."

두 사람은 집으로 들어갔다.

"춥다."

초에 불을 붙이는 사토를 보며 야마구치가 손을 마주 비볐다. 사토가 말했다.

"마루에 개혁의 불씨가 있다. 그것으로 손을 녹여라."

"개혁의 불씨로 몸을 녹이면 벌 받지. 잔이나 두 개 가져와라."

"뭔데?"

야마구치는 가지고 온 술병을 흔들었다.

"개간지에서 우리들이 만든 술이다. 탁주지만."

"그거 마실 수 있는 건가? 눈이 멀지 않을까?"

"바보 같은 소리. 어쨌든 잔이나 가지고 오게."

술잔을 가지고 오니 야마구치는 두 개의 술잔에 뿌연 술을 부었다. 온기가 전혀 없는 방에서 사토는 야마구치와 마주보며 탁주를 마셨다.

"오랫동안 밖에서 기다렸더니 배고픈데 뭐 먹을 거 없나?"

야마구치가 말했다.

"먹을 거라 …. 좀 찾아보지."

일어선 사토는 돌아보며 미소지었다.

"이 탁주, 좋은데. 음! 맛있어."

"그렇지? 바보 같은 놈. 눈이 멀 정도라면 오노가와의 개간 지에서는 기타자와님을 위시하여 모두가 이미 장님이 되어버렸겠네."

야마구치는 욕설을 퍼부었다. 사토는 부엌에 갔다가 돌아왔다. 아무도 없이 혼자 생활하기 때문에 뭐든지 자신이 직접 만들어 먹었다.

"자, 먹을 거다."

사토는 주발을 두 개 꺼내놓았다. 속을 들여다보고 야마구치가 씁쓸히 웃었다.

"언제나 이런 걸 먹는구나."

"그래."

사토는 주발에 있는 것을 입에 넣었다. 마른 밥과 구운 된장 이었다. 그것은 전장에서나 먹는 보조식량이었다.

사토는 '개혁은 전쟁과 같다. 적은 재정궁핍이라는 놈이다. 적이 전멸할 때까지 나는 전장에 나가 있는 마음으로 생활한 다'며 매일 이런 형편없는 식사로 일관하고 있었다.

"그런데 급한 용무란 건 뭐지?"

몸이 조금 녹았다 싶자 사토가 물었다.

"응."

야마구치는 주머니에서 보자기에 싼 것을 내놓으며 다다미 위에 놓았다.

"이것을 번주님께 드려주게. 학교를 설립하기 위한 오노가와 개간지 일동의 뜻이네. 스무 냥이다."

"스무 냥?"

사토는 놀랐다. 전당포에서 빌린 돈은 기타자와의 갑옷이 세 냥, 야마구치의 갑옷이 두 냥, 다른 부하들의 창을 합해서 세 냥이니 전부 합해서 여덟 냥밖에 되지 않는다. 나머지 돈은 어떻게 구했단 말인가!

사토가 묻기도 전에 야마구치는 솔직하게 궁금증을 풀어주었다.

"그게 … 어떤 궁지에 몰리더라도 여자란 비상금을 갖고 있게 마련인가 봐. 모두 그것을 내어놓았어. 야마우치 가즈토요 山内一豊의 아내처럼 그곳에 있는 여자들은 살림을 절약해 남편 모르게 돈 모으기를 썩 잘하고 있었지."

그렇게 말하고 자신도 웃었다.

"정말 고맙네. 번주님께 확실하게 전하겠네."

인사를 하고 사토는 꾸러미를 받아서 개혁의 불씨가 들어 있는 주발 옆에 놓았다.

"당했어."

자리로 돌아오며 사토가 야마구치의 어깨를 쳤다.

"아이구 아퍼. 무슨 말이야?"

야마구치는 어깨를 쥐었다

"갑옷 말이야. 아니 갑옷과 창 말이야."

"……."

눈을 크게 뜬 야마구치는 사토를 쳐다보고는 웃으며 벌써 들켰구나 하는 일그러진 얼굴을 하였다.

"너 알고 있었구나!"

사토도 따라 웃으며 크게 끄덕였다.

"응."

"어떻게 그걸 알았지?"

"나도 다녀왔지. 좀 전에."

"뭐?"

이번에는 야마구치가 놀랐다.

"너도?"

"그래, 선조유물인 갑옷을 전당포에 맡기고 왔지. 완고한 주인이 일곱 냥밖에 주지 않더군."

"일곱 냥? 나는 두 냥밖에 빌려주지 않던데."

"갑옷이 달라."

"다르다고? 내 것이 더 훌륭할걸. 나쁜 놈, 내일 따지러 가야지."

"안 돼."

사토는 고개를 저었다.

"창고에 가서 너의 갑옷을 보았는데, 내 것이 훨씬 좋았어."

"창고에서? 망할 놈의 주인."

"좋은 사람이야. 기타자와님이나 너희들에게 감격하고 있더군. 감격하는 것과 돈을 빌려주는 것은 별개라고 하던데. 전당포가 망하면 곤란한 사람은 무사들보다 백성과 상인들이래. 감격해서 가게를 망하게 할 수는 없다고 하더군."

"그래, 우리한테도 그랬어. 재미있는 주인이야."

"응, 나는 잘못 생각했었어. 개혁은 무사들이 추진하는 것이라고만 생각하고 분발했는데 그게 아니었어. 백성이나 상인들과 함께 추진해 나아가야 해. 백성은 백성대로 상인은 상인대로 자신들의 개혁을 생각하고 있어. 번의 무사가 추진하는 개혁에 단지 따라만 올 것이라는 생각은 금물이지. 그들의 생각을 좀더 겸허한 자세로 듣는 게 중요해. 그러기 위해서 나는 그 전당포 주인을 번주님과 한번 만나게 할까 생각하고 있어."

"전당포 주인을 번주님하고?"

괴상한 목소리를 내며 야마구치가 손뼉을 쳤다.

"그것도 재미있겠는데? 정말 재미있어. 개혁이 더욱 구체적으로 섬세하고 빈틈없이 추진될지 몰라."

"오늘밤 여기서 자고 가라. 내일 아침 일찍 개간지로 가면 어때? 벌써 아침이 다 되었잖아."

피곤해진 사토는 그렇게 말하면서 웃었다.

젊은 두 사람은 개혁의 장래와 당면한 학교건설문제로 서로의 이상을 얘기하느라 침이 튈 정도로 열변을 토했다. 얇은 이불을 뒤집어쓰고 누우니 야마구치가 말했다.

"어둠속이라서 그런지 말하기가 편한데 …. 분시로, 실은 한 가지 더 너에게 얘기하고 싶은 게 있다."

등을 껐기 때문에 방은 확실히 깜깜했다.

"뭔데?"

"내가 아내를 맞으려고 해."

"하! 그래?"

"그렇게 놀리는 투로 말하지 마. 나는 심각하단 말이야."

"놀리는 게 아니야. 상대는 어떤 여자야?"

"가까이에 있는 오노가와의 온천장 여자야."

"뭐?"

사토는 갑자기 잠이 달아났다. 동시에 불길한 예감이 가슴을 스쳐갔다.

'설마?!'

"온천장의 여자?"

사토가 반문했다.

"스즈라는 여자인데 에도 처녀로 원래는 무사가문 출신인 것 같아. 사정이 있는 것 같은데, 자상하고 마음씨 고운 좋은 처녀야. 예의범절도 바르고 아내로 맞아들여도 손색이 없어."

'이 바보 같은 놈!'

야마구치가 말하는 동안 사토는 소리내지 않고 울부짖고 있었다.

'뭐? 마음씨가 고와? 미스즈라면 당연하지. 예의범절이 바르다고? 바보 같은 자식. 미스즈는 에도 번저의 마님 하녀로 예의범절로 똘똘 뭉친 사람이야. 너보다 훨씬 예의바르지.'

그러나 사토가 혼란해진 이유는 그것이 아니었다. 젊은 무사라면 모두 미스즈에게 눈독을 들인다. 사토와의 관계를 아무도 모르기 때문에 더더욱 그랬다. 그런 사토를 더욱 기가 막

히게 하는 것은 야마구치의 부탁이었다.

"그래서 말인데, 너에게 부탁이 있어. 내 대신 스즈양한테 내 마음을 전해주었으면 한다."

*

"웬일이지? 기운이 없어 보이는데."

다케마타가 사토의 얼굴을 보자마자 말했다.

"예. 지난밤 조금 늦게까지 조사할 일이 있어서요."

사토는 그렇게 둘러대었다.

"그래? 너무 무리하지 마라. 너는 우리 중 젊은 편인데다가 다음 세대가 클 때까지 중개역할을 해주지 않으면 안 되니까."

모두 돈정리를 하고 있었다.

"놀라워! 이렇게까지 돈이 금방 모일 줄은 몰랐어."

다케마타가 즐거운 비명을 지를 정도로 학교건설을 위한 모금에 호응하는 사람이 많았다. 좀 과장하면 너도 나도 기다렸다는 듯이 돈을 내주는 번사, 번민이 많았던 것이다.

"이게 도대체 어찌 된 일일까?"

예상치 않았던 일에 다케마타도 깜짝 놀라고 있었다.

"무사나 상인 구별없이 배우게 하자는 방침이 좋았던 것 같습니다."

노조키가 답했다.

"그런가? 그래서 백성, 상인의 염출이 많은 건가?"

"그런 것 같습니다. 역시 자식에게 미래를 맡기는 부모의 심정이라고 할까요? 백성과 상인의 자식들이 입신하려면 학문 말곤 방법이 없으니까요."

"그렇습니다. 그렇기 때문에 이 염출금에는 그런 부모의 심정이 피와 땀으로 분해 스며들었다고 생각합니다."

이번엔 구라사키가 말했다.

"뽕나무조, 닥나무조, 옻나무조, 모시풀조, 잇꽃나무조같이 번주님께서 추진하시던 토지의 산업조들로부터도 상당히 많이 들어오고 있습니다."

즐거운 정리작업이었다. 여기서 즐겁지 않은 사람은 사토뿐이었다. 사토는 줄곧 한 가지 생각에 잠겨서 기운이 없었다. 야마구치 신스케의 말이 머릿속을 떠나지 않았다.

'아무리 그래도 그렇지. 왜 미스즈를, 그것도 아내로 맞고 싶다는 걸 나에게 부탁한단 말인가?'

사토는 분개하고 있었다. 그러나 동시에 사실대로 말하지 못한 자신에게도 화가 났다. 돌이킬 수 없는 상황이었다.

"이 정도 돈이면 학교를 세울 수 있겠군. 번주님도 이제 에도로 호소이 헤이슈 선생님을 모시러 갈 수 있겠어. 그때는 사토 네가 함께 가는 거다."

이 말을 들은 사토는 완전히 절망상태가 되었다.

'지금 내가 에도에?'

# 손핑

"번주님을 따라 에도에 가게 되었습니다. 호소이 헤이슈 선생님을 모시러 갑니다."

치요와 미스즈에게 사토는 그렇게 인사했다. 현관 앞까지 배웅나온 두 사람은 현관목에 정좌하고 앉아서 사토의 인사를 받았다.

"고생하고 계십니다."

인사를 하던 치요는 속으로 느꼈다.

'이분은 실로 정중한 분이다.'

"당신의 최초의 헌금이 그토록 많은 헌금을 유도했습니다. 당신의 헌금은 학교자금의 불씨가 되었습니다."

"아이구 불씨라니요 ….."

사토의 말에 치요는 얼굴을 붉혔다.

"일전에 기타자와님의 가르침으로 황송하다는 말을 배웠습니다. 사토님께서 그리 말씀하시면 제가 황송스럽습니다."

치요는 특히 황송하다는 말에 억양을 높여 말했다. 그 말에 웃으면서 사토는 자꾸만 미스즈를 훔쳐보고 있었다. 아까부터 몇 번이나 그랬다.

'나에게 인사왔다지만 사실은 스즈를 만나러 온 것이군.'

치요는 느끼고 있었다. 오늘 사토는 무언가 이상했다. 안절부절 못하고 있었다.

'스즈에게 특별히 할 얘기라도 있는 걸까?'

"스즈."

"예."

"오늘은 묵고 있는 손님도 안 계시니까 이층방이 전부 비었지? 사토님께 잠깐 올라오시라고 그러지."

"예."

미스즈는 치요의 말을 순순히 받아들이며 맑은 눈으로 사토를 재촉하듯 보았다. 사토는 당황하였다.

"아니, 에도에 갈 준비도 있고 그만 …."

"그래도 무슨 할 얘기가 있으시지요?"

"아니 별로 ···."

"그렇습니까? 그럼 스즈가 사토님께 드릴 말씀이 있을런지도 모르죠."

"아주머니!"

치요는 미스즈가 부르는 소리를 미소로 뿌리쳤다.

사토는 이층으로 올라 서향 방으로 들어갔다. 창을 통해 멀리 아즈마 산맥이 보였다. 비탈길을 따라 온천의 도랑이 있어 하얀 수증기가 모락모락 올라오고 있었다. 염분이 있는 온천의 수로였다. 사토는 마음을 정하고 미스즈를 똑바로 쳐다보았다.

"미스즈에게 긴히 할 얘기가 있습니다."

"예."

미스즈는 자세를 고쳐앉았다. 옛날 우에스기 가家의 에도 번저에 있을 때 마님 하녀의 자세 그대로였다. 지금 여관 하녀로서 미스즈의 이런 자세는 더욱 야무져 보였다.

사토는 에도 번저에 있을 때 미스즈의 그런 야무진 자태를 보는 것이 좋았다. 지금 다시 그런 미스즈를 보니 사토의 가슴속에 아픔이 살아나 용암처럼 가슴속을 관통하였다. 그러나 아프면서도 한편으로는 달콤한 그 기억을 언제까지나 간직하고 있을 수는 없었다. 사토에게는 해야만 할 일이 있었다.

"미스즈, 긴히 할 얘기란 …. 당신에게 혼담 부탁이 들어와 있습니다."

"저에게 혼담이요?"

역시 놀란 미스즈는 얼굴이 빨개지며 곤혹스러움으로 무척 당황하며 복잡한 표정을 지었다. 그 표정을 보니 사토는 점점 괴로워졌으나 '에이!' 하고 마음속으로 기합을 넣고 말을 계속했다.

"건실한 남자입니다. 무골호인으로 자신이 생각하는 것을 만족스럽게 표현하지는 못하지만 미스즈를 마음속 깊이 경애하고 있습니다. 아니, 존경하고 있습니다."

말에 점점 힘이 들어갔다. 사토는 야마구치 신스케의 입장을 대변하기보다는 언제부터인가 자신의 기분을 말하고 있었다. 그것을 사토가 느끼지 못하고 있을 뿐이었다.

"……."

사토를 쳐다보는 미스즈의 눈에 작은 빛이 스치더니 점점 커졌다. 기쁨을 가득 담은 빛이었다.

사토도 미스즈를 줄곧 주시하고 있었다.

"그러면 ···."

미스즈는 한참이 지나 조금 갈라진 목소리로 말했다. 흥분되는 마음이 고조되어 목소리가 매끄럽게 나오질 않았다.

"사토님께선 저에게 그 혼담을 권하십니까?"

미스즈는 그렇게 물었다. 이 질문은 사토에게 결정적 일격이었다. 사토는 다시 한번 마음속으로 기합을 넣었다. 그와 동시에 스스로를 꾸짖었다.

'분시로! 너도 남자냐?'

아까부터 자꾸만 끓어오르는 또 하나의 감정을 그렇게 억제시켰던 것이다. 사토는 긴장하여 마른침을 삼키며 대답했다.

"권합니다."

목소리는 낮았지만 어조는 비통했다. 사토의 대답을 듣자 미스즈는 눈을 더욱 빛내며 세 손가락을 세우고 깊숙이 머리를 숙였다.

"그러면 저는 받아들이겠습니다."

새까만 머리에서 나는 머릿기름 냄새가 사토의 코를 자극했다. 사토는 아직 무슨 일이 일어났는지 실감할 수 없었다.

\*

야마구치는 사토가 나가기 전에 싸놓고 간 여행짐을 불안한 표정으로 쳐다보고 있었다. 앉아 있다가도 자리에서 일어나 마루에 있는 주발의 뚜껑을 열고 재 위에서 타고 있는 불씨를 보곤 하였다. 앉지도 서지도 못했다.

"아무리 그래도 ··· 혼자 사는 건 할 수 없군."

야마구치는 살풍경한 사토의 집안을 돌아보며 그렇게 중얼 거렸다.

사토가 돌아왔다. 말을 타고 달려와서인지 아직 거친 숨을 몰아쉬고 있었다. 얼굴은 상기되어 있지만 눈빛이 어두웠다. 야마구치는 불길한 예감이 들었다.

"어이, 사토."

야마구치는 조심스럽게 말을 걸었다.

"거절당했나?"

"아니."

"그러면?"

"스즈가 승낙했어."

"정말이냐?"

"정말이야."

"왓, 신난다!"

야마구치는 뛰어오르며 사토의 어깨를 힘껏 두드렸다.

"그러냐? 스즈가 승낙해 주었어!"

"아아…!"

악의없이 기쁨을 발산하는 야마구치와는 대조적으로 사토의 표정은 조금도 생기가 없었다. 야마구치에게 맞은 어깨의 아픔은 오랫동안 무겁게 몸에 남았다. 깊은 절망감이 두꺼운 널판지처럼 깔리면서 사토의 마음이 그 밑으로 완전히 짓눌려버리는 것도 시간문제였다.

"사토, 너 나에 대해서 스즈에게 뭐라고 했나?"

"… 무골호인이며 정직하고 자신이 생각하는 것도 만족스럽게 말하지 못하는 성실한 남자라고 하였다."

"그대로야. 음, 그래서?"

"스즈는 잠자코 듣더니 곧 사토님은 그 혼담을 권하십니까라고 물었어."

"너는 뭐라고 대답했는데?"

"진심으로 권한다고 했지."

"잘했군."

야마구치는 또 힘을 넣어 사토의 어깨를 쳤다. 사토는 자기도 모르게 '욱' 하고 신음했다. 어깨보다는 가슴 쪽으로 세게

와서 닿는 아픔이었다.

"그래서?"

자꾸 얘기를 재촉하는 야마구치에게 사토가 힘없이 말했다.

"그걸로 끝이지. 스즈는 그러면 감사하게 받아들이겠습니다라고 했어."

"그러냐? 정말 고맙다. 너는 좋은 친구야. 진정한 '손핑'이야. 정말 기쁘다."

신명이 난 야마구치를 사토는 허탈하게 보고 있었다.

'손핑'이라는 말은 요즈음 번사들 간에 다시 유행하기 시작한 요네자와의 방언이었다. 외고집답게 시대의 흐름에 구애받지 않고 손해볼 것을 뻔히 알면서도 그것을 감수하는 생활방식을 지키는 요네자와 정신을 의미하는 것이었다.

우에스기 하루노리가 개혁을 시작한 이래 이제까지 죽어 있던 어휘들이 또다시 살아나기 시작했다. '손핑' 등 다른 지방 사람이 들으면 무슨 말인지 모르는 방언에도 요네자와 번사들은 새로운 의미를 부여했다. 지금 번 내에서는 '이런 손핑' '너는 손핑이다'라고 하면 그것은 상대를 칭찬하는 의미가 되어 있었다. 고지식하게 하루노리의 개혁을 지지하며 소신껏 추진해 가는 무리들이 특히 이 말을 선호하였다.

"손펑이라, 재미있구나."

번사들 간에 유행하고 있는 말의 의미를 들은 하루노리는 미소지었다.

'손펑'이라는 말은 '비판을 좋아함'이라는 의미가 포함된다. 그러기에 이 유행어가 쓰이는 곳에서는 의논도 활발했다. 그러나 개혁이라는 것이 한올의 흐트러짐도 없이 정연하게 추진되지는 않는다. 번 내에는 아직 옛날 번정의 방식을 잊지 않고 과거에 집착하는 인간도 많았다. 당연히 개혁을 반대하고, 하루노리를 비판하며, 하루노리가 처단한 중신들을 동정하는 무리들이었다. 특히 일곱 중신들의 자식들이나 가신단은 하루노리를 미워하고 하루노리 주위에 있는 측근들을 증오하였다.

이렇게 제멋대로처럼 보이는 개혁의 모습에 다케마타나 노조키, 기무라 등은 안타까움을 금치 못하였고 때론 분노하기도 했다.

"번 내에는 아직 번주님이 말씀하시는 것을 이해 못하는 놈들이 있어."

"도대체 언제가 되어야 번사 전원이 일심단결을 할까?"

대기실에 모이면 언제나 여러가지 소리가 흘러나왔다. 그러나 그때마다 하루노리는 그들을 격려하였다.

"급하게 마음먹지 마라."

"입장을 바꾸어 생각해 보자."

"입장을 바꾸어보자고 하시면?" 기무라가 솔직하게 물었다.

"가령 내가 번사의 입장에 선다고 하자. 오랫동안 이 요네자와에 있으면서 한 발자국도 다른 번의 땅을 밟아본 적이 없다. 일하는 방법도 선배나 부모들이 가르쳐준 것 외에는 모른다. 그런데 어느날 갑자기 듣도 보도 못한 다른 가문에서 양자로 들어온 번주가 들어와 개혁을 시작했다. 그것도 지금까지의 개혁과는 다르게 무사들인 번사나 그의 가족에게 뽕나무, 닥나무, 옻나무를 심게 한다. 새로운 농지도 개척하게 한다. 칠기도 만들라고 하고 잉어도 키우라고 한다. 이건 도대체 뭐지? 무사를 농공상의 신분으로 내려앉힐 작정인가? 그런 의문이 당연히 일겠지."

"그래서 번주님께서 백성은 나라의 보물이라고 하시며 가만히 있을 수 없는 마음, 곧 백성을 향한 따뜻한 마음, 헤아림 등을 설명하지 않으셨습니까?"

"그렇다. 그러나 그런 사고방식이 자신의 피와 살이 되지 않으면 안 된다. 피와 살이 된다는 것은 자신이 납득하고 자신을 변화시키려는 용기를 갖는 것이다. 새로운 '손팽'으로 다시 태어나자는 뜻이다. 그것은 서둘러서 될 일이 아니다. 무리하면 오히려 저항만 커진다. 제멋대로라서 안타깝고 개혁의 속도가 느리다고 생각하겠지만 지금으로서는 착실하게 앞으로 전진하는 것이 무엇보다 중요하다. 그 대신 앞으로 나아가면 결코 뒤로 물러서지 않는 것이다."

하루노리는 역설하고 있었다.

"옛날 사고방식이 옳다고 믿는 자는 그 나름대로 자신을 '손핑'이라고 생각하겠지. 너희들도 자신을 새로운 '손핑'이라고 생각한다. 개혁이란 그 '과거의 손핑'과 '새로운 손핑'과의 투쟁이다. 그 투쟁을 통하여 개혁은 추진된다. 성급하게 화를 내서는 안 되지 않는가?"

지금 하루노리는 에도로 향하고 있었다. 새로운 학교의 선생으로 호소이 헤이슈를 모시러 가는 길, 헤이슈의 문하생이던 진보 쓰나타다와 사토 분시로와 함께였다.

"번주님이 직접 모셔와 주십시오."

하루노리는 이렇게 간절히 요청하는 다케마타나 노조키 등의 말을 흔쾌히 받아들였다.

"그럼 그렇게 하겠네."

하루노리는 즐거움을 감추지 못했다. 인원수가 그다지 많지 않은 행렬이 국경인 이타야 고개의 정상 근처에 접어들었다. 산길을 올라왔기 때문에 모두 땀을 뻘뻘 흘렸다.

이타야 역참은 몰라볼 정도로 활기차게 바뀌어 있었다. 아니 한 번 죽었던 역참은 바뀐 것보다는 새로 탄생한 것인지도 몰랐다. 여기에도 '불씨' 무리가 새로운 입김을 불어넣은 것이다. 그런 역참의 활기를 상쾌하게 느끼며 하루노리 일행은 지금 그 정상에 다다르고 있었다.

갑자기 하루노리가 가마 안에서 명령했다.

"가마를 세워라."

가마가 정지하자 하루노리는 길 옆으로 새로 세워진 일곱 자 가량 높이의 비석을 가리켰다.

"희한한 비석이 세워져 있구나."

하루노리가 손가락으로 가리키자 다른 사람들도 그것을 보았다. 전면에는 '나무아미타불', 측면에는 '메이와 6년, 사토佐藤 이것을 세우다'라는 글귀가 새겨져 있었다. 그 밑에 '오노 구로베이大野九郎兵衛를 위한 비석'이라고 쓰여 있었다.

"오노 구로베이?"

모두들 이름을 되뇌었지만 아무도 그 이름을 몰랐다.

"오노 구로베이라면 겐로쿠元祿 시대의 아코赤穗 사건 때 아

96

사노가의 가로였지 않나 …?"

하루노리의 말에 진보 쓰나타다가 대답했다.

"듣고 보니 그런 분이 계셨습니다. 선량한 오이시 구라노스케大石內藏助와는 대조적으로 번의 보물을 훔쳐 행방을 감춘 사악한 …."

"그래. 그 오노의 비석인가? 그렇다면 이상한 일이군. 그런데 왜 요네자와에?"

그런 의문을 가지고 주변을 둘러보는데 마침 가까운 곳을 지나는 벌목꾼이 있었다.

"저 벌목꾼에게 물어보자. 이리로 불러오라."

하루노리의 말에 수행원 하나가 뛰어가 벌목꾼을 데려왔다. 번주님이라는 말을 듣고 벌목꾼은 사색이 된 채 긴장하며 땅에 주저앉아 손을 짚었다.

"미안하구나. 일을 방해해서."

하루노리는 우선 사과부터 했다.

"잠깐 물어볼 말이 있다. 저 새로운 비석 말인데 오노 구로베이라고 하면 그 아코의 가로를 가리키는 것인가?"

하루노리의 질문에 벌목꾼은 아주 조심스러운 표정을 지었다. 질문의 의미를 잘 모르겠는데다가 대답에 따라서 책망을 들을지도 모른다고 생각했기 때문이다. 확실하게 경계의 빛을 짙게 띠는 벌목꾼에게 하루노리는 부드럽게 웃음을 지었다.

"염려하지 마라. 만약 오노 구로베이의 비라고 해도 책망할 마음이 없다. 다만 오노 구로베이가 이 요네자와와 무슨 관계가 있는지 그것이 알고 싶을 뿐이다."

하루노리의 진지한 태도에 정말 그 말대로일지 모른다는 안도감에 벌목꾼은 어렵게 말을 꺼냈다.

"약 70년 전의 일이니 제가 태어나던 즈음의 일입니다."

"음."

"저희 집안은 대대로 벌목꾼입니다. 70년 전에 여기서 한 벌목꾼이 할복을 하였는데 그 사람이 바로 오노 구로베이라고 합니다."

"하아, 그런데 왜?"

"당시 번주님께서는 기라님의 가문에서 요네자와에 양자로 오셨다고 합니다."

"아! 그랬구나. 쓰나노리님이셨지. 나도 양자다."

하루노리가 미소짓자 벌목꾼의 얘기는 계속되었다.

"아사노님의 부하들이 기라님을 노리고 있어서 기라님이 이 요네자와로 도망쳤다는 소문이 났던 것 같습니다."

"그럴지도 모르지."

하루노리는 고개를 끄덕였다.

"그런데 오노는 왜 여기서 할복을 했는가?"

"오노님은 여기서 벌목꾼으로 변장하고 기라님이 오는 것을 기다리고 있었답니다. 즉 도망쳐오는 기라님을 여기서 죽이려고 …."

"뭐라고?"

하루노리의 얼굴에서 웃음이 가셨다. 그러한 변화에 벌목꾼은 흠칫 했지만 얘기를 계속하지 않을 수 없었다.

"그런데 에도 쪽에서 오이시님 등이 기라님의 목을 잘랐다고 하여 오노님도 안심하고 할복을 했다는 …."

"흠."

하루노리는 고개를 끄덕였다.

"그렇다면 번의 보물을 훔쳐 달아났다는 말은 거짓인가?"

"실은 소문만 그렇게 퍼뜨려놓고 요네자와에 온 것이라고 저도 아버지한테 들었습니다. 이 비석을 세운 사토라는 분은 요네자와에서 여관을 하고 있었는데 옛날부터 잘 알던 아사노님께 들었던 이야기라고 결코 거짓말이 아니랍니다."

더듬더듬 얘기하는 벌목꾼의 이야기는 하루노리뿐만 아니

라 같이 듣고 있던 전원을 아연실색케 하였다. '그런 일이 있을 수 있을까'라며 처음에는 벌목꾼의 얘기를 의심했으나 벌목꾼의 표정이 너무나도 진지했기에 정말일지도 모른다고 생각하기 시작했다.

하루노리는 벌목꾼에게 물었다.

"그러나 그 사토라는 자는 왜 지금에 와서 그 오노 구로베이의 비석을 세웠을까?"

"지금까지는 아코의 무사 쪽이 평판이 좋고 기라님의 평판이 매우 나빴기 때문에 그 기라님한테서 양자로 맞아들인 우에스기님을 꺼려서 그랬겠지요."

늙은 벌목꾼은 적절한 이유를 댔다.

"그럴지도 모르겠구나."

하루노리는 늙은 벌목꾼의 설명이 진실일 것이라고 생각했다. 그래도 또 의문이 생겼다. 벌목꾼은 고개를 들고 하루노리를 보았다.

"사실을 말씀드리면 사토라는 분이 과감하게 이 비석을 세운 것은 이번 번주님은 양자이시고 젊으시지만 대단하신 분이라서 오노 구로베이의 비라고 할지라도 절대로 뭐라고 하실 분이 아니기 때문이라고 했습니다."

"그런가, 사토라는 자가 그렇게 말했는가?"

쓸쓸하게 웃는 하루노리는 감개무량한 표정을 지었다.

"재산을 가지고 도망쳤다고 알려진 오노가 실은 충신이었다니 … 의외군."

하루노리는 진보 쓰나타다에게 지시하였다.

"이 비를 세운 사람에게 포상을 내리자. 묻혀져 버린 올바른 역사를 파헤친 용기에 대해서이다. 물론 비석은 계속 여기에 두라고 전하라."

"예."

진보는 가슴이 뜨거워지는 것을 느끼며 대답했다.

"그러면."

하루노리는 그렇게 중얼거리고는 옆에 있는 사토 분시로에게 눈길을 두며 불렀다.

"이보게, 분시로. 요네자와의 '손펭'! 이리로 오게."

하루노리와 분시로 사이를 모두 알기에 진보 등은 멀리 자리를 비켜주었다. 오붓하게 할 얘기가 있는 것 같았다. 하루노리는 길가에 접는 의자를 놓고 앉았다.

"들었나? 지금 벌목꾼의 이야기."

"예."

"생각지도 않은 곳에서 생각지도 않은 얘기를 듣게 된 것이다. 그것도 70년이 지나서 말이야."

"예."

"분시로."

"예."

"아까부터 예, 예라고만 하는데 출발할 때부터 줄곧 기운이 없어 ….".

"아닙니다. 별로 그렇지는 않습니다만 조금 피곤한가 봅니다. 걱정끼쳐 드려서 죄송합니다."

"그 얼굴은 몸이 피곤한 게 아니야. 마음이 피곤한 것이다. 무슨 일이 있었느냐?"

"아닙니다."

"아닙니다가 아니야. 무슨 걱정이 있는게지? 분시로, 마음을 터놓은 주종관계는 서로 무엇이든 얘기할 수 있어야 한다. 내가 들어봐도 좋은 해답이 안 나올지도 모른다. 그러나 말해 버리고 나면 후련해질 때도 있다. 혼자 고민하지 말고 얘기해 봐라. 이 하루노리를 주인이라고 생각하지 말고 사이좋은 친구라고 생각해."

"당치도 않은 말씀입니다. 사실 고민거리가 있긴 하지만 공적인 일이 아니라 완전히 사적인 일입니다."

"공적인 일이라면 네가 아니라도 딴 사람이 얘기해 주겠지. 사적인 일이기에 묻는 것이다. 이 하루노리를 믿을 수 없어서 얘기할 수 없다는 것이냐?"

조금은 놀리는 투로 말하는 하루노리였다.

"무슨 말씀을 하십니까? 당치 않으십니다."

사토는 당황하여 말문을 열기 시작했다.

"말씀 드리겠습니다."

사토의 얘기가 계속되는 동안 하루노리는 웃음이 나오는 것을 겨우 참았다.

"이런 경솔한 인간."

하루노리의 입에서는 그런 말이 몇 번이나 튀어나오려고 했다. 아니 경솔한 것이 아니라 그야말로 '손핑'이라고 생각했다. 야마구치 신스케를 위해서 자신의 연정을 자제하고 미스즈와의 혼담을 손수 중개한 이 사나이는 이 사나이대로 철저한 요네자와의 '손핑' 정신에 젖어 있는 것이다. 아무리 그래도 그렇지, 너무 경솔하지 않은가.

"… 그렇게 됐습니다."

하루노리의 속은 모른 채 사토는 얘기를 끝냈다. 하루노리는 터져나오는 웃음을 참고 손으로 가볍게 사토의 어깨를 두드렸다.

"잘 알겠다. 그리고 말해 줘서 고맙다."

사토는 고개를 숙였다.

"부끄럽습니다. 역시 말씀드리는 게 아닌데 …. 후회하고 있습니다."

"뭐랄까. 너다운 아름다운 우정 얘기다. 그런데 …."

하루노리는 사토가 머리를 들 때까지 기다렸다가 물었다.

"다시 한번 확인하겠는데, 그러면 미스즈라는 처녀와 혼담 얘기를 할 때 야마구치 신스케의 이름은 한 번도 거론하지 않았다는 거지?"

"예. 지금 와서 생각해 보니 야마구치의 이름을 전혀 거론하지 않았습니다. 처음부터 알고 있으리라고만 생각해서 …."

"그러면 미스즈도 누구의 얘기인지 모르겠구나?"

"예. 혼돈하고 있으리라 생각됩니다."

"그럼에도 불구하고 미스즈는 받아들이겠다고 대답했다. 도대체 누가 청혼했다고 생각하고 승낙을 했을까?"

"황송하오나 …."

사토의 표정은 괴로워 보였다. 지금이라도 식은땀이 흐를 것만 같았다.

"제 … 제가, 즉 분시로가 청혼한 것으로 미스즈는 착각한 것 같습니다."

"그렇지."

하루노리도 수긍하며 일러주었다.

"그러나 착각은 아니지. 미스즈는 옳게 받아들인 것이다."

"예?"

"너처럼 이야기하면 누구라도 자신의 청혼을 남 얘기하듯 말하고 있다고 받아들이는 게 당연하다. 분시로."

"예."

"너는 그 미스즈라는 처녀를 좋아하느냐?"

"좋아합니다."

"그렇다면 솔직해져라. 왜 자신의 본심을 숨기느냐. 미스즈가 승낙한 것도 필경 너를 사모하기 때문이겠지. 왜 그것을 솔직하게 말하지 못하느냐? 너는 야마구치 신스케에게 진심으로 미스즈를 시집보내고 싶으냐?"

"그렇지 않습니다. 누가 그런 '손펑'에게 …. 그런 마음은 추호도 없습니다."

힘을 주어 말하는 사토에게 하루노리는 처음으로 참고 있던 웃음을 터뜨렸다. 더이상 참을 수가 없었다. 배를 부둥켜안고 웃는 하루노리의 태도에 어안이 벙벙해진 사토는 씁쓸하게 웃으며 깊이 고개를 숙였다.

"엄청나게 경솔한 '손평'이었습니다."

그러면서 끝까지 들어준 하루노리에게 깊은 감사를 표했다.

"분시로."

"예."

"지금 즉시 요네자와로 돌아가라. 오노가와에 가서 미스즈에게 진실을 말해라."

"그러나 저는 번주님과 같이 에도에 …."

"천천히 가고 있을 테니까 이야기가 끝나면 곧 뒤따라오너라. 빠르면 후쿠시마 역참에서 만나겠지."

"그렇게까지 번주님께 …."

"이건 명령이다. 곧 떠나라."

"예."

"너의 그 어두운 얼굴을 보며 에도까지 같이 가는 일은 내쪽에서 먼저 사양하겠다."

가벼운 책망에서 하루노리의 애정을 듬뿍 느끼며 사토는 바로 달려갔다.

'저런 기세라면 이타야 역참에서 말을 빌리겠지.'

하루노리가 생각했다.

"아하 참, 어이가 없군요 …."

쓸쓸하게 웃으며 진보가 돌아왔다.

"들었느냐?"

"들렸습니다. 정말 어처구니없이 경솔한 사람입니다."

"그게 분시로의 장점이다. 호소이 선생님도 그런 분시로를 아끼시지. 분시로가 없으면 호소이 선생님이 요네자와에 오시는 걸 주저하실지도 모르겠다. 진보, 후쿠시마에서 분시로를 기다리자."

"예."

요네자와에 돌아온 분시로는 곧장 오노가와로 말을 달렸다. 그리고 다시 치요의 여관 이층에서 "실은 …"이라고 번복하였다. 미스즈는 웃음을 꾹 참고 있었으나 그 자리에 같이 있던 치요는 더이상 참을 수가 없었다. "차를 가지고 올께요"라고 도망치듯 방을 뛰쳐나온 그녀는 계단을 구르듯이 내려와 숨이 넘어갈 것처럼 웃어댔다.

*

학교는 바로 문을 열 수 없었다. 우에스기 하루노리의 요청으로 호소이 헤이슈는 요네자와 행을 흔쾌히 받아들였으나 바로 출발할 수는 없었다. 헤이슈에게는 에도에 많은 문하생이 있었고, 요네자와에서도 학교를 지을 시간이 필요했다. 아무것도 준비하지 않은 채 헤이슈를 초빙해 올 수는 없었다. 급하게 추진된 공사였으나 그래도 완성될 때까지는 몇 년이 걸렸다. 이 기간 동안 하루노리 주변에도 몇 가지 변화가 일어나고 있었다.

# 패거리의 분열

"무슨 농담을 …. 농담도 할 게 있고 못할 게 있습니다."

"뭐가 농담이라는 거지? 나는 본심이다."

"그게 우습다는 겁니다."

"뭐가 우습지?"

"그렇지 않습니까? 스스로 마음에 물어보세요. 취하셨습니까? 마을에서 밀조한 탁주를 너무 많이 드셨나 봅니다."

"취하지 않았다. 어이, 그리고 사람들이 들으면 안 좋을 소리는 하지 마라. 탁주는 밀주가 아니야. 번청에서 엄연히 허가를 받았어. 부탁이야, 여 주인장. 내 부탁을 들어줘."

"싫어요. 바보스러워서."

"바보스럽다니, 좀 너무한 거 아닌가?"

"너무한 건 야마구치님이세요."

"뭐가 너무한데?"

"그렇잖아요. 야마구치님은 그렇게도 스즈한테 일편단심이
셨는데 스즈의 진심이 사토님에게 있다는 걸 알고는 이번엔
저에게 …, 그런 바보 같은 얘기가 어디 있습니까?"

"있든지 없든지 간에 사실이 그러니까 할 수 없잖은가. 그
리고 나는 이 이야기를 하는 데 몇 년이나 기다렸다고. 함부로
얘기해서는 안 될 것 같았기 때문이야. 진심이다."

"수단도 좋군요. 야마구치님, 무골호인이라도 마음은 매우
곧은 분이라 생각했습니다. 싫어요, 그런 야마구치님은."

"아니, 미워하면 곤란해. 어떻게든 좋아해 줘야 돼. 그리고
내 처가 되어줘."

"……."

치요는 기가 막힌 듯 야마구치 신스케를 쳐다보며 망연한
웃음을 지었다.

"야마구치님, 제가 어떤 여자인지 알기나 하세요?"

"좋은 사람이라고 생각하지. 번주님도 칭찬하셨어."

"그건 여러분이 요네자와의 저밖에 모르시기 때문이에요.

그것도 좋은 점만 보고 계시니까요."

"그게 좋잖아. 내가 원하는 것은 지금 현재의 치요야. 과거
는 아무래도 좋아."

"아무래도 좋은 건 아니지요."

치요는 단호하게 말했다.

"야마구치님이 좋다 해도 주위에서 좋게 생각하지 않습니
다. 아니, 야마구치님인들 앞으로 어떠실지 모르겠구요. 처음
엔 달콤한 말로 속삭이다가 나중에 어떻게 변하는지 저는 지
금까지 싫증날 정도로 쓰라린 경험을 많이 해왔습니다. 에도
에서 저는 물장사를 했습니다. 몸도 많이 팔았구요. 그렇게라
도 하지 않으면 여자 혼자서 살 수가 없더군요. 그러던 중 이
여관의 주인에게 호감을 사게 되었는데, 그래도 먼저 가신 주
인은 내 몸만 원한 건 아니라 진심으로 저를 생각해 주셨습니
다. 지금 이렇게 여관 한 칸 꾸려나가는 것도 그분 덕택입니다.
그분 덕에 갈기갈기 찢어진 제 마음도 완전히 회복될 수 있었
습니다. 저는 또다시 남자들에게 속고 아픈 경험을 하는 게 정
말 신물이 나요."

"나는 치요를 속이거나 하지 않아. 절대 마음 아프게 하지
않아."

"안 돼요."

조금 화가 난 듯 치요는 찢어질 듯한 목소리로 말했다.

"가령, 야마구치님은 그렇다 치더라도 주위에서 가만히 있질 않습니다. 뭐라고 해도 요네자와는 오래된 땅입니다. 어디의 누가 무엇을 하는지 모두 알아버리죠. 나에 대해서 모든 것이 곧 알려지게 되지요. 번주님도 그런 요네자와의 고루함 때문에 어려움을 겪고 계시잖아요."

"요네자와는 확실히 고루해. 하지만 지금 많이 변하고 있어, 괜찮아."

"안 됩니다."

"고집이 세군."

"당신이 집요한 거죠. 도대체 제가 몇 살인지나 알고 계세요?"

"몰라, 나이 같은 건 아무래도 좋아."

"그렇지 않아요. 여자가 서른이 넘으면 노화되는 속도가 남자에 비할 바가 아니에요. 야마구치님은 몇 살이시죠?"

"정확히 서른이지."

"그것 보세요. 제가 연상이에요."

"몇 살인데?"

"그건 알아서 뭐하게요? 몇 살이건 무슨 상관이세요?"

"세상에선 누님 같은 아내가 실속 있다고 하잖아."

"그건 연상의 여자가 연하의 남자에게 버림받지 않기 위해서 필사의 노력을 하기 때문이죠. 여자에게는 죽음과도 같은 거에요. 세상 말처럼 그렇게 한가로운 게 아니에요."

"도저히 안 되겠어?"

"안 되겠습니다."

"나도 포기하지 않아. 또 올꺼야."

"또 오셔도 제 대답은 같습니다. 물장사하는 여관 여자가 무사님의 아내가 될 수는 없지 않습니까?"

"그래서 되어달라고 부탁하고 있지 않나?"

"안 됩니다."

치요는 갑자기 야마구치를 쳐다보며 말했다.

"야마구치님, 그건 그렇고 사토님은 도대체 언제쯤 스즈를 아내로 맞아들인대요?"

"조금만 더 기다려달라고 하던데."

"조금만 더 조금만 더 하면서 세월이 흘러가고 있어요. 스즈가 불쌍해요."

"학교라도 완공되면 사토 그 녀석도 정신 좀 차리겠지. 조금만 더 기다리라고 해. 그보다 내 마음 좀 진지하게 생각해 봐."

"마음 참 빨리 변하기도 하지. 옛날엔 스즈가 아니면 밤이고 낮이고 없던 사람이."

"스즈 얘기는 이제 그만하지. 사토 자식은 행운아야. 스즈가 그렇게 사모하고 있다니 …. 그때 진실을 듣고 사토를 패주려고 했지. 그런데 사토가 '그래, 나는 너를 배신했다. 마음대로 하게'라고 하는데 노여움이 싹 가셨어. 그 자식은 좋은 놈이야. 나는 그놈을 좋아해."

"저도 좋아합니다."

"뭐라고?"

야마구치는 눈을 날카롭게 뜨며 치요를 봤다.

"치요, 설마 사토 그 자식을?"

"글쎄요."

치요는 복잡한 웃음을 지었다. 야마구치는 어깨를 툭 떨어뜨리며 절망스런 신음소리를 냈다.

"그럴 수가 …."

그런 야마구치에게 치요가 말했다.

"여자 마음은 참 이상해요. 별나기도 하구요. 그래서 자신도 잘 몰라요. 갑자기 바보 같은 짓을 하는 것도 그래서 그래요."

"그렇더라도 사토만은 안 돼."

"왜요?"

"왜라니? 사토에게는 스즈가 있잖은가. 그리고 그게 아니라도 불공평하지. 모두가 사토를 좋아한다는 건."

"불공평하건 어떻건 그렇게 된 건 어쩔 수 없지 않아요?"

놀리듯 치요가 웃었다.

"안심하세요. 농담이에요."

그러다 야마구치는 갑자기 여관 밖을 내다보았다.

"그런데 스즈는 어디 있어? 아까부터 안 보이는데."

"이층에서 손님접대해요."

"이층 손님?"

"예. 이모가와님, 진보님, 핫도리님, 가시와기님 ⋯."

"잠깐만."

야마구치의 얼굴색이 변했다.

"그건 중신들의?"

"예, 자제들이에요. 곧잘 와요."

*

"호소이 헤이슈를 요네자와에 오게 할 수는 없어."

스다 헤이구로가 말했다. 그의 눈에 광기에 가까운 불꽃이 일고 있었다. 아버지 미쓰누시가 할복을 당한 원한이 가슴에서 부글부글 끓어올라 눈으로 분출되고 있었다.

"나도 그렇게 생각해. 헤이슈는 말만 번지르르하게 하는 사람이지. 학자라는 미명을 빌어 실은 번주의 생각을 요네자와의 번사와 번민에게 심으려는 의도야."

이모가와 이소에몬이 동조했다. 이모가와의 아버지에게도 할복이 내려졌었다. 우에스기 하루노리에 대한 원한의 골은 깊었다. 이 원한을 풀기 위해서는 어떤 일이라도 불사하겠다고 결심하고 있었다. 스다와 이모가와 두 사람 입장에서는 그럴 만도 했다.

"진보, 헤이슈는 언제 요네자와에 도착하나?"

스다가 진보를 쳐다보며 물었다.

"음."

진보는 무겁게 입을 열었다. 아까부터 눈을 내리깔고, 몹시 꺼림칙한 일이라도 있는 것처럼 표정도 밝지 않았다. 그 자리에 있는 젊은이들은 모두 그 이유를 알고 있었다.

진보 고사쿠의 아버지 쓰나타다는 하루노리가 에도에 갈 때 동행하였다. 호소이 헤이슈를 요네자와로 데려오기 위해서였다. 쓰나타다도 과거 헤이슈에게 배운 적이 있었다. 하루노리는 이 쓰나타다를 새로 세우는 학교 홍양관의 실질적인 관장으로 추대하려고 마음먹고 있었다. 그 직책에 적임자라는 것이 대부분의 중론이었다. 그러기에 최근 고사쿠의 말과 행동은 눈에 띄게 소극적이었다. 그것도 무리가 아니었다. 그러나 스다와 이모가와에게 이것은 배신행위나 다름없었다. 다섯 명은 과거 '번주를 요네자와에서 쫓아내자'고 동맹을 맺은 적이 있었다. 하여튼 진보의 요즈음 행동은 그 동맹에도 위배되는 것이었다.

스다의 질문은 그런 부분을 포함하고 있었다. 말하자면 진보의 동지에 대한 충성도를 시험하고 있는 것이다.

"호소이 선생은 ….."

진보는 괴로운 목소리로 말했다. 말하면서도 눈을 치켜떠 스다를 힐끗 보았다. 똑바로 바라볼 수 없었다.

"뭐야, 이놈!"

곧 이모가와가 노성을 질렀다.

"호소이 선생은 또 뭐야? 헤이슈라고 불러."

"호소이 헤이슈는 …."

진보는 비지땀을 흘리면서 떨리는 표정을 지었다.

"잠깐만."

핫도리가 손을 들었다. 그리고 방 구석에 있는 미스즈에게 눈을 돌렸다.

"괜찮겠어? 그런 중요한 것을 이 하녀가 들어도."

"걱정없어."

이모가와가 웃었다.

"스즈는 우리들의 동지니까."

미스즈는 자기도 모르게 몸이 굳는 것 같았으나 그걸 눈치 채게 해서는 안 될 것 같아 부드러운 미소로 넘겼다. 말은 하지 않았지만 결코 비밀을 누설하지 않겠다는 미소였다. 아니 말하고 있는 것처럼 보였다. 물론 미스즈는 여기서 들은 것을 곧 사토에게 얘기할 작정이었다.

'그것이 아내가 할일이다.'

자신에게 그렇게 말했다.

'아이! 아내라니.'

그렇게 생각하고 자기도 모르게 혼자 얼굴을 붉혔다.

"오월 초순에 도착해."

그렇게 답하면서 진보는 이번에는 아버지와 하루노리를 배반하는 죄책감을 느끼는 것 같았다. 정직한 청년이기 때문에 그 모습은 다른 사람에게도 또렷이 전해졌다.

"오월 몇 일이야?"

스다가 다그치듯 다시 물었다. 성질이 날 대로 나 있던 그의 말에 가시가 돋쳐 있었다. 물론 그런 분위기를 진보도 느꼈다. 그러기에 오늘 모임은 진보에게 바늘방석이었다.

"몰라."

진보는 고개를 저었다.

"모를 리가 없잖아! 학교 관장으로 내정된 아버지가 있는데 모른다고 할 수가 있어?"

"정말 몰라."

"숨기는 거야?"

"아니, 숨기는 건 아니야. 알면 얘기했겠지."

"요즈음 너 이상해."

이모가와가 말했다.

"뭐가 이상해?"

진보는 이모가와의 얼굴을 치켜보며 물었다.

"우리가 하는 일에 열심이 아니거든. 전처럼 번주 흥도 보지 않고 말이야."

"그건 …."

진보는 조금 당황했다.

"우리 얼굴 똑바로 쳐다보고 말해. 그렇게 눈을 내리깔고 얘기하면 그렇지 않아도 뭔가 감추고 있는 것 같잖아!"

스다가 호통을 쳤다. 그 말에 진보는 '제기랄' 하고 가슴속으로 투덜거리며 얼굴을 똑바로 들었다.

"내가 번주님 욕을 덜하는 건 사실이다."

"또 '님'자를 붙이고 있잖아! 그자는 번주라고 해도 돼!"

이모가와의 큰소리에 구석에 있던 미스즈마저 흠칫 긴장했다.

"뭐야?"

이모가와가 그런 미스즈를 보았다.

"아무 일도 아닙니다. 발이 조금 ⋯."

미스즈는 재빨리 얼버무렸다.

"발이 저리면 책상다리를 하고 앉아봐. 네가 책상다리 하고 앉는 모습을 보고 싶어."

미스즈는 하루노리를 그자라고 하는 말에 화가 났으나 그것을 알 리 없는 이모가와는 음란한 웃음소리를 냈다.

"이모가와! 진지하게 임해."

이모가와에게 주의를 준 스다가 그 대신 진보를 다그쳤다.

"진보, 뭐야? 그 다음 얘기를 해봐."

스다는 대답하는 걸 들어보고 판단하겠다는 굳은 얼굴이었다. 진보는 스다를 쳐다보고 대답했다.

"열의가 식은 건 나뿐만이 아니다. 여기 있는 핫도리도 가시와기도 다 같아."

이 말에 핫도리는 얼굴을 붉혔다.

"어이, 진보!"

그러나 가시와기는 태연한 얼굴을 하고 있었다.

"이 자식, 자신은 뒤로 빠지고 남의 얘기를 하다니!"

이모가와가 분노를 터뜨리며 노성을 질렀다. 어쨌든 오늘은 진보에게 화풀이를 하면서 울분을 발산시키고 있었다.

그때 가시와기가 조용한 목소리로 말했다.

"진보의 말이 옳아. 사실이다."

"……."

평상시 말수가 적고 언제나 묵묵히 이 모임에서 결정된 사항만 실행하던 가시와기가 발언을 했기에 모두 놀라지 않을 수 없었다. 이모가와는 화난 얼굴로 이번에는 가시와기를 돌아다보았다. 가시와기도 이모가와를 똑바로 쳐다보았다.

"진보는 사실을 말하고 있다. 적어도 나는 더이상 번주에 대한 공격은 하지 않겠어."

"뭐야?"

이모가와의 표정이 험악해졌다. 스다도 마찬가지였다.

"도대체 무슨 말이야?"

"말을 한들 알 수 있을까? 너희들 머리엔 피가 끓고 있잖은가."

"그래 맞아. 확실히 머리에 피가 끓고는 있지만, 네가 말하는 정도는 알 수 있다. 뭔데? 말해 봐라."

"나는 번주에게 반발했었다. 아무것도 모르는 주제에 개혁만 급격하게 밀고 나가는 젊은 애송이라고. 그런데 생각해 보니 아무래도 난 그가 젊다는 데 반발했던 것 같아. 나보다 어린 애송이가 번주 노릇을 하는데 나는 이게 뭔가 하는 기분이 앞섰던 것 같더군."

"그건 누구나 마찬가지야. 번사 대부분이 그렇게 생각하고 있다고."

"우리는 고집을 피우며 성의 회의에 나가지 않았지만 회의에 나간 사람들 얘기로는 그는 언제나 번사들에게 절실하게 호소하고 부탁하고 있어. 결코 명령하거나 강요하지 않지."

"그게 어쨌다는 거야?"

이모가와가 초조해 하며 윽박질렀다. 그러한 이모가와를 가시와기가 흘낏 쳐다보았다.

"그렇게 시비조로 나오면 얘기를 할 수가 없어. 아까 얘기했잖아."

"이 자식!"

"나는 이 자식이 아니야."

가시와기가 얼굴에 노기를 띠고 이모가와를 노려보았다.

"이모가와!"

스다가 그를 제지했다.

"가시와기 얘기를 계속 듣자."

가시와기는 아직 이모가와를 노려보고 있었으나 곧 자제하고 말을 계속했다.

"난 느낄 수 있어, 그가 마음이 고운 사람이라는 걸. 아무 의심도 하지 않고 우릴 믿고 사랑하고 있다는 걸."

"다른 가문에서 양자로 왔으니 당연한 거지. 그렇게 하지 않으면 살아갈 길이 막막하니까. 애송이 주제에 우리를 믿는다거나 사랑한다고 하는 거 자체가 건방져."

"그렇지만 아무나 그럴 수 있는 건 아니야."

"그래서 너는 무얼 말하고 싶은 거냐?"

"이 모임에서 탈퇴하겠다."

"뭐야?"

"나도 내일부터 성의 회의에 나가겠어. 그리고 번주님의 방침을 지지하고 따르겠다."

결국 그 자리에 소동이 났다. 배반이라는 둥 배신이라는 둥 매도하는 소리가 튀어나왔다. 그러나 가시와기는 태연했다. 뭐라고 해도 그저 묵묵히 팔짱만 끼고 있었다. 스다가 말했다.

"너도 별거 아니구나. 믿고 사랑한다고 하니까 그렇게 기쁘냐?"

"기쁘지."

가시와기는 크게 고개를 끄덕였다.

"지금까지 요네자와에 가장 결여되어 있던 두 가지니까. 번주님은 이타야 고개에 도착해서 요네자와를 제일 먼저 보았을 때 이 나라를 재와 같다고 느꼈다고 했어. 요네자와를 재의 나라로 만든 사람은 우리들이야. 번민들이 아니지. 백성을 참기름 짜듯 짜내서 그걸로 사치를 하고. 일이라고 한답시고 서로 끌어내리려고만 했지. 나는 눈이 뜨였어. 그래서, 미안하지만 탈퇴하겠어."

탈퇴하겠다는 말을 한 뒤 가시와기의 표정은 정말 후련한 듯했다. 마치 나쁜 악령을 떨쳐버린 듯한 얼굴이었다.

자리는 물을 끼얹은 듯 조용해졌다. 허망해진 것은 스다였다. 이모가와는 더욱더 화를 내며 기승을 부렸다. 진보는 안도의 표정을 짓고, 핫도리는 복잡한 심정인 듯 불안한 얼굴이었다. 그런 핫도리에게 스다가 빈정거리며 물었다.

"너는 … 어떻게 할 거냐?"

"상황에 따르겠다."

"뭐?"

"좋은 건 따르고 나쁜 건 따르지 않겠다."

핫도리의 말에 스다는 훗 하고 웃었다.

"시비를 가리겠다는 건가?"

"그래 … 그렇게 되겠지."

핫도리는 약간 뒤가 켕기는지 어색하게 대답했다.

"그래, 알겠다. 결국 나와 이모가와 둘만 남게 되었다는 거군. 역시 아버지가 할복해 돌아가신 자가 아니면 진심으로 그에게 원한을 품을 수 없겠지."

그것은 스다의 본심이었다. 그 말이 자리에 있던 사람들의 가슴을 울렸다. 아버지를 희생당한 사람의 말은 옳든 그르든 그 나름대로의 무게가 있었다. 듣는 사람으로 하여금 절실하게 와닿는 아픔이 있었다.

"이모가와와 둘이라도 좋아. 나는 초지일관이야. 진보!"

스다는 배신자들을 향한 치밀어오르는 분함을 일단 억누르고 진보에게 물었다.

"번주는 헤이슈를 어디까지 마중나가는 거지?"

"스다, 너?"

진보는 파랗게 질렸다.

"설마 번주님을?"

"그럴 배짱은 없어."

스다는 씁쓸히 웃었다.

"아니, 사실 번주를 죽이고 싶어. 하지만 그렇게까지는 안해. 난 헤이슈를 죽일 거다. 물론 금방 죽이는 건 아니야. 헤이슈에게 그대로 에도로 돌아가라고 경고한 뒤 말을 듣지 않으면 그때 죽일 거다. 그러기 위해서는 번주가 마중나가는 장소보다 더 먼 곳에서 기다리고 있어야 해."

스다는 호소이 헤이슈를 맞을 공격계획을 나름대로 세워두고 있었다.

"… 보문원普門院이야."

진보가 대답했다.

"보문원, 세키네関根 역참인가?"

"그래."

"그자는 그렇게 먼곳까지 헤이슈를 마중 나간단 말이야?"

스다는 기가 막힌 듯 진보의 얼굴을 쳐다보았다.

"성문까지만이라도 괜찮을걸⋯. 역시 눈에 띄기를 좋아하는 자로군."

"그러면 우리는 어디서 헤이슈를 기다리고 있을까?"

그렇게 묻는 이모가와의 말에는 대답하지 않고 스다는 의미심장한 웃음을 지었다.

"그건 말할 수가 없지, 오늘부터는."

그렇게 말하고 진보, 가시와기, 핫도리의 얼굴을 차례차례 보았다.

"이모가와, 주의해. 오늘부터는 우리 둘뿐이다."

"그렇군. 음, 기다리는 장소는 다시 상의하자."

'그게 듣고 싶은데.'

미스즈는 자기도 모르게 속으로 마음을 졸였다.

# 보문원에서

현재의 오우奧羽 본선은 후쿠시마에서 갈라져서 13번 국도를 따라 야마가타, 아키타秋田, 아오모리青森를 거쳐간다. 478.4킬로미터 길이의 간선이다. 공사가 시작된 때는 메이지 25년이라고 하나 전선이 개통된 것은 메이지 38년이었다. 물론 다른 토지계획들처럼 철도부설에 대한 찬성과 반대의 상반된 의견이 있게 마련이지만 이 노선에 대해서도 야마가타 현縣의 의견이 하나로 모아진 것은 아니었다. 아무리 그렇다 할지라도 공사만 십수 년이나 걸린 까닭은 이타야 고개의 터널공사가 복잡했기 때문이기도 하였다.

이타야 · 오사와 · 세키네로 이어지는 역은 대체로 옛날 역참이나 촌락을 그대로 철도역으로 이용하고 있다. 세키네도 그 중 하나로 후쿠시마에서 오는 열차는 여기에서부터 평지로 들어선다. 거꾸로 후쿠시마 쪽을 향해 보면, 이곳에서부터 오르막길이었다. 이타야 고개역은 해발 624미터에 위치해 있다.

진보 고사쿠가 얘기한 보문원은 세키네역에서 서쪽으로 5분 남짓한 거리에 있다. 1천여 년 전에 세워진 가이잔開山이라는 오래된 절이다. 현재는 '고로리 관음'(즐거운 나날의 인생을 지내다가 행복한 죽음을 맞이하는 것을 기원하는 관음)으로 절을 찾는 사람이 끊이지 않는다. 그것도 야마가타 현縣 사람들보다도 후쿠시마 현縣 사람들이 많이 모여든다고 한다. 참배하는 사람들은 '죽을 때 편안하게, 오랜 병고에 시달리지 않고 죽고 싶다'고 기원한다. 당연히 노인들이 많았다. 젊은 자식들에게 부담될 것을 걱정하여 편안히 죽기를 바라는 것이 어쩐지 안락사 지향을 보는 것 같아 애달프다.

우에스기 요잔이 호소이 헤이슈의 마지막 요네자와 방문을 마중나온 곳도 이 보문원으로 그때의 '대면의 집'이나 '요잔 번주가 심은 당송唐松' '헤이슈 선생께서 심은 동백' 등이 오늘까지 유적으로 남아 있다. 요잔의 출영에 감동한 헤이슈는 고테이 가바시마 고레이高弟樺島公礼에게 이러한 모습을 편지에 적어 보냈는데 그 문장의 일부가 경내의 '일자일루—字—淚'라는 비석에 남아 있다.

그러나 실제로 호소이 헤이슈가 처음 요네자와에 왔을 때는 전혀 즐거운 분위기는 아니었다. 오히려 살기가 돌 정도였다. 때는 오월 중순으로 일본열도의 평균적 계절로 말하면 이미 한여름에 해당되겠지만 봄이 늦게 오는 요네자와에서는 이제 신록의 계절에 들어서고 있었다.

언젠가 하루노리가 에도에 직접 가서 초빙을 했을 때 헤이슈는 요네자와 방문을 쾌히 승낙하였다.

"빠른 시기에 꼭 방문하겠습니다."

그는 그 말대로 지금 요네자와로 향하여 초여름의 오우가도를 걷고 있었다. 헤이슈를 진보 쓰나타다가 수행하였다.

"쇼하쿠님이 살아계셨으면 꼭 만나고 싶었습니다."

헤이슈가 말했다.

"예, 쇼하쿠님도 똑같은 마음이셨을 겁니다."

진보도 수긍하였다. 쇼하쿠라 함은 와라시나 쇼하쿠를 의미한다. 다케마타, 노조키, 기무라 등 현재의 개혁파는 모두 쇼하쿠의 문하생들이었다. 쇼하쿠는 헤이슈의 절친으로 그를 하루노리의 스승으로 추천하였다. 하루노리는 열네 살 때부터 헤이슈에게서 학문을 배웠다.

혜이슈는 이 산 저 산을 메우는 숨이 막힐 듯 자욱한 신록의 냄새를 맡으며 그 색깔에 한껏 취했다. 새잎은 새로운 생명이었다. 그만큼 내뱉는 숨은 젊고 새로웠다.

"인간은 이 새로운 잎의 숨을 들이마시며 살아갑니다. 이 신록은 인간의 은인입니다."

푸른 잎들을 보며 사랑스러운 듯 혜이슈는 말했다.

"예."

진보도 이에 동의를 표했다.

"그렇다 하더라도 …."

와라시나 쇼하쿠에 대한 추회追懷의 정을 못 이긴 듯 혜이슈는 눈을 들어 산 저편의 하늘을 바라보며 이렇게 읊었다.


"떠 있는 구름을 길잡이 삼아 잊을 수 없던 산을 찾아보아도 홀로 오른 산은 외롭기만 하구나."


"뜸길을 걷노라니 소매에 젖는 이슬만을 애오라지 그 사람의 유품으로 더듬어본다."

"아까운 사람인데 … 몇 살이었지요?"

"서른세 살의 젊은 나이였습니다."

"퍽 젊었군요. 아깝습니다. 정말 아깝습니다."

"아쉽구나 생명이란 길지도 않은 것을 그것이 붙잡을 수 없
는 세월이라 생각하면 ….''

진보는 잊은 적이 없는 쇼하쿠의 유시遺詩를 낭송하였다. 그
러자 헤이슈도 함께 운율을 맞추었다.

"아침의 이슬처럼 짧고 덧없는 생명, 나도 조용히 수풀 속으
로 사라지련다."

헤이슈도 아직 쇼하쿠의 유시를 잊지 않고 있었다.

"요네자와와 번주님만 생각하는 사람이었습니다."

진보의 말에 헤이슈도 동의했다.

"그렇지요. 진정 충성을 다한 사람입니다."

이타야 고개에서 내려가는 길이었다.

"곧 산마루입니다. 역참이 있으니 잠시 쉬다 가시지요. 아무

래도 산길을 계속 걷다 보면 피곤하시겠지요."

"아닙니다. 가난했기 때문에 젊을 때부터 걷는 일에는 익숙해져 있습니다. 다음이 산마루 역참입니까?"

헤이슈는 고개를 끄덕였다.

그 산마루 역참 바로 앞 길가의 신록 속에 이모가와 이소에몬과 스다 헤이구로가 몇 명의 부하를 데리고 혈안이 되어 기다리고 있었다.

*

"호소이 헤이슈를 요네자와에 들여놓아서는 안 된다."

"헤이슈는 번주의 스승이다. 새 학교에서 사민을 막론하고 배울 수 있게 한다는 것은 사실 번주의 교묘한 책략이다. 번주가 이번엔 학교를 이용해 번민들을 교화시키려는 수작이다."

"백성이야말로 국가의 보물이다. 번주와 번사는 그 보물들의 연공으로 부양되고 있다. 따라서 번주와 번사들은 그 보물들에게 봉사하지 않으면 안 된다. 번주는 고집불통 바보처럼 계속 이렇게 떠들고 있다. 얼마나 위험한 생각인가! 그런 생각들로 일관되면 무사는 엉망진창이 되고 말아. 무사가 백성에게 봉사한다는 바보 같은 짓이 어디 있을까? 우리는 절대로 승복할 수 없다. 이런 생각이 만연되면 요네자와뿐만 아니라 일본이 엉망진창이 되어버릴 게야."

"번주가 나쁜 건 아니야. 나쁜 사람은 다케마타, 노조키, 기무라, 사토 등 죽은 와라시나 쇼하쿠의 문하생들이다. 응징의 맛을 보아야 하는 것은 바로 그 자식들이야."

"그 자식들은 또 호소이 헤이슈의 문하생들이기도 하다. 학자들의 무책임한 감언이설로 요네자와를 망치게 할 수는 없다."

언젠가 오노가와 온천에 있는 치요의 여관에서 젊은 무사들이 한 말들이었다. 그러나 호소이 헤이슈를 요네자와에 들어오지 못하게 하는 직접적인 행동 단계에서는 이탈자가 계속 나왔다. 진보 고사쿠는 헤이슈의 제자인 진보 쓰나타다의 아들이고, 핫도리는 이 모임에 차츰 식어가고 있으며, 가시와기는 확실하게 하루노리의 시책에 공감하기 시작했다.

'무사란 도대체 무엇인가?' 생각하게 된 가시와기는 동시에 소박한 의문을 가졌다.

'연공으로 먹고 사는 건 당연하지만 그 무사들은 연공을 바치는 백성들에게 도대체 어떤 보답을 하고 있단 말인가?'

그러나 동료들에게 그런 얘기를 하자 곧바로 이모가와에게 냉소당했다.

"바보야! 백성은 우리가 있기 때문에 매일 안심하고 살 수 있는 거다."

"음 ….."

일단 수긍하면서도, 가시와기는 또 물었다.

"우리 무사들이 있으니까 백성이 안심하고 살 수 있다고 하면 그 안심이란 무엇일까?"

스다는 단번에 언성을 높였다.

"유사시에 적으로부터 백성을 보호하는 것이 우리의 역할이다. 지금 와서 무슨 그런 바보 같은 말을 하는 거야?"

무사의 상식을 가지고 도대체 뭘 고민하느냐는 어투였다. 가시와기는 납득이 가지 않았다. 납득하지 못하는 가시와기의 얼굴을 보며 이번에는 스다가 거꾸로 격분했다. 스다는 신분이 높은 가문에서 태어났기에 타인이 자신의 말에 끝까지 거역하면 감정이 격해지곤 했다. 논의를 할 때도 강제로 상대를 무릎꿇게 만들려고 했다.

이번이 바로 그런 때였다. 요령부득의 표정을 짓고 있는 가시와기를 보고 스다는 울화가 치밀었다.

"내가 말하는 게 틀리나?"

"아니 … 그게 무사의 상식이라는 것은 알지. 모두 그렇게 생각하고 있고 나도 그렇게 생각해 왔어. 그런데 ….

"그런데 뭐야?"

대들 듯이 스다가 말했다.

"언성 높이지 마라. 그럼 얘기하지 않겠다."

"화를 안낼 수가 없잖은가. 그런 바보 같은 소리를 하고 있어서야."

'정말 바보 같은 소리일까?'

가시와기는 눈을 들어 스다의 얼굴을 똑바로 쳐다보았다. 그러나 험악한 표정으로 자신을 노려보고 있는 스다를 보자 곧 중얼거렸다.

"역시, 그만두자."

스다는 험악한 표정을 애써 부드럽게 고치며 말했다.

"뭐라 하지 않을 테니 얘기해 봐."

가시와기는 다시 스다의 얼굴을 보고 말을 계속했다.

"내가 의문을 갖는 부분은 네가 말하는 무사의 상식이라는 거다. 너는 유사시라든가 적이라는 말을 했는데, 유사시란 어떤 경우이며, 적이란 누구냐 말이지?"

"그건 정해져 있잖아. 이 요네자와를 쳐들어오는 놈들."

"그런 자들이 지금 있을까?"

"있지."

"어디에?"

"끈질기군. 인근의 다이묘지. 언제 쳐들어올지 모르잖아. 항상 경계심을 가지고 있어야 해."

스다는 태연하게 말했다. 그러자 가시와기가 반박했다.

"옛날 겐나元和 시대에 곤겐權現님은 이 일본에는 더이상 전쟁은 없다고 하셨어. 이후 150년간 시마바라島原의 난을 제외하면 이 나라에 전쟁은 없었어. 우리 무사들도 태평해졌지. 스다, 네 생각에는 그래도 아직 싸우는 다이묘가 있는 것 같아?"

"있지. 그렇지 않아?"

스다는 옆의 동료들에게 동의를 구했다.

"그럼."

호응을 한 사람은 이모가와뿐이었다.

"그럴까 …?"

가시와기는 아무래도 모르겠다는 듯 고개를 저었다. 그런 가시와기의 태도를 보며 스다는 또다시 화가 치밀어 자기도 모르게 소리를 질렀다.

"넌 도대체 뭘 얘기하려는 거야?"

결국 소리지르는 스다에게 가시와기는 확실하게 말했다.

"나는 이 나라에 이제 전쟁 같은 건 없다고 생각해. 그러나 백보 물러서서 '유사시'가 있다고 하자. 그러면 백성은 언제일지도 모르는 유사시를 대비해서 만 명에 가까운 무사를 부양하고 있다는 거냐?"

"부양하고 있다는 건 또 무슨 소리야? 나는 백성이 나를 부양하고 있다고 생각하지 않아. 우리가 백성을 부양하는 거지."

"어떻게?"

"정치!"

외치듯이 스다가 말했다. 더이상의 논의는 소용없다는 강압적인 태도였다. 가시와기는 잠자코 있었다. 물론 스다의 언성이 높아져서 그의 주장을 인정한 것이 아니었다. 스다의 이론은 설득력이 없다고 생각한 가시와기가 얘기했다.

"그 정치 말인데, 번사의 대부분은 책상 앞에서 문서를 가지고 놀며 문장 중에 '를'을 '이'로 할지 '에'로 할지 뭐 그런 쓸데없는 논의로 매일을 보내고 있어 …. 그래도 괜찮은 건가?"

"……!"

화가 머리끝까지 오른 스다는 그 말에 할말을 잃었다. 눈이 튀어나올 듯 가시와기를 노려보더니 곧 한탄하듯 내뱉었다.

"너는 이제 안 되겠다. 완전히 번주에게 물들었어 ···."

가시와기는 항변하지 않았다. 오히려 그렇게 생각했다.

'그럴지도 모르지.'

이것이 지난번 여관에서 일어난 일이었다.

*

"가시와기 자식!"

신록의 빛이 눈부셔 눈을 가늘게 뜨곤 그때 일을 떠올리던 스다가 투덜거렸다. 이모가와가 쳐다보았다. 영리한 이모가와는 스다가 뭐라고 했는지 금방 알아차리고 말했다.

"스다?"

"왜?"

"가시와기에게 이렇게 말해 줄 걸 그랬어. 백성을 혼란시키지 않기 위해서 번주의 뜻에 반대하는 것도 백성을 위한 것이라고. 그것도 정치야. 그 때문에 연공을 바치게 하는 것에 대해 나는 조금도 나쁘다고 생각하지 않아. 가슴을 펴고 당당하게 연공을 받지. 무력을 가지지 못한 자들만으로는 세상이 다스려질 수가 없어. 나는 무사라는 점을 자랑스럽게 생각해. 그런데 번주는 무사를 무사답지 않게 하려고 하지. 할복한 우리 아버님들도 그 때문에 번주에게 진언을 한 거야. 그리고 죽임을 당했고 ….."

'죽임을 당했다'는 말속에는 이모가와의 하루노리에 대한 깊은 원한의 마음이 스며 있었다. 순간 사람 발자국 소리가 났다. 스다 등은 긴장했다.

"헤이슈인가?"

재빨리 몸을 감추며 둘은 소곤거렸다.

"죽여서는 안 돼. 쫓아내는 것이 목적이다. 어쩔 수 없이 치더라도 손이나 다리 정도다."

부하들에게 명령하자 부하들이 끄덕였다. 길을 밟고 오는 발소리가 급히 멈추었다. 그리고 외치는 소리가 들렸다.

"스다님, 이모가와님! 나와주십시오."

"저 목소리는 …?"

"사토야!"

둘은 서로 얼굴을 쳐다보았다. 들어본 적 있는 사토 분시로의 목소리가 또 들렸다.

"드릴 말씀이 있습니다. 길로 나와주십시오."

스다와 이모가와는 사토의 말을 무시했다. 둘의 머릿속에는 똑같은 생각이 떠오르고 있었다.

'사토 자식이 우리가 여기에 잠복한 걸 어떻게 알았을까?'

기회주의자가 된 진보, 핫도리 그리고 확실하게 생각이 바뀐 가시와기에게는 장소를 알리지 않았다. 데리고 온 부하들에게도 물론 길을 떠난 뒤에야 가르쳐주었다. 도저히 알려질 수가 없었다. '그걸 어떻게?' 둘의 얼굴은 의구심에 가득 찼다.

"사토, 무슨 용무냐?"

"번주님께서 부르십니다."

"뭐야?"

"급한 부르심입니다."

"번주가 우리에게 무슨 용무냐? 아버님들처럼 할복하라고 하는 거냐?"

"그게 아닙니다. 여하튼 거기에서 나와주십시오."

길에 나선 사토도 영롱한 햇빛과 신록의 향기에 숨이 막힐 듯했다. 햇빛을 반사시키는 어린 새잎들의 반짝임을 손등으로 가리면서 사토는 끈기있게 설득을 반복하였다.

이모가와가 말했다.

"만약 가지 않겠다고 하면?"

"그건 곤란합니다. 꼭 모셔가야 합니다."

"주변에 사람들을 배치시켰는가?"

"그런 짓은 하지 않습니다. 저 혼자입니다."

"혼자?"

다시 물으면서 이모가와는 스다의 얼굴을 쳐다보았다. 둘 다 사토가 원래 거짓말을 하지 않는다는 것을 알고 있었다.

"나갈까?"

서로 동의하며 비탈길을 올라가기 시작했다. 나뭇가지를 헤치며 길로 나가자 사토는 그의 말처럼 혼자 서 있었다.

"호소이 선생님을 죽일 작정입니까?"

담담하게 사토가 물었다.

"그렇다."

여기까지 온 이상 어차피 사토도 둘의 목적을 알고 있는 것이 분명하므로 둘은 숨기지 않았다.

"막으려고 해도 소용없다. 이 밑에 수십 명이 있다."

스다가 위협했다. 사토는 웃었다.

"그렇게 많지 않습니다. 정확히 일곱입니다."

"너!"

기가 질린 스다는 금방 화를 냈다.

"우리가 여기 있는 걸 포함해서 어떻게 그런 것까지 알고 있지? 도대체 누구한테 들었느냐?"

"말해 줄 순 없지요, 그런 중대한 비밀을 제공해 준 사람을."

사토는 웃음을 거두며 날카로운 눈매를 했다.

"호소이 선생님을 죽이게끔 제가 내버려둘 수가 없습니다."

스다와 이모가와는 경직되었다.

"방해할 참이냐?"

"그렇습니다. 방해해야지요. 당연하지 않습니까?"

칼집에 손을 댄 스다와 이모가와에 대항하여 사토도 다리를 벌리고 발끝에 힘을 주었다. 스다와 이모가와는 당황했다. 사토는 시동이나 근신 역할을 해오곤 있지만 어릴 적부터 검술 단련을 게을리한 적이 없었다. 번에서도 첫째 둘째로 꼽힐 만큼 강해서, 검술에 있어서는 비길 데가 없는 무사였다. 물론 스다와 이모가와 둘이 한꺼번에 덤벼도 당해낼 수 없었다. 칼집에 손을 댄 둘은 그 이상의 행위를 할 수 없었다.

'귀찮은 놈이 나타났구나.'

둘은 마음속으로 분개했다. 검술로는 당해낼 수 없기에 더욱 속이 상했다. 둘의 그런 심경을 사토도 간파했다.

"쓸데없는 짓 그만두고 번주님께 가주십시오. 번주님은 보문원에 계십니다. 호소이 선생님을 마중나오셨는데 그 전에 두 분께 하실 말씀이 있으신 모양입니다."

"건방진 자식."

스다는 사토에게 멸시의 말을 던졌다.

"아니, 호랑이의 위세를 빌린 여우인가. 뭣 때문에 번주가 우리를 부르는 거지. 호소이를 보호하기 위해 보문원에 처넣으려고 그러는 거야?"

"아닙니다."

사토는 고개를 저었다.

"그럼 뭐야?"

다그치는 스다에게 사토가 조용히 말했다.

"그건 번주님께 물어주십시오."

비탈길에서 부하들이 일제히 얼굴을 내밀었다. 길에서의 대화가 길어지자 기다리다 지친 것이다. 얼굴을 내민 부하들은 거기에 서 있는 사토를 보고 얼굴색이 변했다. 자신들을 물리치기 위해 왔다고 생각했기 때문이다. 모두 사토의 검술을 알고 있는 터라 혼자서도 자신들 다섯이나 열은 거뜬히 해치울 수 있다고 생각했다. 최근에는 검술도 변변히 연습한 적이 없었던 그들이었다. 스다와 이모가와에게 협박당해 '누군가 죽이겠지'라는 심정으로 마지못해 따라온 것이다. 호소이 헤이슈에게 어떤 원한이 있어서가 아니었다.

사토는 그 일곱 명의 기선을 제압하였다.

"나와 붙을 참인가? 그렇다면 용서하지 않겠다."

다시 날카롭게 노려보며 큰소리로 야단쳤다.

"바보 같은 자식들! 즉시 여기서 사라져라."

몸을 떨던 부하들이 '우와아!' 하고 공포의 소리를 지르며 구르는 콩처럼 경사길을 달려 내려갔다. 사토가 큰소리를 친 것이 그들에게는 좋은 기회였다. 원래 여기까지 따라올 기분도 아니었다.

"어이, 기다려!"

"돌아와!"

놀란 스다와 이모가와가 외쳤으나 일단 공포심에 질린 일곱 명에게는 문제가 아니었다. 일제히 내리막길을 구르듯이 도망쳤다.

"이놈, 비겁하다."

둘은 사토를 노려보았다. 사토는 조용히 대했다.

"호소이 선생님을 죽이는 데 저런 자들을 끌어들이는 건 불쌍하지 않습니까? 그리고 아무 도움도 되지 않고."

사토는 계속 미소지으며 말했다.

"부탁합니다. 보문원에 가서 번주님을 만나주십시오. 아무 일도 없을 것입니다. 제가 보장합니다. 위협 같은 그런 일은 아닌 걸로 생각합니다."

"너는 알고 있는 게로구나."

이모가와는 사토를 의심어린 눈으로 보았다.

"알고 있습니다. 상의를 하셨습니다."

부끄러운 듯 사토가 대답했다.

"무슨 얘기냐?"

"말할 수 없습니다. 번주님께서 직접 말씀하시겠지요."

"쳇!"

이모가와는 혀를 찼다. 결국 부하들은 도망쳤고 사토가 버티고 있는 이상 어쩔 도리가 없었다. 둘은 일단 가보기로 했다.

"말이라도 들으러 가자."

그들은 세키네 역참까지 돌아왔다. 세키네 가도에서 남쪽으로 조금 들어가면 논밭 가운데에 보문원이 있었다. 돌계단을 올라가서 풀로 엮어진 문으로 들어갔다.

하루노리는 정원에 나와 연못 속의 물고기를 보고 있었다.

"물고기들은 매우 재미있는 것들이야."

들어온 사토, 스다, 이모가와 세 명 중 누구에게 말을 거는지 알 수 없게 하루노리가 말했다.

"이 연못에는 잉어, 붕어, 금붕어, 피라미, 송어 등 여러가지 물고기가 있다. 자세히 보면 헤엄치는 모습에도 여러가지 특징이 있는 듯해. 금붕어나 잉어는 원래 연못에서 기르는 것이니 헤엄치는 것도 완만하다. 붕어는 어딘가 모르게 조금 얼떨떨해 보이지. 피라미나 송어는 강에서 자랐으니 헤엄치는 것도 분주하다. 모두 태생이나 성장과정이 다르기에 헤엄치는 것도 다양하지. 그러나 연못에 오래 있다 보면 강에서 자라는 물고기도 헤엄치는 모습이 점점 완만해진다. 이 송어도 연못에 오래 있어서인지 금붕어처럼 완만하게 헤엄치고 있다. 이것이 좋은 것인지 나쁜 것인지 말하기는 어렵지."

'어렵다'는 하루노리의 말은 자신이 결론짓기가 어렵다는 듯한 말투였으나 하루노리가 무엇을 말하고 있는지 세 명 모두 곧 알 수 있었다.

'번주는 요네자와 성城 내 번사들을 이야기하고 있다.'

번청을 연못에 비유하고 번사들을 물고기에 비유한 것이다. 그 물고기들도 오래된 물고기와 새로운 물고기에 비유하여 새로운 물고기가 오래된 물고기의 영향을 받아 완만하게 헤엄치게 되는 것을 비판하고 또 새로운 물고기를 그렇게 만드는 오래된 물고기를 비판하고 있었다. 어찌되었든 스다와 이모가와는 생각했다.

'우리들 이야기를 하고 있구나.'

'변함없이 밉살스러운 번주다. 나이도 어린 주제에 설교만 늘어놓고 있어.'

그들은 곧 불쾌해졌다.

'만나자마자 이런 얘기를 하는 걸 보니 어차피 별 용무는 없는 게다.'

하루노리는 그런 두 사람의 마음을 아는지 모르는지 스다와 이모가와를 똑바로 쳐다보았다.

"스다 헤이구로와 이모가와 이소에몬인가?"

"예."

너무나도 맑은 하루노리의 눈에 압도당해 둘은 자기도 모르게 대답하고 고개를 숙였다. 하루노리가 계속 말을 이었다.

"부친들에게 못할 짓을 하였다. 다시 용서를 빈다."

이 말을 듣고는 둘다 가슴속에서 화가 치밀었다.

'무슨 얘길 하는 거야?'

'할복하게 해놓고는 이제 와서 무슨 소린가?'

하루노리는 둘에게 일렀다.

"자! 두 사람을 돌아간 부친의 대를 잇는 상속자로 임명한다. 번 창고에 맡겨둔 가보는 각자의 집안으로 반환한다."

스다나 이모가와는 말 그대로 어안이 벙벙해졌다. 입을 다물지 못하고 하루노리를 쳐다보았다.

"급작스러운 얘기이기 때문에 느닷없이 이런 말을 듣고서 즉시 대답하기는 무리겠지. 잘 생각하여 답해 주기 바란다. 또한 대답은 직접 나에게 해주길. 만약 받아들인다면 어떤 직을 맡을지는 그때 다시 상의토록 하자."

'뭐라고 해야 할까?'

시치미를 떼고 있는 것인지 멍청한 것인지 스다와 이모가와는 짐작할 수 없었다.

'번주는 우리의 호소이 헤이슈 습격계획을 알고 있는 것일까? 아니, 알고 있는 게 틀림없다. 알고 있으면서 기선을 제압하려는 것이다. 역시 노련한 자다.'

둘은 서로 그렇게 생각했다. 알고 있기에 부친의 대를 잇게 하고 가보도 반환한다고 한다. 은정恩政으로 둘을 회유하고자 하는 속셈이 분명했다.

'그 수에 속지 않아.'

둘은 그렇게 생각했다.

'그건 그렇고 사토 자식은 누구에게서 헤이슈 습격 비밀을

들은 것일까?'

둘의 생각은 돌고 돌아 결국은 여기에 이르렀다. 그러나 아무리 생각해도 알 도리가 없었다.

'내가 흘렸든지 아니면 이 자가 흘렸든지?'

스다도 이모가와도 마지막에는 서로를 의심할 수밖에 없었다. 그러나 둘 다 그런 짓을 할 리가 없었다.

기무라 다카히로가 들어왔다. 스다와 이모가와를 보자 짐짓 놀라는 얼굴이었으나 침착히 하루노리에게 알렸다.

"곧 도착합니다."

"그런가, 도착하는가?"

그 소리에 풀어진 얼굴로 하루노리가 말했다.

"길까지 출영나가자."

그러나 기무라가 말했다.

"아니, 길까지 나가지 않으셔도 됩니다. 이미 성에서 여기까지 마중나오셨으니 부디 여기서 기다려주십시오. 저희들이 안내하겠습니다."

"그렇게는 할 수 없지. 길에 나가겠다."

하루노리도 양보하지 않았다.

'이게 이 사람의 나쁜 점이다. 자신의 호의를 끝까지 강압적

으로 밀고 나가는 태도.'

스다와 이모가와는 또 삐딱한 시선으로 받아들였다. 정원에서 나가면서 하루노리는 그들에게 다시 한번 다짐했다.

"부탁한다."

두 사람은 대답할 수가 없었다. 하루노리를 따라 기무라와 사토가 나갔다. 기무라가 갑자기 이곳을 뒤돌아보더니 이렇게 말했다.

"어이! 고생을 모르는 고집쟁이 풋내기들아, 이것만은 기억해 둬. 번주님은 사람에게 속임을 당해도 결코 사람을 속이지는 않는 분이다."

"......"

"너희는 대단한 바보들이야."

"이놈!"

둘은 바보라는 소리를 듣고 뒤를 쫓아가려 했으나 곧 그 기분이 사그라졌다. 뭐라고 할까, 이 정원에 들어서면서부터 계속 무언가 이상하게 돌아가고 있는 기분이었다.

"모르겠어 ….."

둘만 남게 되자 이모가와가 투덜댔다.

"정말 이유를 모르겠어."

스다도 동감을 표시했다.

우에스기 하루노리는 길로 나섰다. 사람들은 이 지역을 하구로도라고 불렀다. 전원이었다. 많은 농민들이 논밭에서 일을 하고 있었는데 밭 옆의 좁은 길에 제법 많은 무사들이 모여 있는 걸 보곤 농민들이 의아해 했다.

"저 분은 번주님이다."

일하던 이들 중 누군가 소리쳤다.

"바보같이. 설마 번주님께서 여기까지 오셨겠어?"

그걸 듣고도 곧 일소에 부치는 소리도 들렸다.

"아니야, 확실히 번주님이야. 저 젊은 분이셔."

그러나 손가락으로 하루노리를 가리키는 목소리도 자신의 주장을 굽히지 않았다. '정말이야, 정말이야' 하는 목소리는 곧 정말이라는 사실로 변했다.

"정말 번주님이시다 …."

논밭에서 일하던 농민들도 알 수 있었다. 이렇게 되자 모두 털썩 땅에 앉아 절을 했다. 하루노리도 이것을 알아차렸다.

"미안하다."

하루노리는 혼자 두렁길로 들어서 조금 큰 목소리로 이렇게 말했다.

"하루노리다. 모두 매일 열심히 노력하는 것에 감사한다. 오늘은 새로 만드는 학교의 선생님을 마중나왔다. 부디 그냥 일을 계속해 주길 바란다. 일어나 일을 시작하라."

하나하나에게 말을 하였다. 아무리 그래도 일어서는 자는 아무도 없었다. 모두 충격 속에 땅에 주저앉아 있었다. 몸도 마음도 떨렸다. 어쩔 줄 몰라하고 있는 농민들에게 하루노리가 말했다.

"너희들도 어떻게든 시간을 내어 학교에 오길 바란다. 에도에서 훌륭한 선생님을 모셔왔다."

사토 분시로가 논두렁으로 들어서서 달려오면서 큰 목소리로 말했다.

"번주님, 도착하셨습니다!"

큰길에서 이쪽으로 오고 있는 몇 명의 사람들이 보였다. 진보 쓰나타다에게 선도되어 오는 호소이 헤이슈 일행이었다. 하루노리는 서둘러 그쪽으로 되돌아갔다. 땅에 앉아 있던 농민들은 곧 그 하루노리가 한 사람의 학자를 향해 깊숙이 절을 하며 손을 정중히 받드는 모습을 보고 모두 놀랐다.

'번주님이 저렇게 해도 되나?'

그들은 아직도 귓가를 맴돌고 있는 하루노리의 말을 상기하고 있었다.

"모쪼록 일어나서 일을 해라. 부탁한다."

농민에게 일을 하라며 '부탁한다'라고 말한 번주님이 지금까지 있었던가? 아니 번주님뿐이 아니다. 성의 무사로서 그런 말투를 한 사람이 지금까지 한 명이라도 있었던가? 게다가 시간을 내서 학교에 오라고까지 한다. 도대체 저 분은 어떤 분인가? 농민들은 마음속으로 자문자답하고 있었다. 자신도 모르는 사이에 많은 사람들이 눈물을 흘리고 있었다. 그들은 손을 잡고 보문원 쪽을 바라보았다.

"제발 그만하십시오."

호소이 헤이슈는 황송해 했다. 자신을 길까지 마중나와 손을 받들어주는 하루노리의 태도에 다소 곤혹스럽기까지 하였다.

"번주님께선 에도시절과는 달리 15만 석의 다이묘이십니다. 제발 그만해 주십시오."

'제발, 정도껏, 정도껏'이라는 말을 자꾸 반복했다. 그 말 외에 적절한 사양의 용어가 없었기 때문이었다.

보문원의 경사길을 오르며 앞에 선 하루노리는 뒤를 돌아보며 말했다.

"발을 조심하십시오."

"예."

미소로 답하며 헤이슈는 옆에 있는 진보를 보고 웃었다.

"정말 황송스럽습니다."

"번주님은 진심으로 기뻐하고 계십니다. 저 모습은 정말 기뻐서 어찌할 수 없을 만큼 심신이 들떠 계신 겁니다. 신하인 저로서도 즐겁기 그지없습니다."

진보는 어렴풋이 눈물을 보이면서 대답했다.

문 앞에 다다르자 하루노리는 큰소리로 말했다.

"제가 안내하겠습니다."

그리고는 현관에 서서 또다시 말했다.

"안내하겠습니다."

그는 철저하게 안내역할을 자임하였다. 그의 목소리는 절 안의 신록처럼 상쾌했다.

# 달지 않은 팥떡

현재 남아 있는 〈흥양관의 도면〉에 따르면 당시 학교는 성의 북쪽에 있었다. 정면 뒤쪽으로 사당이 있고 좌측 경사면 바로 앞으로 강당, 오른쪽으로 서고가 있으며 그 남쪽에 교실이 상등, 중등, 하등별로 나란히 서 있었다. 교실 주위에는 담을 둘러싸고 큰 연못이 두 개 만들어졌다. 연못엔 단지 물만 고여 있는 것이 아니라 외부의 수로에서 물을 끌어들여 유출할 수 있게끔 되어 있었다. 오른쪽에는 식당, 기숙사, 의학관, 욕실 등이 완비되어 있었다. 2층 건물도 있어 교수실, 총감실 등이 있었다. 잘 설계된 더할 나위 없이 완벽한 학교였다.

진보 쓰나타다와 가타야마 잇세키片山一積가 제학提學으로

156

임명되었다. 정규학생은 스무 명이었으나 반드시 젊은이뿐 아니라 재주와 학식이 있으면 중장년층도 입학시켰다. 학생생활은 자치를 중시하여 자신들이 대표를 뽑게 하고 번은 간섭하지 않았다. 뽑힌 대표에게 번은 월사금을 면제해 주고 수당과 식량을 지급해 주었다. 학생에게 강의하는 것 외에 교수들은 월 6회 강당에서 '강담회'를 열었다. 강연회는 번사들뿐만 아니라 일반서민에게도 개방하였다. 이를테면, 공개강좌였다.

'번사도 서민도 함께 배울 수 있는 학교'는 거짓말이 아니었다. 이 여섯 번의 강의에 호소이 헤이슈도 나와서 알기 쉽게 설명하였다. 특히 효자, 열녀 등의 구체적인 예를 섞어가며 설명하는 까닭에 서민들로부터 평판이 좋았다. 물론 아직 우에스기 하루노리의 정치와 친숙해지지 못한 비판적인 사람이 많았기에 그런 공개강좌에서 트집을 잡는 자도 있었다.

"번주는 번민 모두를 자신의 생각대로 하려고 한다."

그러나 강의를 들은 사람들이 그런 무리들에게 권하는 말도 늘어났다.

"대단히 좋은 얘기야. 트집만 잡지 말고 너희들도 들어봐."

서민들 중에서 특히 열심히 듣는 사람은 오노가와의 치요와 미스즈였다. 한 달에 여섯 번씩 두 사람은 반드시 학교에 왔다.

그리고 눈을 반짝이며 호소이 헤이슈 등의 강의를 들었다. 여자 두 명의 존재는 눈에 띄었다. 특히 아름다운 미스즈의 존재는 더욱 눈에 띄었다.

"저 여잔 누구야?"

"번 중신의 숨겨놓은 딸인가?"

수군대는 소리가 여러 곳에서 들렸다.

"매회 젊은 미녀가 강의를 들으러 온다."

소문은 순식간에 퍼졌다. 나중에는 단지 미스즈를 보고 싶어서 강당에 나오는 무사들이 늘어났다. 강의가 끝나면 무사들은 급히 미스즈가 있는 곳으로 달려가 유혹하기도 했다.

"집까지 바래다주겠소."

"마쓰가와松川 부근을 같이 걷지 않겠소?"

그때마다 같이 있던 치요가 완곡히 거절하였다.

"이 사람한테는 일이 있어요. 그럴 시간이 없습니다."

'귀찮은 아줌마군, 쓸데없이 간섭하지 말아라.'

젊은 무사들은 이렇게 생각했지만 실은 치요 외에 또 한 사람 강력한 호위자가 있었다. 야마구치 신스케였다. 야마구치 신스케는 매월 여섯 번씩 반드시 학교에 나왔다. 야마구치는 학문을 그리 좋아하지 않았기에 강의시간에는 연못 부근에서 물고기들을 보면서 지냈다.

여기에도 다른 번에 판매하는 관상용 비단잉어를 기르고 있었다.

"요네자와 번藩 내의 연못이나 늪, 수전水田도 이용해 잉어를 기르자."

우에스기 하루노리가 권장했던 그 잉어였다. 지금은 도처에서 기르고 있었는데, 재미있는 것은 그 잉어가 매우 잘 팔린다는 것이다. 주로 팔리는 곳은 에도였다.

뇌물을 좋아하는 노중수좌老中首座 다누마 오키쓰구는 비단잉어를 좋아했다. 그래서 다이묘나 대상인들이 다누마에게 보내기 위해 요네자와의 잉어를 많이 샀다. 다누마의 연못은 곧 잉어로 가득 찼다. 연못 속에 잉어가 있는 게 아니라 잉어 속에 연못이 있다고 할 만한 상황이 되었다. 그렇게 되니 다이묘나 상인들도 자신들의 정원 연못에서 잉어를 키우기 시작했다.

다누마의 흉내를 내어 그 영향으로 행운이나 출세가 자기에게도 오지나 않을까 생각해 보는 것이었다. 그리고 누가 말했는지 '잉어는 요네자와 것이 가장 좋다'는 평판이 나기까지 했다. 요네자와의 잉어는 날개 돋친 듯 팔렸지만 정작 사는 사람들이 문제였다. 잉어의 정착지가 문제였다.

하루노리는 이 부분에 신경이 쓰였다. 다케마타를 불러서 물었다.

"비단잉어의 판매는 어떤가?"

"날개 돋친 듯 팔리고 있습니다. 이제 번의 재정 재건에서 없어서는 안 되는 것이 되었습니다."

"그러나 사는 사람들이 아무래도 부정한 자가 많은 것 같다. 그런 더러운 돈으로 번 재정을 윤택하게 하는 것은 약간 신경이 쓰이는구나."

"그런 것까지 걱정하지 마십시오. 지금 요네자와에서 잉어를 기르는 것은 노인, 어린아이들의 낙이 되어 있습니다. 그들에게 삶의 보람을 느끼게 해준 것만으로도 얼마나 좋은 일입니까?"

다케마타 마사쓰나는 이렇게 말하며 웃었다.

"번주님, 잉어를 한번 보십시오. 잉어는 입이 참 큽니다. 그 큰 입으로 덥썩 아무것이나 받아들입니다. 다시 말해서 청탁淸濁을 아울러 포용한다고 할 수 있겠지요. 번주님의 걱정은 지당하십니다만 전부 이 다케마타와 잉어에게 맡겨주십시오."

전부 이 다케마타와 잉어에게 맡겨달라는 말투가 어쩐지 이

160

상했다. 농담조로 말하고는 있지만 잉어에 대한 것뿐 아니라 개혁 전반에 관해서 중대한 책임추궁이 있을 시에는 다케마타 자신이 모든 것을 덮어쓸 작정이었다.

'개혁의 책임자로 임명된 이상 그것이 당연하다.'

다케마타는 그렇게 생각했다. 그리고 그의 책임이란 말엔 할복까지 불사하겠다는 의지가 있었다. 다케마타는 개혁에 목숨을 걸고 있었다. 그 마음은 하루노리에게도 절실하게 와닿았다.

그런데 그 다케마타에게 최근 미묘한 변화가 나타났다. 가령 지금도 잉어에 비유해 청탁을 아울러 포용한다고 했다. 요사이 그렇게 복잡하면서도 의미심장한 말을 많이 하는 다케마타였다. 변화의 실체가 무엇일까?

하루노리도 알 수 없었다. 단지 개혁에 목숨을 걸었다고 해도 그 목숨을 거는 방법이 예전 같이 순수하게 느껴지지 않았다. 다케마타에게 요즈음 어딘가 모르게 꺼림칙한 부분이 있어 보였다. 그것이 무엇인지 모르기에 하루노리는 더욱더 마음이 무거웠다.

\*

계절은 초여름이었다. 신록은 싱싱하게 물이 오르고 높은 산에서 흘러 내려오는 눈녹은 물은 평야지역의 강을 힘차게 흐르고 있었다. 산, 강, 들에도 자연은 활기를 가득 띠고 있었다. 신록은 사람들 마음에도 활기를 불어넣었다.

하루노리는 젊다. 자연의 약동이 절절하게 사람의 마음에 와닿는 것을 에도 같은 대도시에서는 맛보지 못했었다. 하루노리는 성 안에서 가만히 있을 수가 없었다. 사토를 불렀다.

"마을을 은밀히 돌아보고 싶다."

마을 부근은 전에도 한번 돌아보다가 씁쓸한 경험을 한 적이 있었다. 번 관리들과 마을 관리들이 결탁하여 정작 중요한 실정은 아무것도 가르쳐주지 않았다. 농민들은 관리들로부터 지시받은 대사를 그대로 입에 올렸다.

"전에 마을을 둘러보았을 때 내가 낙관적으로 모든 것을 쉽게 생각한 것이 잘못이었다. 번주인 나에게 정직하게 무엇이든 얘기해 주리라 생각했다. 그것이 나의 자만심이었다는 걸 뼈저리게 실감했지. 그래서 이번에는 자연스럽게 마을을 둘러보고 싶다."

"미복잠행이십니까?"

"아니, 그러면 관리나 농민들이 알았을 때 당황할 것이고 또

너무 음성적이다. 확실하게 가는 것을 알리자. 단지 방문하는
마을에는 이렇게만 알려주기 바란다."

그렇게 말하고 하루노리는 '마을 순회의 조건'을 얘기했다.
그것은 다음과 같은 것들이었다.


· 도로변을 일체 청소하지 말 것
· 통행할 마을에서는 성찬을 준비하지 말 것. 이것은 숙박
  하는 숙소도 마찬가지
· 전답에서 일하던 농민들은 내가 지나가더라도 일일이 삿
  갓을 벗거나 일을 중지하지 말 것
· 다리를 새로 놓지 말 것. 단, 진창길에는 예외로 다리를
  만들 것. 이것은 나 자신을 위한 것이 아니라 모두를 위한
  것으로 할 것
· 마을 순회를 위해 마을인부는 한 사람도 쓰지 말 것
· 숙박하는 숙소에서의 식사는 국 한 그릇 반찬 한 가지로
  할 것. 또한 숙박료는 정해진 대로 반드시 받을 것


듣고 있으면서 사토는 웃었다. 그 자리에 있던 노조키도 기
가 막혔다.

"정말 놀랐습니다. 저희들이 마을 순회를 한다 해도 이렇게까지 자세하게 지시할 수가 없겠는데요."

그러면서 웃고 있는 사토에게 물었다.

"너는 뭣 때문에 웃고 있느냐?"

사토가 대답했다.

"번주님의 지시는 번 관리나 마을사람들에게 통렬한 야유가 되기 때문입니다."

"통렬한 야유?"

"그렇습니다. 번주님의 지시는 그러한 생활방식을 금과옥조金科玉條로 삼고 있는 사람들에게 전부 역행하는 지시입니다. 대혼란이 일어날 겁니다."

"……."

"사토가 말하는 대로일지도 모르겠다."

노조키가 말했다. 하루노리는 조용히 웃고 있었다. 하루노리도 사토가 말한 것을 별로 부정하지 않았다. 가슴속으로는 사토가 말하는 대로일 것이라 생각하고 있을지도 몰랐다.

하루노리가 말했다.

"사토, 수행으로는 너와 야마구치 신스케를 명한다."

그때 야마구치 신스케는 연못 속의 잉어를 보며 강당의 강의가 끝나기를 기다리고 있었다. 한 달에 여섯 번 학교에 오는 것이 조금 무리였다. 오노가와의 개간지에 사는 동료들은 거의 쉬지를 못한다. 야마구치도 그렇기 때문에 그 몫을 다른 날에 보충했다. 특히 강의가 있기 전날은 밤늦게까지 일했다. 왜 그런 것까지 감수하며 학교에 따라오는 것일까? 야마구치는 치요와 미스즈 둘이 걱정되어서였다.

"번에는 건달들이 많아. 내가 보호하겠다."

야마구치는 호위역을 자청하였다. 그러나 야마구치의 마음은 미묘했다. 지금 야마구치는 치요에게 아내가 되어달라고 애절하게 간청하고 있다. 그러나 수년 전까지 미스즈에게 열중해 있었던 그였다. 그때 엄청난 착각을 하면서 창피를 당하고 나서야 미스즈가 사모하는 사람이 사토 분시로라는 것을 알았다.

"그렇다면 깨끗하게 물러나자."

그렇지만 마음속에는 아직 미스즈를 향한 사모의 정이 남아 있었다. 치요가 말했었다.

"나를 미스즈 대역으로 생각하고 있지요?"

"아니야."

그는 부정하지만 과연 부정할 수 있는가? 오노가와로부터의 먼길을 홍양관까지 왕복할 때마다 야마구치는 망설였다. 홍양관 정원의 연못에서 헤엄치는 잉어 무리들을 쳐다보며 야마구치는 그런 것을 생각하고 있었다.

초여름의 기후는 상쾌하였다. 지난밤 늦게까지 일을 해서 피곤했다. 서 있던 것이 구부리는 자세가 되고 곧 책상다리를 하고 앉아 꾸벅꾸벅 졸았다. 그리고 달콤한 수면에 빠질 무렵이었다.

"어이, 신스케!"

번쩍 눈을 뜨니 사토가 서 있었다.

"앉아서 졸고 있는 거야? 이 태평스런 사람아!"

"지난밤 늦게까지 괭이질을 했어. 피곤해."

"그렇다면 오노가와에서 쉬지. 먼 학교까지 터덜터덜 올 필요는 없잖아."

"이놈, 모르는 소리 하지 마. 너의 미스즈님을 보호하고 있는 거야. 내가 지키지 않으면 미스즈는 이미 번 중 건달들의 밥이 되었을 거야. 도대체 언제까지 미스즈를 방치해 둘 거야? 치요도 걱정하더라."

"아직, 아직이야. 지금은 그럴 때가 아니야. 그런데 번주님이 너에게 일을 내리셨다. 나와 함께 번주님의 마을 순회를 수

행하라고."

"이번 마을 순회는 우선 히가시치시東置賜, 니시치시西置賜, 미나미치시南置賜 세 곳을 돌아보고 싶다 하셨다."

6월 6일 오전 4시. 하루노리는 사토와 야마구치만을 데리고 성을 나섰다. 북쪽을 향하여 고노메무라糠野目村의 개간지를 들러 본 뒤 마쓰가와를 배로 내려와서 스시마린洲島林의 개간지를 본 후 핫쵸마키八丁卷, 나카지마도신가와라中島道心河原, 니시아도西惡戶 등을 거쳐 밤에는 고이데무라小出村에 머무를 예정이었다.

7일은 미야하라官原, 히라야마平山의 개간지, 노가와野川의 제방, 8일은 오즈쓰야세이로죠御筒屋製蠟所, 모미쿠라籾倉, 미야무라官村의 섬유원료용 풀창고, 나리타무라멘메하라成田村兎女原의 개간지, 9일은 이시나다石那田 개간지, 요쓰마쓰가와하라四つ松川原 개간지, 10일은 시라다카야마 등산, 쥬고단야마우에다테十五壇山植立 삼목숲, 11일은 고이데무라호리기리小出村堀切, 가미가와라上川原 개간지를 본다는 예정을 세웠다.

마을 순회의 목적은 명확했다. 마을 순회라고는 하지만 그 주된 일정은 새로 개척된 개간지 방문에 있었다. 황야에 도전한 무사나 농민의 노고를 치하하는 데 목적이 있다.

통과하는 마을마다 사토가 예상한 대로 대혼란이 일어났다. '길을 청소하지 말라'라든가 '성찬을 차리지 말라' 또는 '인사는 필요없다. 일을 계속하라'라는 지시가 정말인지 아닌지 매우 고민하였다. 마을마다 관리들보다도 농민 쪽이 우왕좌왕이었다.

"이번 시달은 정말일까?"

"지금까지랑은 뭐든지 반대이니 ···."

"최초에 통과하게 되는 마을의 상황을 보자."

결국 그렇게 결정하였다. 그런 의미에서 첫 번째 마을이 큰일이었다.

"청소도 하지 말고 성찬도 그만두자."

격론 끝에 그렇게 결정되었다. 물론 책망을 들을 각오하에 서였다.

"수고한다, 수고!"

그러나 하루노리 일행은 말을 탄 채 논밭에 있는 농민들에게 이렇게 말을 건네며 앞으로 지나갔다. 말의 걸음을 빨리하며 서두르는 모습은 진심으로 농민의 일을 방해하지 않으려는 태도가 분명해 보였다.

"시달명령은 정말이다!"

마을사람들은 믿을 수가 없었다.

"일상 그대로 하고 있으면 된다."

"특별한 일을 하면 도리어 번주님은 싫어하신다."

그대로 다음 마을에 전해졌다.

"아무리 사소한 일이라도 내가 말하는 게 거짓이 아닌 진실이라고 모두에게 믿게 하는 데는 시간이 많이 걸리는구나 …."

말 위에서 하루노리가 쓸쓸히 말했다.

"처음이기 때문입니다."

뒤에서 야마구치가 큰소리로 말했다.

"처음?"

되묻는 하루노리에게 야마구치가 설명했다.

"그렇습니다. 마을사람들은 번청의 얘기가 표리가 없고, 표면상의 원칙이나 본심이 동일한 시달명령을 접한 적이 아마도 이번이 처음이었을 것입니다."

"어이 야마구치, 그러면 지금까지 번청은 줄곧 번민을 속여온 것 같이 들리잖아?"

사토가 항의하자 야마구치가 수긍했다.

"그래, 사실 속여왔잖는가. 시달은 듣기 좋게 그럴듯하게 해놓고 만약 번민이 정말 그대로 하면 그 후가 큰일이었잖는가.

바보같이 시달을 그대로 받아들이는 놈이 어디 있는가, 이 종이조각은 한낱 겉치레이고 본심은 이것이것이다, 이 정도도 모르느냐고 윽박지르면서 향응이나 뇌물을 요청한 게 지금까지의 번청이었다. 그러기에 번민의 마음은 이중으로 시달명령을 믿지 않게 되었지. 무리도 아니야."

"뭐야?"

"내가 오노가와 개간지에 간 것도 이러한 번청에 적籍을 두고 있다는 죄를 벗어나보려는 의미도 있었어."

사토에게 말하고 있었지만 야마구치는 사실 하루노리에게 말하고 있었다. 갑자기 야마구치가 앞을 보고 말을 멈추었다.

"앗, 안 돼!"

앞에서 노파 혼자서 짐수레를 끌고 있었다. 수수가 실려 있었으나 휘청거리고 있었다. 뒤에 오는 세 사람을 아는지 모르는지 노파는 열심히 수레를 끌고 있었다.

야마구치는 말에서 뛰어내렸다.

"나도 돕겠다."

야마구치를 따라 사토도 말에서 내렸다. 그러자 하루노리도 뛰어내렸다.

"나도 돕겠다."

"번주님!"

놀라서 소리치는 두 사람에게 하루노리가 웃으며 말했다.

"왜? 나도 젊어. 힘으로는 너희들에게 지지 않아."

세 사람은 노파의 수레로 뛰어 다가갔다.

"할머니, 수레를 밀어주겠소. 어디로 가오?"

노파는 갑자기 나타난 세 명의 무사에게 아이구 참! 하며 황송스럽게 여기면서도 자신의 행선지를 손가락으로 가리켰다. 가도에서 오른편 경사진 언덕에 작은 숲과 그 숲 앞에 초가지붕을 한 농가가 보였다.

"수고가 많소. 할머니 지금 나이가 몇이시오?"

하루노리가 물었다. 하루노리도 사토와 야마구치와 똑같이 허름한 목면옷을 입고 있었기에 노파는 하루노리가 번주라는 것을 알지 못했다.

"여든둘이오."

노파는 허물없이 얘기했다.

"당신들은 성의 무사들이시오?"

"그렇소."

하루노리는 태연히 대답했다. 노파가 말했다.

"오늘은 번주님이 이곳을 지나가시는가 봐. 나 같은 늙은이가 수레로 길을 막아서 죄송스럽지. 빨리 옆길로 집어넣어 주시오. 그건 그렇고 번주님은 장한 분이오."

"뭐가 장합니까?"

사토가 물었다.

"뭐라니? 요네자와의 마을마다 모두 늙은이들을 소중히 하게끔 되었지, 이건 대단한 일이지요. 번주님이 늙은이, 병자, 여자, 아이들 그리고 몸이 부자유스러운 사람들을 소중히 하라고 해서지. 우리집에서도 나를 소중히 대접하기 시작했지요. 그렇게 되니까 지금까지처럼 듣기 싫은 소리만 듣고 며느리 욕만 하고 있을 수가 없게 됐지. 나도 곧 이렇게 수수를 운반하게 되고 …. 생각해 보면 번주님은 사람 부리는 데 능한 사람이야, 나 같은 늙은이까지 일으켜 세워 일을 하게끔 만들었으니까."

후후후 하고 노파는 주름투성이 얼굴로 웃었다. 그러나 억지로 일하는 괴로움의 얼굴이 아니었다. 노파는 행복한 얼굴을 하고 있었다.

"지금 말한 건 농담이고, 정말로 말하려던 건 당신네들도 번주님의 손톱만큼이라도 늙은이들을 소중히 여기라는 말이오. 그래도 당신네들은 이렇게 늙은이의 수레를 밀어주는 친절한 사람들인 걸 보니 좋은 젊은이들임에는 틀림없소."

집에서 사람이 달려나왔다. 여자였다. 손을 흔들고 있었다.

"우리집 며느리요."

노파가 말했다.

"오늘은 손자의 생일이요, 이 수수를 삶아 경단을 만들어주려고 …."

하루노리는 미소지었다.

"할머니 부탁이 있소."

"뭐요?"

노파는 싱긋 웃으며 하루노리를 보았다. 웬지 모르지만 세 명 중 하루노리를 가장 마음에 들어하는 것 같았다.

"언젠가 다시 오면 할머니의 그 수수경단을 먹게 해주시오."

"수수경단을?"

되묻는 노파는 하하하 하며 이빠진 입을 벌리고 웃었다.

"싫소."

노파가 고개를 저었다.

"왜 주지 않겠다는 거요?"

"당신네들한테는 더욱 맛있는 것을 드리지요."

"더욱 맛있는 것?"

"그렇소, 떡에 팥고물을 묻힌 것으로."

"팥고물 묻힌 떡?"

"그래요. 떡에 팥고물을 묻혀서 말이야 ….."

"팥고물을 묻힌 떡이라. 그것 참 맛있겠군요."

"그런데, 팥고물에 설탕이 들어가 있지 않아요."

"설탕이 들어가지 않은 팥고물?"

"백성들은 잘 먹는다고 해도 그 정도밖에 먹질 못해요. 좋아, 언제든지 들러주시오. 꼭이요!"

그렇게 얘기하고 진지하게 하루노리를 보며 말했다.

"당신은 좋은 사람이오. 자상한 눈을 하고 있어. 번주님은 당신 같은 무사를 출세시켜야 해요. 이번에 만나면 번주님께 얘기해 드리지."

터져나오는 웃음을 참고 있는 사토와 야마구치를 눈치채지 못하고 노파는 그렇게 말했다. 하루노리도 웃으며 말을 받았다.

"음, 잘 부탁하오."

두렁길을 뛰어온 여자는 머리에서 수건을 서둘러서 벗으며

"무사님들이 이런 것을 ….. 어머! 어머님도 아무렇지도 않게

무사님들께 수레를 밀게 하고 ….”

당황하며 몇 번이나 하루노리들에게 머리를 숙였다. 그러나 노파는 당연하다는 듯이 말했다.

“나는 밀어달라고 부탁하지 않았어. 이 세 사람이 멋대로 한 거야. 성의 무사들이라고 하니까, 나중에 오실 번주님 때문에 서둘러 길에서 나를 비키게 한 거야. 다 알고 있어.”

그렇게 말한 뒤 노파는 사토와 야마구치가 앗! 하고 소리를 내지를 틈도 없이 힘껏 하루노리의 어깨를 쳤다.

“정말 당신은 자상한 눈을 하고 있어. 지금 평판이 나쁜 다케 … 뭐라고 하는 나쁜 무사와는 다르오.”

“다케 뭐라고?”

하루노리가 다그쳐물었다.

“할머니, 무슨 얘기요?”

“모르는가? 저기 그 가로인 다케 ….”

말하는 노파를 어머니! 하고 젊은 여자가 말렸다. 눈에 공포의 빛을 띠고 있었다. 노파도 억지로 입을 다물었다.

하루노리는 사토와 야마구치를 돌아보았다. 둘은 겸연쩍은 듯 시선을 피했다. 하루노리의 가슴에 불길한 구름이 덮였다. 최근 다케마타에게서 느끼고 있던 묘한 인상을 노파에게서도 느꼈기 때문이었다.

"아! 놀랐습니다."

다시 말을 타고 길을 가면서 사토가 말했다.

"화가 나는 걸 참아주셔서 … 실로 죄송스럽기 그지없습니다."

사토는 마치 자신이 죄를 지은 듯 용서를 빌었다.

"번주님께서 화를 내실 분이냐?"

야마구치는 웃었다.

"그래도 야마구치."

괴롭고 떫떠름한 얼굴로 쳐다보는 사토를 보다가 야마구치가 물었다.

"번주님은 매우 즐기셨어. 그렇지요? 번주님."

"야마구치가 말한 대로 나는 즐거웠어."

하루노리도 수긍했지만, 그러면서도 꺼림칙한 얼굴은 지워지지 않았다. 지금 노파가 한 말에 신경이 쓰였다. 게다가 아주 쾌활한 척하면서도 무언가 숨기고 있는 둘에게도 불안한 마음이 들기 시작했다. 그걸 아는지 모르는지 야마구치는 보란 듯이 말했다.

"높으신 분 옆에 있으니까 사토도 사소한 일에까지 신경을

176

쓰게 되었구나. 옛날의 너는 더 대범했어."

"그건 네가 하라가타에 있으니 그렇게 말할 수 있는 거다. 성 안에 있어봐, 여러가지 고충이 있어."

"쓸데없는 고충이겠지."

"그럼 너도 성에서 일해 봐."

"그건 싫어."

야마구치는 즉시 고개를 저었다.

"나는 괭이를 쥐고 땅을 파는 게 적성에 맞아. 사토, 난 흙이 정말 사랑스럽네. 지난번에는 흙을 먹기까지 했다구."

"흙을 먹어?"

"만물은 전부 흙에서 나온다고 생각하니 갑자기 흙이 사랑스러워져서 한번 먹어보았지."

"흠."

사토가 끄덕였다. 그런 사토에게 야마구치가 물었다.

"어이 사토, 요즈음 성에 있는 자들이 우리 개간지에 있는 사람들을 뭐라고 부르는지 들어봤어?"

눈이 빛나고 있었다.

"……."

사토는 잠자코 있었다. 그 모습이 조금 이상했다.

"아무것도 듣지 못했어?"

야마구치는 다시 물었다. 쭉 쳐다보고 있으니까 사토는 낮은 목소리로 겨우 대답했다.

"… 들었어."

"뭐라고 하는데?"

야마구치는 추궁의 고삐를 늦추지 않았다.

"번주님 앞이야, 나중에."

사토는 괴로운 듯하였다. 하루노리가 돌아다보았다.

"상관없다. 얘기해 봐라."

"봐, 허락하셨어. 우리 개간지의 무사들을 성에, 특히 성 번화가에 살고 있는 자들이 뭐라고 부르고 있어? 가르쳐줘."

집요한 야마구치의 질문에 사토는 심호흡을 하고 이렇게 말했다.

"하라가타의 똥주물럭이 …."

# 하라가타의 똥주물럭이

사토 분시로가 입 밖에 낸 말은 야마구치보다 하루노리에게
더 충격을 안겨주었다.

"하라가타의 똥주물럭이?"

하루노리는 자기도 모르게 되뇌었다.

"예."

"무슨 의미냐?"

"하라가타란 성 번화가에 살지 않고 성 밖의 황무지에 살며
그곳을 개간하고 있는 무사를 말합니다. '똥주물럭이'라는 것
은 하라가타의 무사들이 농사를 짓기 위해서 거름통을 잡고,
때로는 똥이 통에서 튀어 몸에 묻을 수도 있는데, 특히 말똥을

손으로 직접 주무르며 거름을 주기 때문에 그렇게 부르는 것이겠지요."

"누가 그렇게 부르는데?"

"성 번화가에 사는 무사들입니다. 특히 번주님의 개혁취지를 아직 모르는 자, 아니 알려고 하지도 않는 자들이 그렇게 부릅니다. 그래서 …."

계속하려던 야마구치는 하루노리가 뭐라고 하려는 것 같아 말을 끊고 하루노리를 보았다. 그러나 하루노리는 하려던 말을 참고 다음 말을 기다렸다.

"그래서?"

우선 야마구치의 말을 전부 들어보자고 생각한 것 같았다. 야마구치가 말을 이었다.

"요즈음은 하라가타의 사람들도 다시 되받아 대꾸하고 있습니다."

"뭐라고 하는데?"

"'성시의 죽먹은 배'라고 …."

"성시의 죽먹은 배?"

"예, 하라가타는 똥주물럭이들이라고 놀림을 받지만 자신들이 만든 쌀을 먹고 있습니다. 그러나 성 번화가에 사는 놈들은 죽밖에 먹지 못한다고 해서 …."

"……."

야마구치와 사토는 하루노리의 얼굴에 곧 어두운 그늘이 드리우는 것을 보았다. 이 어두운 표정으로 하루노리는 한참 동안 말을 타고 갔다. 그리고는 조용히 이런 말을 하기 시작했다.

"나의 생가 슈게쓰秋月가는 휴가의 다카나베라는 곳에 있다. 그 옆은 사쓰마薩摩 번이다. 사쓰마도 우에스기 가와 마찬가지로 세키가하라 대전투에서 서군 편을 들었다. 그것 때문에 영토가 매우 좁아져 많은 가신들을 데리고 고통을 받았다. 할 수 없이 많은 무사들이 야마구치처럼 성에서 멀리 떨어진 황야나 산림을 개간하여 살았다. 처음에는 번이 이런 무사들을 칭찬했으나, 곧 성 번화가의 무사들은 개간지에 사는 자들을 '히시테베코—日兵児'라 부르게 되었다.

'히시테베코'란 하루 걸러 무사라는 의미다. 그러더니 나중엔 더욱 부르는 호칭이 나빠졌다. 그때까지 개간자들은 살고 있는 지역의 이름을 따서 '슈츄衆中'라고 불리웠으나 어찌된 영문인지 '고시鄕士'로 불리워지게 되었다. 번의 방침으로 성 주위에 사는 무사들보다 한 단계 격하시키고 만 것이다. 그렇게 되니까 성 부근에 사는 무사들은 일제히 그들을 '고구마 고시'라고 부르게 되었다. 더 못된 자들은 '종이 한 장'이라고 부르기도 했다. 고시들을 참살斬殺시켜도 종이 한 장의 신고서로 끝낼 수 있다는 말이다. 이렇게 성 부근의 무사와 개간지의 무사 신분이 사쓰마에서는 확실하게 나뉘어져 버렸는데, 더욱 서글픈 일은 그 고시들이 자신들을 또다시 상급고시와 하급고시로 나누어버렸다는 것이다. 고시 동지들끼리 서로 업신여기게 된 것이다. 이렇게 되고 보니 인간의 업보란 헤아릴 수가 없다는 생각이 든다. 지금 사쓰마에서는 사람이 사람 밑에 사람을 종속시키고 있는 실정이다. 사토, 야마구치!"

"예."

"이 요네자와에서는 정말 그런 일이 없었으면 한다."

"예."

하루노리의 목소리는 슬픔으로 떨렸다. 인간은 가난할 때 그리고 앞날에 희망이 없을 때 반드시 자신의 주위를 다시 둘러보게 마련이다. 그것도 밑을 내려다본다. 자기보다 밑에 있는 자가 있으면 안심하면서 '저 사람보다는 내가 아직 낫다'라고 생각한다. 이 우월감은 그 못한 처지의 사람에 대한 경멸로 바뀌어간다. 사쓰마에서는 전체가 그런 경멸의 소용돌이에 휘말리고 있었던 것이다.

"사쓰마 번의 번청은 그렇게 되리라는 것을 예상하지 못했습니까?"

사토가 물었다.

"음."

하루노리는 대답을 조금 주저했다. 사토의 질문은 하루노리에게도 큰 의문이기는 했다. 하루노리는 이렇게 대답했다.

"번은 알고 있었는지도 모른다."

"그렇다면?"

"사토."

뭐라고 형용할 수 없는 슬픈 눈을 하고 하루노리가 말했다.

"번이 가난해지면 번사의 불만은 반드시 번청으로 향한다. 그러나 그것을 확실하게 받아주지 못할 입장이면 번청은 번사의 불만을 다른 방향으로 분산시키지 않으면 안 된다. 서글프게도 무사는 신분이나 체면을 중시한다. 즉 외형에 집착한다. 이것이 약점이다. 번청은 그 약점을 잘 이용한 것이지."

"새로이 신분이나 파벌을 만들어 번사 동지끼리 싸움을 붙여 번청으로 쏟아질 공격을 회피하려는 것이군요?"

사토도 그렇게 이해하였다.

"그렇다."

하루노리는 수긍했다.

"그것은 사람들끼리 서로 의심하도록 부추기는 것이다. 사람이 서로를 헐뜯는다면 상대방을 생각해 주거나 위로해 주는 마음이 없어진다. 단지 서로 미워하는 마음밖에는 없는 것이다. 불신만 키우게 되지. 요네자와에서는 절대로 그 전철을 밟아서는 안 돼. 사토, 야마구치, 너희들도 똥주물럭이라든가 죽먹은 배라고들 서로 매도하고 있는 것은 아니겠지?"

"천만의 말씀입니다."

둘은 동시에 부정하였다.

"우리 가슴에는 아직도 이타야 고개에서 받은 번주님의 불씨가 타고 있습니다. 그런 말은 결코 쓰지 않습니다. 손을 확실하게 꼬옥 잡고 있습니다."

"음, 부탁한다."

고개를 끄덕이며 하루노리는 겨우 미소를 되찾았다.

"손을 꼬옥 잡고 있다고? '꼬옥'이란 말은 아주 힘이 있구나. 언제까지나 꼬옥 잡아주길 바란다."

"예."

'하라가타의 똥주물럭이'라는 말 한마디에 하루노리가 어느 정도 상처를 받았는지 둘은 너무나 잘 알 수 있었다. 하루노리가 상처받는 것은 스스로가 그렇게 불리는 사람들의 입장에서 생각하기 때문이다. 항상 상대방의 입장에 서서 생각하고 느끼는 하루노리였다. 그렇게 이 젊은 번주의 마음은 부드럽고, 함께하는 마음임을 둘은 잘 알고 있었다.

고노메무라의 개간지가 보였다. 그 길목에 개간작업에 참여하고 있는 무사, 마을 관리, 농민 모두가 엄숙한 자세로 기다리고 있었다. 역시 긴장하고 있음에 틀림없었다. 세 사람이 말에서 내렸다. 하루노리는 만면에 미소를 지으며 말했다.

"수고들 한다. 모두 일을 계속 하라. 나는 있는 그대로의 모습을 보고 싶다. 이러면 내가 온 것이 모두의 일을 방해하러 온 것이 된다. 부디 밭으로 돌아가라."

하루노리는 마치 애원하듯 말했다. 마을 관리들은 서로의 얼굴을 쳐다보며 서로 합의한 듯 모두 밭으로 돌아가라는 손동작을 취했다. 하루노리의 사전시달이 결코 거짓이 아니라는 사실을 이제야 납득한 모양이었다. 농민들이 밭으로 돌아가자 하루노리는 개간책임자에게 격려의 말을 건넸다.

"큰일을 했구나. 용케 여기까지 해냈다."

그리고

"급하게 성을 나서느라 아무 선물도 준비하지 못했구나. 후에 술이라도 사서 돌려라."

얼마간의 돈을 건네주었다. 책임자는 땅 위에 무릎을 꿇고 정중히 그 돈을 받았다.

초여름의 햇볕과 온기에 격렬하게 호흡하듯 흙이 내뿜는 숨은 강렬했다.

"이것이 흙 냄새다."

하루노리는 펼쳐진 밭을 걸어가며 입을 벌리고 가슴속 깊숙이 흙냄새를 들이마셨다.

"야마구치."

"예."

"네가 흙을 먹은 기분을 잘 알겠구나."

"황송하옵니다."

지금 요네자와의 각 지방은 하루노리의 추천으로 쌀농사 외에 밀랍, 콩, 팥, 면화, 잇꽃, 뽕나무, 옻나무, 닥나무, 조, 깨 등의 생산이 번창하였다. 이러한 원료성 묘목이나 나무가 도처에 심어져 있었다.

하루노리는 과거 요네자와 번에서 행하던 '원료 수출'을 '제품 수출'로 바꾸었다.

"번주님은 무사에게 농공상인과 똑같은 일을 시키고 무사의 가족에게도 똑같은 일을 시키고 있다."

개혁반대파로부터 이런 비판을 받으면서도 원료에서 제품으로 바꾸는 작업의 노동력을 무사와 그 가족으로 충당하였다.

'백성이야말로 나라의 힘'이라고 생각한 하루노리는 자신의 방침을 굳게 세웠다.

"번사는 나라의 보물인 번민의 땀과 기름이라 할 수 있는 연공으로 부양받고 있다. 무위도식은 용납하지 않는다."

지금 번 내의 개간지나 성 부근의 생산지에는 제법 많은 수의 무사나 그 가족이 함께 일하고 있다. 의외로 무사들의 처는 손재주가 많았다. 모시풀에서 표백무명을 만들거나, 모기장을 만든다든지, 오치야 수축직물의 변형판 요네자와 모시를 짜내는 기술도 실로 훌륭했다. 기술지도는 오치야에서 불러온 기술자나 나라奈良에서 온 기술자들이 했다.

"그런 고상한 손놀림으로는 안 됩니다. 이렇게 하는 겁니다."

그들은 아주 엄격하게 지도했다.

"감히 무사의 아내에게, 무례하다."

물론 분개하는 자도 있었다. 그러나 그런 감정을 넘어서 아내들은 자신들의 손으로 물건을 만들어내는 기쁨을 체득했다. 흙속에서 원료를 만들어내고 그것을 가공하여 필요한 사람에게 나누어준다는 생산자의 기쁨을 맛본 것이다. 동시에 생산자의 노고도 알게 되었다. 아무 일도 하지 않고 농공상 삼민의 위에서 책상다리를 하고 안주하며 그 땀과 기름의 결정체를 당연한 것으로 소비해 왔던 과거를 되돌이켜보며 비로소 생각하게 된 것이다.

'무사란 도대체 무엇인가? 그 가족이란 또 무엇인가?'

그리고 생산에 종사하면서 얼마간의 돈도 손에 쥘 수 있게 되었다. 이것은 가난한 무사가족의 가계에 제법 큰 도움이 되었다. 당시는 물물교환시대가 아니었다. 나이에 따라 몇 석 또는 부양가족에 따라 몇 석과 같이 무사의 급여는 쌀에 기초를 두고 있었지만 세상은 모두 화폐로 운영되고 있었다. 파 한 단, 두부 한 모 사는 데도 돈이 있어야만 했다. 쌀을 가지고는 살 수가 없었다.

그것은 되돌릴 수 없는 세상의 흐름이었다. 개간이나 가공작업에 참여한 무사와 그 가족은 우선 그러한 경제구조를 알게 되었다. 지금까지의 '중농천상주의'가 얼마나 낡은 것인가를 깨닫게 된 것이다.

그렇게 되니 갑자기 지금까지 눈길도 주지 않고 경시해 오던 영내의 기능자나 중소상인의 존재가 부각되었다.

'이 사람들을 소중히 여겨야 한다.'

그렇지 않으면 번 내의 생활은 윤택해질 수 없고 나아가 번도 부유해질 수 없다.

'아! 우리는 오늘까지 무엇을 하였는가?'

생산작업에 참가한 자들은 우선 스스로를 되돌아보았다. 다른 가문에서 양자로 온 젊은 번주가 하는 말을 그제서야 깨닫게 되었다. 그리고 무엇보다 자신이 몸을 움직이는 것에 따라 무에서 유가 창조되고, 그 유가 다시 별개의 물건으로 변하여 원하는 사람들 손에 넘겨진다는 것의 의미를 체험으로 알게 된 것이다.

'나도 이 세상에서 남을 위하여 뭔가 도움이 되고 있다.'

모두들 자신의 일을 자랑스럽게 생각하게 되었다. 그것은 일하는 기쁨, 나아가서는 삶의 기쁨이었다.

사토 분시로와 야마구치 신스케는 가슴 가득 흙냄새 진한 공기를 들이마셨다 내쉬었다 하였다.

"수고한다, 부탁해."

그리고 농민이나 무사 한 사람 한 사람에게 밝은 목소리로 말하는 하루노리의 모습을 지켜보았다.

'번주님은 요네자와 사람들에게 삶의 가치를 부여하신 분이다.'

하루노리 자신도 밭으로 돌아가라고 부탁한 자신의 말에 곧 흙으로 돌아가는 개간자들의 모습을 보고 다시 느꼈다.

'이 사람들은 이미 일하는 즐거움을 몸에 익혔다.'

실로 즐거운 발견이 아닐 수 없었다.

일행은 고노메무라를 둘러본 뒤 준비된 배를 타고 마쓰가와에 내렸다. 이번에는 스시마린의 개간지로 향했다. 반짝반짝 수면에 흩어지는 햇빛은 그야말로 은가루로 보였다.

"어떤가, 경기는?"

하루노리가 뱃사공에게 물었다. 갑자기 번주로부터 질문을 받은 중년 뱃사공은 놀랐다. 그래도 능숙하게 노를 젓던 손을 멈추지 않고 말했다.

"감사합니다. 다 번주님 덕분입니다. 지금은 잉어를 기르고 있는데 그게 에도에 매우 잘 팔립니다. 그건 좋은데 요즈음은 가로인 ….."

갑자기 뱃사공이 말머리를 돌렸다.

"여하튼 지금의 요네자와는 극락입니다."

볕에 그을린 검은 얼굴 사이로 하얀 이를 보이며 웃었다. 앞뒤가 맞지 않는다. 하루노리는 잠자코 뱃사공을 쳐다보았다. 뱃사공은 눈을 피했다. 그리고 갑자기 말했다.

"번주님, 스시마린에 도착하기 전에 그물을 칠까요? 송어가 잡힙니다."

뭐라도 하루노리를 즐겁게 해주려는 마음이 깃들어 있었다.

"송어라 …. 거 재미있겠군. 그래도 지금은 스시마린에 먼저 가자."

하루노리의 대답에 뱃사공은 고개를 끄덕였다.

"그럼 말입니다, 돌아가는 길에 그물을 치겠습니다."

"음, 가는 길에 부탁하네."

"꼭, 정말입니다. 약속입니다."

뱃사공은 들떠 있었다. 하루노리에게 달라붙으려는 듯한 기색이었다.

"아, 그럼 꼭이지. 약속했다."

그렇게 대답하면서도 하루노리는 뱃사공의 마음 저변에 깔려 있는 그늘에 신경이 쓰였다.

둘의 대화를 사토도 야마구치도 묵묵히 쳐다보고 있었다. 생각이 복잡했다. 두 사람은 뱃사공의 가슴 깊은 곳에 깔려 있는 마음을 잘 알았다. 뱃사공에게는 말하고 싶어도 말 못하는 것이 있었다. 아침 길에서 수레를 끌던 노파도 마찬가지였다.

고노메무라의 개간지를 떠날 때 도중까지 배웅나온 책임자에게 하루노리는 미소지으며 이렇게 불렀다.

"어이, 하라가타의 똥주물럭이."

"예?"

"땅을 기름지게 하기 위해서 똥을 만지는 건 숭고한 일이다. 긍지를 갖게."

묘한 표정을 짓는 책임자에게 하루노리가 말했다.

"예."

하루노리의 말뜻을 깨달은 책임자는 자기도 모르게 눈이 빛났다. 그 책임자에게 하루노리가 다시 말했다.

"그러나 너희들은 장난이라도 '성시의 죽먹은 배'라고 해서는 안 된다."

"잘 알겠습니다!"

'이분은 천성적으로 사람을 끄는 데가 있다.'

사토도 야마구치도 절실히 느꼈다. 어떤 인간도 매료시키고 마는 이 성격은 틀림없이 천성적인 것으로 누구도 흉내낼 수 없는 굉장한 힘이 있었다.

노파도 뱃사공도 본능적으로 하루노리의 인간성을 천성 그 대로 느끼고 있었다.

'이 사람은 거짓말을 하지 않는다.'

아무 경계심도 없이 거침없이 진실을 얘기할 수 있음을 느 끼고 있는 게 틀림없었다. 그러기에 사토도 야마구치도 지금 하루노리에게 감추고 있는 것이 더욱 부담이 되었다.

'우리는 번주님께 숨기는 게 있다.'

형용할 수 없는 무거운 죄의식이 가슴을 눌렀다.

스시마린 마을에서도 하루노리는 출영나온 사람들을 전부 돌려보냈다.

"자연스럽게 있는 그대로를 보고 싶다."

스시마린의 마을사람들은 금방 하루노리의 말에 따랐다. 하 루노리는 여기에서도 크게 입을 벌리고 흙냄새를 마셨다. 그 후 핫쵸마키, 나카지마도신가와라, 니시아도 등을 정력적으로 돌아보았다. 사토와 야마구치가 지칠 정도로 하루노리의 걸음 걸이는 굉장하였다. 그 걸음걸이에서 사토와 야마구치는 하루 노리의 노여움을 느꼈다. 그 노여움은 둘을 향한 것이었다. 가 장 신뢰하는 사람들이 무언가 숨기고 있다는 사실에 대한 노 여움이리라.

'그러나 도저히 말을 할 수가 없다 ….'

사토는 울고 싶은 심정이었다.

길을 가다가 말똥을 운반하는 농민을 만났다. 중년이었으나 한쪽 다리가 불구인 까닭에 말똥이 가득 찬 통을 운반하는 것이 상당히 힘겨워 보였다.

하루노리는 말에서 뛰어내렸다.

"그 통을 이 말에 태우자."

돌아다본 농민의 얼굴이 하얗게 질렸다. 그는 말을 건넨 무사가 번주인 것을 알고 있었다. 번주가 자신을 불렀다.

농민은 뒤에서 누군가 자신을 부른 것은 알았지만 그 후에 무슨 말을 했는지 몰랐다. 부자유스러운 다리로 말똥이 든 통의 무게를 열심히 참아내고 있었기 때문이다.

'귀찮은 놈이군. 뒤에서 사람을 부르고.'

그렇게 생각하며 뒤돌아보니 번주님이었던 것이다. 하늘이 노랗게 보였다.

"으와 …!"

몸에서 기운이 빠지면서 농민은 어깨에서 통을 떨어뜨리고 그 자리에서 넘어졌다.

"아! 이거 미안하게 됐네."

공포심에 가득 찬 얼굴로 두렁길 쪽으로 슬금슬금 달아나는 농민에게 하루노리는 정말 미안한 얼굴을 하였다. 농민은 자기가 하루노리의 갈 길을 방해하여 처벌받을 것이라고 생각했다. 다리가 불구라는 점 때문에 더욱 그럴 것이라고 여겼다.

"놀라게 할 마음은 아니었다. 용서하라."

하루노리는 팔을 펴서 농민을 일으켜 세우려 했다. 그러나 농민은 겁에 질려 손을 내밀지 못했다.

하루노리가 사토와 야마구치에게 말했다.

"통을 내 말에 실어라."

둘은 서로 얼굴을 쳐다보았으나 이렇게 되면 하루노리는 말려도 말을 듣지 않기 때문에 시키는 대로 하였다.

'아무리 그래도 이건 좀 너무한 거 아닌가?'

둘 다 그렇게 생각했다. 그동안 하루노리는 농민에게 다가가 인자한 눈빛으로 물었다.

"다리는 왜 그런가?"

"……."

아직 완전히 경계의 빛을 풀지는 못했지만 조금씩 하루노리의 부드러운 태도가 거짓이 아님을 느꼈는지 농민이 겨우 대답했다.

"… 어릴 적에 도끼에 잘렸습니다."

"이런? 그것 참 큰일을 당했구나."

마치 자신의 발이 도끼로 잘린 것 같은 얼굴을 하고 하루노리는 미간을 찌푸렸다. 그런 하루노리를 쳐다보던 농민은 곧 땅 위에 엎드려 손을 짚었다.

"번주님, 죄송합니다. 이렇게 빕니다. 한번만 봐주십시오."

"무슨 말이냐? 너는 어떤 나쁜 짓도 하지 않았다. 내가 너를 놀라게 했을 뿐이지, 미안하다."

하루노리는 다시 한번 사과하였다. 하루노리는 자신의 말에 말똥을 싣고서 그 농민이 통을 운반하려는 장소까지 같이 걸어갔다. 헤어질 때 농민의 두 눈에는 눈물이 가득 고였다. 하루노리는 그 어깨에 손을 얹고 격려했다.

"요네자와는 다리가 부자유스러운 너를 소중히 여기는 번이 된다. 모두의 힘으로 꼭 그렇게 될 것이다."

세 사람은 다시 말에 올라탔다. 저녁이 가까워졌다.

"번주님."

야마구치 신스케가 뒤돌아보며 말했다.

"보십시오."

야마구치가 가리키는 뒤쪽을 보자 조금 전의 농민이 길 위에 엎드린 채 손을 맞대고 이쪽을 향해 절하고 있었다.

그날 밤 숙소는 고이데무라의 다케다竹田라는 여관이었다.

"신세 좀 지겠네."

표정도 밝게 다케다 여관에 들어선 하루노리가 말문을 열었다.

"주인장, 세 명의 숙박비는 확실하게 받게나."

그리곤 사토와 야마구치를 돌아보고 말했다.

"너희들도 결코 떼어먹어서는 안 된다."

긴장으로 굳은 사람들의 몸이 단번에 풀렸다. 모두 '와 …' 하고 웃었다.

'젊으면서도 얼마나 소탈한 번주님인가.'

모두 같은 생각을 하였다.

"대접이 변변치 않사오나 우선 목욕이라도 하시면 피로가 가실 것입니다."

주인이 권유하였다.

"그것 참 무엇보다도 반가운 소리구나."

하루노리가 손뼉을 쳤다.

"어이 사토, 야마구치! 같이 들어가자."

깜짝 놀라 사양하는 둘에게 하루노리가 놀리듯 물었다.

"나도 농담은 아니야. 아니면 나와 함께 들어가는 게 창피한 가?"

"아니, 그런 게 아니고 ….."

"그럼 가자, 서로 등을 씻어주기로 하지."

"안내를 부탁한다."

하루노리가 주인에게 말했다.

사토와 야마구치가 어떻게 하면 좋을지 난처한 얼굴로 서 있으니 주인이 권유했다.

"모처럼 그렇게까지 말씀하시는데 괜찮지 않습니까? 목욕 탕이 넓으니 같이 들어가십시오."

"그렇게 할까?"

"아, 그러자."

둘은 마음을 정했다.

"뭘 꾸물거리고 있어? 빨리 오지 않고."

복도에서 하루노리가 재촉했다. 목욕탕에 도착하니 하루노 리는 청년답게 훌훌 옷을 벗으며 안으로 들어갔다.

"먼저 들어간다."

사토와 야마구치는 자신들이 벗은 옷 중에서 붉은색의 속옷 을 따로 잘 챙겨서 횟대에 걸었다. 작은 천조각투성이인 목면

속옷으로 나중에 댄 천이 더 많고 본래 있던 천은 지금은 정말 형식뿐일 정도로 조금밖에 남아 있지 않았다. 대단히 보기 흉했다. 도와주러 온 하녀가 이것을 보고 자기도 모르게 웃음을 터뜨렸으나 두 사람이 노려보자 고개를 숙였다. 그러나 계속 쿡쿡 하고 웃음을 참고 있었다. 알맞게 뜨거운 물에 들어가 서로 등을 씻어준 세 명의 주종은 하루의 피로를 말끔히 잊었다.

하루노리가 먼저 나가고 난 뒤 욕조 속에서 후르르 얼굴을 씻으며 야마구치가 말했다.

"정말 대단한 범주님이셔."

"어디에서 저런 힘이 나오는 걸까? 요네자와에서는 별로 단련하실 틈도 없으실 텐데."

"아마 기력이겠지."

사토가 대답하며 이렇게 말했다.

"번주님은 아무 말씀 안하셨지만 아마 목욕탕 안에서 우리에게 무엇가 듣고 싶어 하셨음에 틀림없어."

"음, 나도 그렇게 생각해. 그러나 말할 수 없어. 우리가 말씀드릴 수는 없어."

"그래. 도저히 우리 입으로 말씀드릴 수는 없어."

둘은 어두운 얼굴을 서로 쳐다보았다. 그리고 목욕탕에서

나왔다. 준비된 식사는 은어 소금구이에 국뿐이었다. 그러나 하루노리는 기뻐했다.

"대단한 성찬이군."

주인은 술을 권하면서도 주뼛주뼛 사토와 야마구치를 보았다.

"그런데 이런 건 여쭈어보는 것이 대단히 무례인 줄은 알고 있습니다만 ….."

"무엇이오?"

은어의 머리를 쥐고 한번에 뼈를 솜씨좋게 가려낸 사토가 주인을 쳐다보았다. 자취를 하는 사토는 이런 솜씨가 뛰어났다. 젓가락으로 생선살을 어설프게 집어먹고 있는 하루노리에게도 말했다.

"이렇게 해드릴까요?"

"부탁한다. 너는 손재주가 아주 좋구나."

하루노리는 감탄하며 은어접시를 옆으로 밀었다. 사토는 하루노리의 은어 머리를 잡으며 주인에게 말했다.

"자, 뭐든지 물어보시오."

주인이 물었다.

"아까 두 분이 목욕탕에 들어갈 때 붉은색 속옷을 잘 접어서 횃대에 걸으셨는데 무슨 이유가 있습니까?"

주인의 말에 사토와 야마구치뿐 아니라 하루노리도 웃었다.

"주인장, 그 붉은색 속옷이 너무 낡아서 놀랐는가?"

주인이 수긍하였다.

"솔직히 그렇습니다."

"당연하지. 원래 천보다 나중에 댄 천이 많으니까."

하루노리가 크게 웃었다.

사토가 말했다.

"그 속옷은 번주님께서 삯바느질 하신 것이라오."

"뭐라구요?"

자기도 모르게 놀라는 주인이었다.

"번주님께서 바느질하셔서 입으시던 것을 우리가 원해서
하사받은 것이오 ….."

# 붉은 속옷

바대천투성이의 낡은 속옷을 하루노리가 손수 바느질했다는 얘기를 듣고 여관 주인은 말을 잃었다. 망연하여 사토 분시로를 바라보았다.

"손수 바느질하신 속옷을 야산에 심은 꼭두서니 열매로 염색하여 포상으로 주신 것이오 …."

"……."

주인은 또다시 할말을 잃었다.

"정말이신지요?"

주인은 중얼거리듯 물었다.

"뭐가 정말이란 말이오?"

야마구치 신스케가 되물었다.

"아니 …."

주인은 갑자기 정신을 차린 듯 얼버무렸다.

"아무것도 아닙니다. 괘념치 마십시오."

자신이 쓸데없는 말을 한 것을 느꼈는지 황급히 술을 권하여 무마시키려 애썼다.

"주인장."

하루노리는 사토가 뼈를 발라준 은어살을 한가득 입에 넣고 삼킨 후 짓궂은 웃음을 띠우며 이런 말을 하였다.

"나는 가신들과 곧장 논의를 하네. 때때로 무언가 얘기할 듯하다가 이내 아무것도 아니라고 말을 않는 사람도 있지. 그러나 그럴 때는 반드시 무슨 할 말이 있는 것이지. 주인장도 뭐든 다 얘기해 주기 바라네."

맑은 하루노리의 눈을 보면서 주인은 우물쭈물 망설이다가 겨우 말을 꺼냈다.

"그러면 말씀드리겠습니다. 이 마을에는 번주님께서 입번하신 이래 추진하고 계신 개혁을 마음으로부터 신봉하는 사람들만 있는 것은 아닙니다."

"……?"

"개혁은 지금까지와 똑같이 백성을 괴롭게 할 뿐이다. 성에 계신 분들, 특히 번주님께서 목면옷을 입고 국 한 그릇 반찬 한 가지만 잡수신다는 것도 거짓말임에 틀림없다. 단지 그렇게 얘기하고 있는 것뿐이라고 말하는 사람들이 많이 있습니다."

"그건 당연하다. 아무도 우리의 일상을 실제로 보고 있는 것이 아니니까 말이다."

"예. 바로 그렇습니다."

수긍하는 듯 주인이 말했다.

"실은 저도 그 부분은 성에 계신 분들의 말을 그대로 믿지 못하였습니다. 번주님의 개혁을 왜곡시키는 관리들도 있기 때문에 …. 그러나 아까 꼭두서니로 붉게 염색한 속옷을 배견拜見하고 그것이 정말이라는 것을 뼈저리게 느꼈습니다. 일시적이나마 번주님을 의심했던 것을 송구스럽게 생각합니다."

"머리를 들어라. 주인장."

하루노리가 당혹스러워했다.

"속옷 한 벌로 그렇게 얘기를 한다면 내가 오히려 당황스럽지 않나. 이곳에 있는 사토나 야마구치처럼 성에는 열심히 일해 주는 번사가 많이 있다. 그러나 내가 포상으로 줄 수 있는 금품이란 게 아무것도 없다. 기껏해야 낡은 속옷 정도지."

"낡은 속옷이라 할지라도 번주님의 정성이 깃들여 있습니다. 저는 어떤 고가의 금품보다 이 속옷이 얼마나 기쁜지 모릅니다. 이 속옷은 저의 보물입니다."

야마구치가 말했다. 솔직한 말이었다. 같이 자리하고 있는 사람들에게도 그것이 결코 듣기 좋으라고 한 말로 생각되지 않았다. 야마구치의 말에 자신도 마찬가지라는 표정을 지으며 사토 분시로가 이렇게 말했다.

"속옷 말고도 번주님께서 내려주신 포상이 있습니다."

"음?"

하루노리가 사토를 보았다.

"그런 것이 있었나?"

"있습니다. 불씨입니다."

"아아!"

알겠다는 듯 고개를 끄덕이며 하루노리는 말을 이었다.

"그건 포상이 아니다. 원래 너희들 가슴에는 큰 탄이 있었고, 나는 단지 그 탄에 불을 당겨주었을 뿐이다."

"그것이 중요합니다. 지금은 많은 번사의 가슴속에 개혁의 불꽃이 타오르고 있습니다."

"그렇다면 기쁘구나."

주종의 모습을 보고 있던 주인이 감탄했다.

"부럽습니다 ….."

"무엇이?"

야마구치가 물었다.

"번주님과 두 분 말입니다."

주인은 그렇게 말하며 이야기를 계속했다.

"서로 진심으로 믿기 때문에 무엇이든 얘기할 수 있는 …. 귀중한 것입니다."

주인은 야마구치에게 술을 따르고 나서 진지한 표정으로 술병을 한쪽 손바닥으로 사랑스러운 듯이 감싸고 이야기를 계속했다.

"요즘 세상에는 인간의 잘못된 점만 파헤쳐놓고 이것이 인간의 진짜 모습이라고 간주해 버리는 풍조가 만연해 있습니다. 사람이 사람을 믿는다거나 생각해 준다든가 하는 즉, 자상한 마음, 헤아리는 마음 같은 건 모두 거짓으로 위장된 것이라는 불신의 마음이 가득 차 있습니다. 그러나 그렇지만도 않다는 것을 오늘밤 저는 확실히 알았습니다 …. 그것이 정말로 기쁩니다."

주인에게는 딸이 있어 곧 시집간다고 했다.

"고집쟁이 딸이라서 혼수감으로 오동나무 장롱을 세 짝 그리고 서랍에는 비단옷을 가득히 넣어달라고 합니다. 어리석은 애비 마음에 비단이 개혁의 금지품이라는 걸 알면서도 곧 딸의 부탁에 못이겨 사카다酒田의 상인에게서 몰래 구입했습니다. 그것도 아까 말씀드린 대로 번주님이 목면옷을 입고 계실리 없다고 생각했기 때문입니다. 그러나 눈이 떠졌습니다. 내일 딸에게 잘 얘기해서 비단을 모두 목면으로 바꿀 겁니다. 정말 부끄럽습니다 …."

주인은 큰 죄를 지은 것처럼 말했다. 하루노리는 주인의 얘기를 다 듣고 젓가락을 놓으며 말했다.

"주인장, 그건 안 되네."

"예?"

"딸이 불쌍하지 않은가. 그대로 비단옷을 가져가게 해라."

"아닙니다. 그럴 수는 없습니다. 번주님을 만나뵙기 전에는 몰라서 그랬지만 지금부터는 더이상 그럴 수 없습니다."

주인도 완강했다.

"그러면 딸에게 내가 원망을 듣지 않겠나."

"그렇지 않습니다. 금지된 제약을 깨뜨린 제가 나쁜 애비였습니다."

"하지만 딸이 승낙할 것 같은가?"

"글쎄 …."

주인은 자신이 없는 듯 쓸쓸히 웃었다.

"요즘 젊은애들은 부모도 알 수 없는 데가 있어서 …. 그러나 설득시키겠습니다. 그것보다 번주님, 이 기회에 부탁이 있습니다."

주인은 갑자기 태도를 바꾸어 심각한 얼굴을 하였다.

"무엇인가?"

"저에게도 … 그 붉은 속옷을 한 벌 주셨으면 합니다. 가보로 삼으려는 건 아니고 마을사람 모두에게 번주님의 마음을 전하고자 합니다."

"……."

하루노리는 가타부타 말이 없었다. 속옷이 그런 선전에 사용되는 것이 싫었다. 하루노리는 자신이 하는 일이 그런 식으로 과장되어 세상에 알려지는 것을 원치 않았다. 아무렇지 않게 자연스럽게 번 내에 퍼져나가기를 바랐다. 그러한 하루노리의 마음을 사토가 민감하게 눈치챘다. 사토가 하루노리에게 말했다.

"허락해 주신다면 제가 받은 속옷을 주인에게 주었으면 합니다."

사토는 속으로 개혁의 목적이 아직 올바로 받아들여지지 않은 마을에는 낡은 속옷을 보여주고 진실을 알리는 것도 결코 손해는 아니라고 생각했다. 그러나 하루노리는 그런 선전을 위해서라면 절대로 속옷을 주지 않을 것이다. 그래서 자기가 받은 것을 주인에게 주고자 한 것이다. 그러나 바로 앞에 하루노리가 있기에 조심스럽게 물어본 것이다.

"어이."

야마구치가 놀랐다.

"너, 그 중요한 하사품을 주면 어떻게 할려고?"

사토가 웃었다.

"성으로 돌아가서 번주님께 또 한 벌 받지."

"……."

하루노리는 아무 말도 하지 않았다. 좋다고도 나쁘다고도 하지 않았다. 그저 미소짓고 있었다. 그러나 그 미소에는 좋을 대로 하라는 묵인의 의미가 있었다.

다음날 아침 날이 새기도 전에 여관을 나섰다. 사토 분시로부터 꼭두서니 열매로 염색한 낡은 속옷을 받은 주인은 그것을 보물처럼 껴안고 낮게 엎드려서 일행을 배웅했다.

"후에 저 얼굴이 반야般若처럼 될 거야."

야마구치가 사토에게 속삭였다.

지난밤 여관 주인은 확실하게 개혁을 왜곡시키는 관리가 있다고 했는데 하루노리는 그게 누구냐고 묻지 않았다. 물어도 지금까지의 예로 미루어보아 마을사람들은 입을 다물어버리리라 생각했다. 그러기에 사토와 야마구치의 마음은 더욱 무거워졌다. 그날은 미야하라와 히라야마의 개간지와 노가와의 제방을 둘러보았다.

다음날은 오즈쓰야세이로죠, 모미쿠라, 미야무라의 섬유원료용 풀창고 그리고 나리타무라멘메하라의 개간지를 보았다. 그리고 그날은 "번주님 약속입니다"라고 열심히 보채던 뱃사공이 재촉해 마쓰가와에 배를 띄우고 노가와 오치아이野川落슴에서 소문난 송어를 보았다. 반점이 있는 아름다운 송어가 그물 속에서 퍼덕이며 물속에서 잡아올려지는 광경은 하루노리의 마음을 부드럽게 하였다. 이렇게 마음이 푸욱 놓이는 시간은 입번 이래 처음이었다. 그러나 송어는 의외로 약해서 강에서 끄집어내기만 하면 곧 죽어버리기에 하루노리의 가슴은 아팠다.

"소금구이라도 할까요?"

"아니, 지금은 됐다."

뱃사공의 말에 고개를 젓는 그 표정이 어두워서 누가 보아도 하루노리가 무거운 생각에 잠겨 있음을 확실하게 말해 주는 것 같았다.

6월 9일 일행은 미야무라에서 배를 타고 이시나다의 개간지를 보고 가와스지에서 잉어나 조개를 관리하는 역할담당장 혼죠 야지로本庄弥次郎의 집으로 갔다. 혼죠는 개혁 초기부터 하루노리의 의도를 잘 이해하며 솔선하여 자신의 부하들을 이끌고 이곳에서 가까운 요쓰마쓰가와 하라를 개간하고 있었다.

"개간작업을 하느라 정말 수고 많이 했다."

하루노리가 혼죠를 격려해 주었다. 감동하는 야지로 옆에는 그 이상으로 감격하며 몸을 떨고 있는 노인이 있었다. 하루노리가 물었다.

"부친인가?"

"예. 오늘은 잠깐이라도 좋으니 번주님을 뵙고 싶다기에 같이 왔습니다. 개간작업에는 아버지도 늙은 몸으로 괭이를 휘두르며 참여하고 있습니다."

"그렇구나."

하루노리는 야지로의 아버지에게 물었다.

"올해 몇이시오?"

"… 일흔이 넘었습니다."

반은 떨리는 목소리로 노인이 대답했다.

"수고했소. 여름더위 먹지 않도록 몸을 잘 보살피시오."

"예."

노인은 고개를 들지 못하고 어깨를 떨었다. 그 노인의 어깨에 하루노리는 자신의 하오리(옷 위에 입는 짧은 겉옷)를 벗어 걸쳐주었다.

"아니!"

놀라는 야지로에게 하루노리가 미소지었다.

"결코 좋은 것은 아니지만 너의 아버지에게 내가 주는 감사의 징표다."

"황송하옵니다."

"정말 …, 정말로."

목이 메이는 목소리로 말하는 야지로의 옆에서 말을 잇지 못하고 야지로의 아버지는 몸을 계속 떨고 있었다. 감물을 먹인 종이 같은 볼에 한 줄기 눈물이 타고 내렸다.

혼죠 부자가 개척한 개간지를 보고 그날은 고노메무라로 돌

212

아갔다. 다음날 10일에는 마쓰가와를 배로 건너 아라시荒砥로 나와 시라다카야마에 올랐다. 오는 길에 옻나무밭과 삼나무밭을 둘러보았다. 그곳 사람들이 간절하게 원하여 그 다음날에는 시라카와오치아이白川落合에서 피라미잡이를 구경하였다. 잡힌 수십 마리의 피라미를 관리가 선물이라며 내밀었다.

"아니다. 나는 괜찮아. 아버님께 전해다오."

그러나 하루노리는 양부 시게타다에게 전해줄 것을 당부하였다. 11일에 우에가와하라 개간지를 돌아보는 것으로 마을 순회를 마치고 다음날 고이데무라에서 성으로 돌아왔다.

성으로 오자마자 두 명의 무사가 하루노리를 기다리고 있었다. 스다 헤이구로와 이모가와 이소에몬이었다. 하루노리의 개혁방침이 못마땅해 다른 다섯 명의 중신과 함께 하루노리에게 반했다가 할복명령이 내려진 스다 미쓰누시와 이모가와 노부치카의 아들들이다. 아버지들이 할복한 이래 둘은 하루노리에게 원한을 품고 개혁반대파의 선봉에 서서 여러가지로 훼방을 놓았었다.

그런데도 하루노리는 한 달 쯤 전에 이들에게 "가독家督을 계승해 나에게 협력하라"며 제안했었다. 둘은 "생각해 보겠습니다"라는 말만 하고 물러갔으니 이제 그 대답을 하러 왔는지도 몰랐다.

하루노리는 두 사람이 기다리고 있었다는 말을 듣고 마을 순회의 피로에도 불구하고 그들을 만나기로 했다.

"둘을 들여보내라."

"큰방으로 할까요?"

"아니, 거실이 좋겠다."

스다 헤이구로와 이모가와 이소에몬이 들어왔다. 그들은 복잡한 표정을 짓고 있었다. 굳어 있기도 했지만 그뿐만이 아니었다. 본인들도 어찌 해야 좋을지 모르겠다는 갈등과 당혹감이 얼굴에 드러나 있었다.

"매일 기다린 것 같구나."

하루노리는 밝은 목소리로 말했다.

"예정을 세울 수 없는 마을 순회였기 때문에 언제 돌아온다고 말하지 않고 가서 미안하게 되었다. 용서하고 마음을 편히 하라."

하루노리는 가능한 한 둘의 기분을 풀어주려고 했으나 둘에게는 그렇게 간단히 편해질 수 없는 자리였다. 이제껏 저항해 온 사람들이다. 밝게 웃고는 있지만 하루노리인들 마음속으로 무엇을 생각하고 있는지 몰랐다.

"생각은 결정했는가?"

하루노리는 둘을 똑같이 쳐다보며 물었다.

"예."

낮은 목소리로 대답하며 이모가와는 스다의 팔목을 팔꿈치로 쳤다. 그러자 이번에는 스다가 팔꿈치로 이모가와의 팔목을 쳤다. 내로라 하는 무사집안 도령들의 성벽性癖이 그런 데서 표출되었다.

"… 결정하였습니다."

얼굴에 땀을 흘리며 스다가 괴로운 호흡으로 대답했다.

"가독을 상속하는 문제는 호의와 은정에 보답하는 뜻에서 수락하겠습니다."

굴욕감인지 분노인지 또는 나쁜 관계 때문인지 스다의 목소리는 몸에서 기름을 짜내는 것 같았다.

"그런가. 잘 됐다. 고맙네."

그러나 하루노리는 솔직하게 기뻐했다.

"각기 신치新知(새로 얻은 영지) 2백 석을 내리겠다. 약속대로 압수해 둔 너희들의 가보를 반환하겠다."

하루노리는 그렇게 말하며 번청이 보관하고 있던 검과 기타 물건을 그 자리에서 돌려주었다. 계보도 반환하였다. 오랜만에 돌아온 검과 계보를 보고 둘은 감개무량해 하였다. 하루노리가 말했다.

"너희들에게 가독을 상속케 해준 이 기회에 치사카, 이로베, 나가오, 기요노, 히라바야시 등의 폐문도 풀어주려 한다. 과거는 잊자고 해도 무리겠지. 나 역시 잊으라고는 하지 않는다. 아니 잊어서는 안 된다. 그 사건을 서로 가슴깊이 새겨 새로운 삶을 찾도록 하자."

하루노리는 과거를 물에 떠내려보내는 듯한 안이한 처세를 취하지 않았다. 인간 본연의 속성에 따르면 그러한 방법이야말로 속임수라고 생각했다. 관련자들의 가슴에 남아 있는 그 사건의 상처자국을 시간이 흘러도 늘 주시하는 것이 얼마나 삶을 긴장되게 하는지 모른다.

그러나 결코 그 생각이 언제까지나 그들의 아버지를 용서하지 않겠다는 것은 아니었다. 아버지는 아버지, 자식은 자식이다. 그러나 아버지가 한 일은 사실이며 지울 수 없다. 그리고 자식들도 하루노리에 대해 당장 호감을 가질 수는 없다. 마음의 문제는 그렇게 간단치 않겠지만 그것을 속이지 말고 서로 정직하게 부딪쳐 나가자고 하루노리는 말하는 것이다.

그러한 하루노리의 마음을 두 사람도 알았다. 둘 다 영리한 젊은이들이었다. 그렇다 해도 곧장 하루노리를 받아들이거나 이제껏 대치하고 있다가 찬사를 보내는 태도를 보여줄 수는 없었다. 두 사람에게도 자존심이란 게 있었다. 특히 하루노리의 옆에는 사토 분시로가 있다. 그 지긋지긋한 분시로가.

그러나 사토 분시로는 지금 결코 승자의 얼굴을 하고 있지 않았다. 오히려 떫은 감을 삼킨 것처럼 떨떠름한 얼굴이었다. 둘의 심정을 깊이 관찰하고 있었기 때문이다.

"언젠가 너희들에게도 꼭두서니로 염색한 속옷을 주지."

하루노리는 물러가는 두 사람에게 그렇게 말했다.

*

마을 순회를 마치고 성으로 돌아오던 도중 하루노리는 야마구치 신스케에게 이런 말을 했었다.

"야마구치, 내 옆에 와서 사토와 같이 일하지 않겠느냐?"

"예?"

사토와 나란히 말을 타고 오다가 야마구치는 뜻밖의 말을 듣고 사토의 얼굴을 쳐다보았다.

"그렇게 해, 신스케."

사토가 만면에 희색을 띠며 거들었다.

"사토 혼자서 내 뒤를 돌볼 수 없다는 거야. 내가 외고집이라서 더욱 힘들어하고 있지."

하루노리는 웃으며 돌아보았다.

"아닙니다. 그런, 그런 것이 아닙니다. 그런 건 아닙니다만 야마구치가 와주면 대단히 도움이 되겠지요."

당황하던 사토는 애써 해명하려 하였다. 그러한 둘의 모습이 자신에 대한 호의이며 힘든 개간작업에서 서서히 해방시켜 주자는 하루노리의 심정임을 잘 알았다. 그러나 야마구치는 사양했다.

"말씀은 고맙습니다만, 사양하겠습니다."

"왜지?"

계속 말을 타고 가며 하루노리는 뜻밖이라는 듯이 물었다. 야마구치는 이렇게 대답했다.

"만약 제가 번주님을 곁에서 모시게 되면 개간이 출세의 수단으로 변해버립니다."

"뭐라고? 그건 또 무슨 말이지?"

"우선 전 개간이라는 그럴 듯한 일을 하면서 실은 번주님 눈에 들어 후일 번주님 옆에서 일하기 위한 속셈이었다는 말을 듣게 됩니다."

"바보같이, 아무도 그렇게 생각하지 않아."

"번주님은 그렇게 생각하지 않으셔도 번의 사람들은 그렇게 생각합니다. 아직 번에는 남을 불신하는 습성과 사고방식을 가지고 있는 사람들이 많습니다."

"······."

"제가 옆에서 모시게 되면 저에 대한 비난은 차치하고라도 개간지에 사람이 쇄도할 겁니다. 아니, 이미 그런 움직임이 있습니다."

"왜지?"

"그쪽이 출세의 지름길이기 때문입니다. 번주님 눈에 띄기 쉽기 때문이죠. 특히 이번 마을 순회가 개간지뿐이었기 때문에 더더욱 그럴 겁니다."

"개간은 장난이 아니다. 고된 작업이야. 그런 괴로움을 스스로 자청한단 말이냐?"

"그렇습니다. 인간은 그런 것입니다. 저는 그런 인간에게 땅을 일구게 하고 싶지 않습니다. 땅이 더럽혀집니다. 동시에 번주님께도 불똥이 튑니다."

"나에게 무슨 불똥이 튀느냐?"

"번주님은 출세에 굶주린 번사를 개간지에 보낸다구요 ···."

"……."

야마구치의 말에 하루노리는 잠자코 생각에 잠겼다. 하루노리가 무엇을 생각하고 있는지는 야마구치도 사토도 잘 알았다. 그래서 하루노리를 위로하듯 야마구치가 말했다.

"필시 인간이 그렇게 치사한 건가 생각하시겠지요. 그러나 출세를 위해서는 체면을 불구하는 것이 대부분 인간의 본심입니다. 그리고 그런 것을 치사하다고 멀리하는 것도 불쌍한 것입니다. 저나 사토는 이렇게 옆에서 모실 수 있어서 정말 행복합니다. 많은 사람들이 저희처럼 옆에 있을 수는 없습니다. 그렇기에 번주님 곁에 오고 싶어도 올 수 없는 사람은 거꾸로 번주님 욕을 할 수도 있습니다."

번사들의 심정을 여러모로 헤아리고 동정할 줄 아는 야마구치 신스케의 따뜻한 마음에 하루노리는 감동했다.

"너는 정말 된 인간이구나."

"당치않은 말씀이십니다."

고개를 저으며 야마구치는 확실하게 말을 맺었다.

"그런 까닭에 저는 개간지로 돌아가겠습니다."

하루노리도 더이상 붙잡을 수 없었다.

'이런 사나이이기에 더더욱 내 옆에 두고 싶은 거다.'

마음속으로 생각한 그 말을 입 밖에 내지는 않았다.

*

야마구치가 하루노리를 본성까지 모시고 갔다 성문까지 다시 돌아오니 문지기가 노파 한 사람과 언쟁을 하고 있었다. 노파를 알아보고 야마구치가 미소지었다.

"어이, 할머니."

야마구치가 큰소리로 불렀다. 노파보다 문지기가 놀라 돌아보았다.

"야마구치님, 이 할머니를 알고 계십니까?"

"알지. 일전에 마을 길에서 만났었지."

노파도 야마구치를 기억하는 눈치였다.

"아, 그때 수레를 밀어준 무사님이시군요."

"그렇소. 방해되니까 밀어주겠다고 해서 길에서 할머니를 쫓아낸 무사이지요. 하하하. 그런데 도대체 여기서 무얼하고 있소?"

"이거 때문이지요."

노파는 더러운 종이로 덮은 뚜껑없는 쟁반을 보여주었다.

"무엇입니까?"

"'달지 않은 팥떡'입니다."

"아, 번주님과 약속한 그 떡입니까? 이렇게 일찍 가지고 오셨소?"

"그래요. 그런데 이 완고한 문지기가 번주님께서 그런 말씀을 하셨을 리가 없다고 정신이 나갔느냐면서 도무지 들어가게 하지 않는다오. 모처럼 만든 떡이 굳어버리는데."

"아아, 그래서 언쟁을 하고 있었군."

야마구치는 문지기에게 연유를 설명하였다.

야마구치는 노파를 데리고 하루노리가 있는 성 안으로 다시 들어갔다. 정원으로 가 하루노리에게 알리자 하루노리는 기쁜 얼굴로 웃으며 나왔다.

"아, 할머니 잘 왔소."

"번주님이셨더군요. 우리 며느리가 말해 줘서 금방 알았습니다. 늙은이를 속이고 정말 안 되겠군요."

"미안하오. 속일 마음은 없었지만 그렇다고 말할 필요도 없을 것 같아서."

"이런 큰 성에 살면서 혼자서 다다미 몇 개를 사용하고 계시는 겁니까? 우리집은 6조 다다미 한 칸에 다섯 명이 자지요, 며느리는 부엌 구석 차지이고. 번주님은 사치하는 겁니다. 그러기에 그런 나쁜 무사와 가로가 나오는 거요 ….."

"나쁜 가로!"

"어, 이거 보시오."

양미간을 찌푸리는 하루노리를 보고 야마구치와 사토가 당황하며 말렸다. 그러나 하루노리는 고개를 저으며 그냥두라고 하였다. 노파는 입을 다물었다. 돌연 나타난 이상한 방문자로 인해 성 내의 무사나 하녀가 주렁주렁 열매달린 듯 줄지어서 이곳을 보고 있었다.

"'달지 않은 팥떡'을 가져왔다면서?"

하루노리의 말에 노파가 끄덕였다.

"그래요, 약속은 약속이니까. 자, 여기 있습니다."

노파는 접시를 내밀었다. 팥이 묻은 떡을 손으로 잡은 하루노리가 말했다.

"아직 말랑말랑하군."

"그렇지요. 아침 일찍 제가 쳐서 만든 것을 가지고 왔습니다. 팥고물에 설탕이 들어가 있지 않을 뿐이지요. 달지는 않지만 그래도 백성들에게는 이것도 과분하고 훌륭한 것이랍니다."

"음."

하루노리가 끄덕였다.

"고맙게 먹겠소."

"맛있으면 다음에도 종종 가져다 드리겠습니다."

"부탁하오. 기다리겠소."

"그래도 문지기에게 잘 말해 주시면 좋겠습니다, 제가 오면 그냥 통과시켜 주라고."

"알겠소. 내가 잘 말해 놓으리다."

"할머니."

하루노리는 노파를 부르며 준비해 두었던 꼭두서니로 염색한 속옷을 꺼냈다.

"이걸 주겠소."

"저에게?"

"그렇소."

"매우 낡은 속옷이네요."

"내가 꿰맸지."

놀라는 얼굴로 노파는 하루노리의 얼굴을 한참 주시하였다.

"붉은색은 늙은이에게는 따뜻하지요. 대단히 고맙습니다."

노파가 한마디 덧붙였다.

"번주님께서 속옷을 꿰매면 곤란하지요. 그럴 틈이 있으면 좋은 정치를 해주세요. 요네자와에는 아직 나쁜 관리가 있습니다."

# 검은 구름

그날 밤 하루노리는 생각했다. 노파, 뱃사공, 여관 주인 등의 말 가운데에는 공통점이 있었다.

"개혁을 왜곡시키는 나쁜 관리가 있다."

그들은 모두 그렇게 말하고 있었다. 그것도 확실하게 '나쁜 가로'라고 했다. 계속 생각하던 하루노리는 소스라치게 놀랐다.

"설마 다케마타를 얘기하는 건 아니겠지?"

"그럴 리가 없다!"

가장 신뢰하는 다케마타가 나쁜 가로일 리 없다. 누구보다도 하루노리의 의지를 이해하고 반하루노리파의 증오를 한몸에 받고 있는 다케마타가 ….

그러나 백성의 눈으로 볼 때 하루노리의 뜻을 왜곡시키고 있는 무분별한 자가 있는 것은 확실했다. 그것이 누구인지 그 동안 도무지 알 수 없었다.

사토 분시로와 야마구치 신스케는 알고 있으리라 생각했다. 그러나 그들도 함구하고 말하지 않았다. 그것도 화가 났다. 가까이 있는 자에게 배신당하고 있다는 기분이 들어 불쾌했다. 곰곰이 생각에 생각을 거듭하던 하루노리는 그날 밤 잠을 이룰 수 없었다.

다음날 하루노리는 성 내의 각 관청을 돌아보았다. 관리들이 열심히 일하고 있는지 태만해졌는지 살피기 위해서가 아니라 많은 사람들과 알기 위해서였다. 사람을 알기 위해서는 우선 만나지 않으면 안 된다. 대화를 하지 않으면 안 된다. 그렇지 않아도 일반 번사들에게 번주는 구름 위에 있는 존재였다. 일반번사들을 구름 위로 올라오라는 건 쉽사리 되는 일이 아니다. 역시 번주가 내려가야 한다.

하루노리는 각 관청에서 일하는 번사들에게 이렇게 타일렀다.

"근무시간은 각자 생각대로 해도 좋다. 좋은 시간에 와서 좋은 시간에 가라. 일이 없으면 오지 않아도 좋다. 그 대신 그 시간에 땅을 갈고 나무를 심어주기 바란다. 성에서 의논을 위한 의논을 하거나, 문장의 작은 실수를 놓고 이것도 아니고 저것도 아니라며 의미없이 하루를 보내는 일 따위는 하지 말아주기 바란다. 우리의 생활이 연공을 바치는 자들에 의해서 지탱되고 있음을 느끼고 그럴 시간에 연공을 내는 자들의 노고를 우리 자신이 몸으로 체험하자는 것이다."

요즘 말로 하면 시차근무제를 채택해 책상업무를 하는 관리계통의 근무자에게 생산현장에 가서 현장체험을 하고 그들의 괴로움을 같이 느끼게 하려는 것이다.

많은 공감대를 형성했으나 반드시 모든 번사가 찬성한 것은 아니었다. 그 중에는 "번주님은 무사를 일반 번민으로 격하시켰다"며 비난하는 자도 제법 있었다. 그러나 할일이 없는데도 성에 와서 일이 있는 것처럼 자리를 차지하고 있는 사람은 없었다. 그러기에 성 안의 각 관청은 제법 흥흥했다.

그런 성 안의 어느 방에서 몇 명의 번사가 수군수군 얘기를 하고 있었다. 하루노리는 복도에서 가만히 발을 멈추었다.

"다나카, 너도 이제 봉록을 더 받을 시기가 됐잖아?"

"그런데, 안 돼."

"왜? 꽤 열심히 일했고 네 실적은 모두들 인정하고 있어."

"아무리 실적이 있어도 안 돼. 나는 다케마타파가 아니니까."

"그럴지도 모르지. 지금 요네자와 번에서는 다케마타님의 입김이 없는 이상 출세도, 봉록을 더 받는 것도 전혀 가망이 없어."

"인간이란 권세를 쥐면 누구나 마찬가지야. 다케마타님은 그렇지 않을 거라고 생각했는데 별 수 없는 모양이야."

"요즘엔 마을을 돌 때도 사치스러운 접대를 강요하나 봐. 접대를 후하게 하나 안 하나에 따라 연공을 무겁거나 가볍게 해주곤 하나봐. 각 마을로부터 진정이 많이 들어와 있더라구."

"아무리 번주님이 훌륭하신 말씀을 해도 그래가지고는 개혁이 오해받지."

"번주님은 이런 걸 알고 계실까?"

"글쎄 번주님은 구름 위에 계신 분이니까."

"가령 알고 계셔도 다케마타님께는 말을 할 수가 없지. 번주님은 다케마타님이 말하는 대로 하시니까."

"어이, 잠깐만. 복도에 사람이 있어."

번사 한 명이 말을 끊었다. 그리고 일어서더니 가만히 복도를 살폈다. 아무도 없었다.

"왜 그래?"

"아니, 누가 있는 것 같아서."

"숨어서 엿듣는 자가 있을 정도로 번청의 공기도 어두워졌어. 한때 그렇게 밝았었는데 ….."

번사들은 우울한 기분으로 웃었다.

가슴이 고동치는 소리를 애써 억누르며 급히 방으로 돌아온 하루노리는 '거짓말'이라고 가슴속으로 외쳤다.

'그들이 거짓말을 하고 있어. 다케마타에게만은 절대 그런 일이 있을 수 없다.'

하루노리는 강하게 부정했다. 그럴수록 왠지 부정할 수 없는 느낌이 있었다. 마음에 걸리는 것이 있었다. 번사들이 수군대는 이야기 중에 그렇게 생각하게 만드는 점이 있었다.

하루노리는 서서 몰래 들은 것이 못내 부끄러웠다. 그러나 자연히 귀에 들어왔다. 번사들의 수군대는 이야기를 듣고 가신을 의심하다니, 오늘날까지 하루노리가 생각조차 하지 못한 것이다. 그것도 둘도 없는 개혁의 일등공신인 다케마타를 의심하리라고는 ….

다케마타는 중신 중에서도 하루노리의 뜻을 가장 잘 받들어 개혁방침을 구체화하여 착착 실적을 올리고 있는 인물이었다.

'그런 다케마타가 권세를 잡고 오만방자해졌단 말인가?'

말할 수 없는 충격이었다. 고심 끝에 하루노리는 사토를 불렀다. 그의 얼굴은 괴로움에 잠겨 있었다. 사토는 처음으로 하루노리의 그런 얼굴을 보았다.

"… 분시로, 묻고 싶은 것이 있다."

무거운 목소리로 하루노리가 입을 열었다.

"무엇이십니까?"

표정이 전과는 사뭇 달랐다. 심상치 않은 하루노리의 표정을 의아한 듯 바라보는 사토에게 되물었다.

"너는 나에게 숨기는 것이 없느냐?"

"무슨 말씀이십니까?"

"뭐든지 나에게 다 얘기하고 있느냐는 말이다."

"뭣이든 다 말씀드리고 있습니다. 군신간에 격의없이 무엇이든 얘기하지 않으면, 개혁은 성공할 수 없다는 번주님의 말씀을 저는 물론, 옆에서 모시는 사람 모두가 지키고 있습니다."

"정말 지키고 있는가?"

"번주님."

약간 억울하다는 말을 하려는 듯한 사토의 얼굴이었다. 평
상시와는 다르게 멀리 돌려서 말하는 하루노리의 말투가 거슬
렸다.

"이 사토는 머리가 그리 좋지 못합니다. 확실하게 말씀해 주
셨으면 합니다."

"음, 그러면 좋다."

하루노리는 똑바로 사토를 보았다.

"지난번 마을을 순회했을 때, 수수를 실은 수레를 끌고 가던
노파와 만났지?"

"예, 번주님께 팥고물에 설탕을 넣지 않은 떡을 가지고 온
노파 말씀이시지요?"

"그렇다. 그 노파는 확실히 나쁜 관리나 나쁜 가로라는 말을
했다. 도대체 누구를 얘기하는 것이냐? 노파뿐만이 아니야. 뱃
사공도 여관 주인도 같은 말을 하였다, 나쁜 관리가 있다고."

뜻밖의 말에 사토는 당황했다.

"아아, 그 일이십니까?"

사토의 얼굴이 일그러졌다.

"그 일이라면 전혀 신경쓰지 않으셔도 됩니다. 노파의 말버
릇이겠지요. 뱃사공도 여관 주인도 마찬가지고요. 백성은 항

상 그런 말을 합니다. 신세타령이나 기분전환을 위한 겁니다. 웃고 흘리셔도 좋으실 것 같습니다."

"정말 웃어넘겨도 좋으냐?"

"예."

"다케마타 일은 어떠냐?"

"예?"

사토의 얼굴색이 변했다.

"다케마타 마사쓰나 일도 웃어넘겨도 좋다고 하는 게냐?"

"그건 ⋯."

이 말에 변명 한마디 못하고 당황하는 사토의 태도를 보고 하루노리는 절망감을 느꼈다. 사토는 확실히 다케마타의 일을 알고 있다고 느꼈기 때문이다.

"분시로."

하루노리는 비통한 소리로 불렀다.

"알고 있구나, 너도. 다케마타 일을."

"황송합니다."

"뭐가?"

"다케마타님에 대해서 도대체 누가 번주님께 말씀드렸습니까?"

사토의 말에 갑자기 하루노리의 얼굴이 벌겋게 달아오르며 화가 난 목소리가 입 밖으로 튀어나왔다.

"닥쳐라, 분시로!"

"옛."

"나는 다케마타의 소문이 진실인가를 묻고 있는 것이다. 누가 나에게 일러준 것은 문제가 아니다! 그렇게 캐고 드는 것이야말로 네가 이미 타락했다는 증거다."

"예 …."

사토는 파랗게 질려 엎드렸다. 이렇게 화가 난 하루노리는 생전 처음이었다. 사토는 두려움에 몸이 굳어졌다. 그런 사토를 보고 하루노리는 목소리를 낮추고 이번에는 괴로운 한숨을 내쉬며 호소하듯 말했다.

"너는 바로 조금 전에 모든 것을 얘기하지 않으면 개혁은 성공하지 못한다고 하였다. 나는 그대로 실행하고 있다. 아무것도 숨기지 않고 얘기하고 있다. 그런데 너희들은 왜 나에게 숨기느냐? 왜 다케마타에 대해 얘기해 주지 않느냐?"

"……."

침묵을 지키던 사토는 고개를 들지 못하고 신음하듯 말했다.

"이것을 번주님께 말씀드리면 필히 번주님의 마음이 아프실 것 같아서 …. 그래서 ….."

"쓸데없는 걱정이다."

하루노리의 말은 아직 냉담했다.

"확실히 그런 얘기를 들으면 내 마음은 상처를 입겠지. 그러나 쓴 말은 다 걸러버리고 듣기 좋은 말만 나에게 알리는 것이 좋은 가신의 도리라고 할 수는 없다. 분시로, 언제부터인가 너는 그와 같은 나쁜 가신이 되어버린 것이다. 그 노파가 말한 대로 나쁜 무사다."

"죄송합니다."

절규하듯 사토가 말했다.

"분시로."

하루노리는 다시 여느 때처럼 부드러운 어조로 돌아왔다.

"내 마음에 상처를 입히지 않으려고 하는 너희들의 마음 씀씀이에 대해선 고맙게 생각한다. 그러나 틀렸어. 처음에는 너희처럼 윗사람을 걱정시키지 않으려는 마음이 점점 윗사람을 현실에서 멀리하게 하고, 결국에는 아무것도 모르게 만들어버리기 때문이다. 분시로, 나는 '구름 위의 인간'으로 머물고 싶지 않다. 너도 옛날에는 그렇게 거침없이 나에게 얘기하지 않았느냐. 그런 분시로는 도대체 어디로 갔느냐?"

"죄송합니다."

몸둘 바를 몰라하고 있는 사토 분시로에게 하루노리가 다시 물었다.

"다케마타의 소문은 사실이냐?"

"… 사실입니다."

"구체적으로 다케마타는 어떤 일을 하고 있느냐?"

"인맥이나 파벌을 조성하고 있습니다. 그것도 친족 또는 아부하는 자를 등용하고 있습니다. 그리고 마을 순회를 할 때 마을사람들에게 향응을 강요하고 그에 따라 연공을 가감시켜 주고 있습니다."

"……."

하루노리의 표정은 점점 어두워졌다. 대체로 수군대는 얘기는 사실인 경우가 많지만 때로는 전혀 뿌리도 없는 소문이 파다한 경우도 있다. 불도 없는 곳에 연기가 나는 수도 있는 것이다. 하루노리는 다케마타의 소문에 그런 기대를 하고 있었다. 하루노리는 소문이 거짓이기를 바랐던 것이다.

그러나 그 기대는 곧 무너지고 말았다.

"그것은 사실입니다."

사토는 분명히 그렇게 말했다. 다른 사람이라면 몰라도 정직한 사토의 말이니 의심할 여지가 없었다.

"… 아무 생각도 할 수가 없구나."

긴 침묵 후에 하루노리는 침통한 표정으로 말했다.

"귀띔을 해드리지 못한 점 대단히 죄송합니다."

사토는 또다시 사과했다.

"이제 그건 괜찮다."

아까 고성을 지른 것을 후회하며 하루노리는 하루노리대로 사토에게 미안한 짓을 했구나 싶었다.

"왜 그렇게 되었을까?"

"예?"

"다케마타가 왜 그렇게 되었을까?"

"모르겠습니다."

사토는 솔직히 고개를 저었다. 그런 사토를 하루노리는 다시 날카롭게 쳐다보았다.

"나에게 고하지 않은 것은 우선 잊자. 그러나 너희들은 다케마타에게 왜 주의를 하지 않았느냐? 너도 노조키도 기무라도 아무도 그런 다케마타에게 왜 충고하지 않았느냐?"

"충고하였습니다."

똑바로 얼굴을 들고 사토가 말했다.

"저도 노조키님도 기무라님도 몇 번이나 다케마타님께 주의말씀을 드렸습니다. 그러나 ….."

"그러나 무엇이냐?"

"다케마타님은 듣지 않았습니다. 반대로 이런 말을 하였습니다."

"……?"

"정치라고 하는 것은 아무리 올바른 일이라 해도 사전교섭이 필요하다. 그편이 일을 잘되게 하는 것이라고."

"그편이 잘되게 하는 것이다?"

"예. 맑은 정치를 이루려면 더러운 역할도 필요하므로 자신이 솔선하여 그 역할을 하고 있는 것이라고 ….."

"… 모르겠다."

하루노리가 중얼거렸다.

"그런 건 처음부터 알고 있었던 것이다. 알면서도 우리는 부정하였다. 요네자와 번정을 더러운 연못으로 만들어서는 안된다. 언제나 맑은 물이 흐르게 하자고 맹세했었다. 우리들의 개혁은 그러한 나쁜 관행을 척결하고 지금 얘기한 사전교섭이나 관리들에게 향응하는 것과 같은 악습을 모두 폐지하자고 하는 데서 시작했던 것이다. 그런 것을 누구보다도 다케마타 자신이 가장 잘 알고 있을 것이다. 그런 다케마타가 … 믿을 수가 없다."

"황송합니다."

사토가 하루노리에게 다시 말했다.

"인간에게는 곧잘 마魔가 씌인다고 합니다. 다케마타님의 소행은 아무리 생각해도 마가 씌였다고밖에 할 수 없습니다."

"그럴지도 모르겠구나. 그렇다면 참으로 가슴아픈 일이다. 그것은 번민과 관련되어 있다. 백성이야말로 국가의 보물이라는 나의 생각과 크게 틀어져버린다."

"……."

사토는 잠자코 있었다. 하루노리가 말하고 있는 것을 이해하고 있었지만 핵심인물인 다케마타가 주변의 진언을 받아들이지 않는 이상 어떻게 할 도리가 없었다.

'내가 다케마타에게 얘기를 해보자.'

하루노리는 뜻을 굳혔다.

"소문 때문에 가장 신뢰하는 사람에게 이런 말을 하는 건 본래 내가 좋아하는 일은 아니다. 그러나 그냥 둘 수는 없다. 아까 말한 대로 이 일은 번민에게 커다란 피해를 입힌다. 곧 다케마타를 불러다오."

"다케마타님도 할 얘기가 있을지 모릅니다."

냉엄한 하루노리의 말에 사토가 다소 중재하듯 말했다. 하루노리도 수긍하였다.

"그걸 듣자. 나도 다케마타가 하는 말에 일리가 있기를 바란다. 나는 결코 다케마타를 미워하는 것이 아니다. 그만한 공로자에게 감사는커녕 미워할 수는 도저히 없다."

사토의 눈시울이 뜨거워졌다. 하루노리의 깊은 마음이 속속들이 전해졌다.

사토는 다케마타를 부르러 갔으나 곧 돌아왔다.

"다케마타님은 출타중입니다. 고마쓰小松 마을 순회에 나선 것 같습니다. 오늘밤은 가네코金子라고 하는 부농의 집에서 머무를 예정인 것 같습니다."

"곧 불러서 돌아오게 해라. 내가 급한 용무가 있다고 전하거라."

*

아직 해가 높이 떠 있는데도 가네코 집의 큰방에서 다케마타 마사쓰나는 이미 취해 있었다. 옆에는 주인 이외에 다케마

240

타가 데리고 온 수행원이 세 명 더 있었다. 세 명 모두 다케마타가 최근 등용한 무리로 아첨을 떨어 다케마타에게 접근한 자들이었다. 무라키村木, 사다佐田, 나카다니中谷가 이들의 이름이었다. 전부 중년이었다.

"어이, 번주님 비장의 심복. 웬일인가?"

들어서는 사토 분시로를 보고 다케마타는 앉아서 기둥에 등을 기댄 채 손을 올리며 큰소리로 말했다. 다케마타와 수행원들 앞에는 매우 잘 차려진 요리상이 있었고 또 곁상이 붙어 있었다. 지금 성에서는 번주인 하루노리를 비롯해 전부 국 한 그릇 반찬 한 가지의 식사로 지내고 있다. 이렇게 눈이 번쩍 뜨일 정도의 진수성찬은 아무도 먹어본 적이 없었다.

사토는 무라키, 사다, 나카다니 등을 노려보며 다케마타 앞에 앉았다.

"번주님께서 부르십니다."

"번주님이? 무슨 용무인가?"

"번주님께 직접 물어주십시오."

사토의 딱딱한 말투에 다케마타 역시 긴장의 빛을 감추지 못했다. 그러나 곧 말을 돌렸다.

"미안하지만 지금 나는 바쁜 용무가 많아서 …. 그렇게 말씀드려 주게. 용무가 끝나는 대로 곧 찾아뵙겠다고. 곧이라고 해도 이 용무가 도대체 얼마나 걸릴지 모르겠지만."

다케마타는 의미심장한 웃음을 지으며 주인을 보았다. 주인도 씁쓸하게 웃었다. 그러한 모습을 괴로운 얼굴로 바라보던 사토는 굳은 얼굴로 계속해서 말했다.

"번주님께서 곧장 오라고 하셨습니다."

"그건 무리네. 우선 내가 이렇게 취해 있어 번주님께 실례가 되지 않는가."

"목욕탕으로 가 머리에서부터 물을 뒤집어쓰시면 어떨까요? 술뿐만 아니라 여러가지로 깨셔야 할 것이 있을 것 같습니다."

들어섰을 때부터 화가 울컥 치민 사토가 말을 뱉었다. 역시 얼굴색이 변한 다케마타가 뭐라고 말하기 전에 무라키가 사토를 불렀다.

"어이, 사토님."

머리숱이 적고 쥐와 같이 작은 눈을 가진 남자였다. 무사라기보다는 사당패 같은 인물로, 사람과 얘기할 때 고의로 어깨를 떨어뜨리는 자세를 취했다. 이는 스스럼없다는 행동을 의미하는 것이었다.

무라키가 어깨를 떨어뜨렸다.

"사토님, 아무리 번주님 비장의 심복이라고 해도 그건 좀 가로님에게 과한 말 아닙니까?"

더위가 기승을 부리는 한여름이었다. 무라키는 부채를 가지고 접었다 폈다 하며 언제나와 마찬가지로 어깨를 떨어뜨리고 얘기했다. 정말 남사당 같았다.

"……."

사토는 이에 대답하지 않았다. 묵살당한 무라키의 표정이 무서웠다. 이런 형의 인간은 으레 모욕에는 민감하게 반응한다.

"여보 사토님, 내 얘기 듣고 있습니까?"

무사인 주제에 여보라는 단어를 마구 사용했다. 사토의 가슴속에 말할 수 없는 혐오감이 스쳐갔다.

"사토님, 무라키가 뭐라고 하지 않습니까? 듣고 있습니까?"

옆에서 나카다니가 거들었다. 체구가 작고 비만형이며 피부가 흰 남자였다. 튀어나온 볼 속으로 파묻혀버릴 것 같은 눈을 하고 있었다.

사토는 태연하게 다케마타를 노려보고 있었다.

"한마디 해보시지요?"

다시 한번 집요하게 묻는 나카다니에게 사토는 다케마타에게서 눈을 떼지 않고 말했다.

"나는 다케마타님과 얘기하고 있다. 너희들의 얘기는 듣고 싶지도 않다."

이것을 듣고는 사다가 엇! 하고 큰소리를 질렀다.

"너희들이라고? 역시 번주님 비장의 심복이라 말하는 게 다르구나."

분함을 비비꼬아 비아냥거렸다.

"사람이 묻고 있는데 듣지 않는다는 건 무시하는 것이지."

"매우 고자세를 취하고 계시군."

"우리를 얕보는 게야."

세 명 모두 제각기 받아들이는 것이 달랐다. 사토는 진절머리가 났다.

'다케마타님은 언제부터 이런 무리들 주위에 둘러싸이게 되었는가?'

사토는 다케마타가 다시 한심스러워졌다.

"시끄럽다. 너저분한 소리는 치워라."

다케마타가 세 명을 야단쳤다. 그리고 사토에게 말했다.

"이들이 출세를 목표로 나에게 붙어 있는 건 내가 가장 잘 알고 있다. 이들의 생각은 너무나도 빤히 들여다보여서 그 근성에 실로 침을 뱉어주고는 싶지만, 오히려 이러한 자들이 현장의 실력자들인 게 실정이다. 같이 얽히지 않으면 개혁은 추진되지 않는다. 네가 조금 말이 과했다."

다케마타의 말에 세 명이 맞장구쳤다.

"엇, 매우 확실하게 말씀하시네."

"역시 다케마타님은 사실을 정확하게 파악하고 계셔."

"거기에다 인덕! 다케마타님이라면 뭐라고 해도 화를 내지 않으시지."

사토는 슬픈 듯 말했다.

"다케마타님은 변하셨습니다."

"결코 변하지 않았다."

"그렇지 않습니다. 지금 다케마타님에겐 마성魔性이 붙어 있습니다. 점차 마음이 침략당하고 있습니다."

"맑은 정치를 이루려면 누군가 몸을 더럽히지 않으면 안 된다."

"변명입니다. 지금 보니 다케마타님은 이러한 자리를 매우 즐기시고 계십니다."

"이런 자리도 절차의 하나다. 말하자면 일의 일부지."

"그런 건 없습니다. 많은 번사들이 국 한 그릇 반찬 한 가지를 먹으면서 땅을 일구고 있습니다."

"각자의 역할이 있다. 나도 그런 입장이 되면 필사적으로 땅을 일굴 것이다."

"글쎄, 그럴까요?"

"뭐냐? 그 말투는."

"확실히 말씀드리겠습니다. 이러한 향응을 다케마타님이 강요하고 있다는 소문이 파다합니다."

다케마타의 얼굴색이 변하면서 노기를 띠었다. 주인이 기민하게 끼어들었다.

"말씀중에 외람됩니다만, 다케마타님이 접대를 강요하는 건 아닙니다. 저희들의 마음에서 우러나 하고 있는 것입니다."

"……."

사토는 주인 쪽으로 얼굴을 돌렸다.

"그것이 정말이라면 주인은 번의 금지사항을 거역한 것이 됩니다. 지금 이런 술상을 차리는 것은 금지되어 있습니다."

"……."

"딱딱한 소리 하지 마라. 마치 금지사항의 고시문이 너의 옷에 쓰여 있는 것 같구나."

다케마타가 놀리듯이 말했다.

"하급번사나 번민에게 어려운 검약생활을 강조하면서 윗사람들이 사치를 하면 체면이 서지 않습니다. 개혁은 반발을 살수밖에 없습니다."

"선우후락先憂後樂 말인가? 이젠 듣기만 해도 싫증이 났어."

계속되는 사토의 말이 귀찮아져서 다케마타가 내뱉었다.

"사토, 이제 돌아가라. 이런 이유로 나는 지금 당장에는 성에 돌아갈 수가 없다. 번주님께 적당히 말해다오. 번주님은 네가 말하는 것이라면 다 듣지 않느냐."

"그럴 수 없습니다. 번주님은 다케마타님을 꼭 모셔오라고 엄명을 내리셨습니다."

"그러면 너는 내 목에 줄을 꿰서라도 성으로 끌고 가겠다는 것이냐?"

"그렇습니다. 번주님은 아마도 제가 돌아올 때까지 주무시지 못할 겁니다."

"번주는 도대체 나에게 무슨 급한 용무가 있는 것이냐!"

갑자기 다케마타가 짜증을 냈다. 상대가 사토였기에 지금까지 그나마 자제해 온 것이다. 그러나 말하는 도중에도 술을 계속 마시고 있었기에 점점 취기도 돌아서 이성보다도 감정에

치우치고 있었다. 그러한 다케마타를 가슴아프게 쳐다보며 사
토는 비통한 소리로 말하였다.

"번주님은 다 알고 계십니다."

"무엇을?"

"다케마타님이 인사에 공평성을 잃고 마을마다 술을 대접
하게 하면서 괴롭히고 있다는 것을 ….."

"그러면 번주는 나에게 설교를 하려고 하는 것이냐?"

"무엇을 얘기하시려는지 저는 모릅니다."

"이리저리 말 돌리지 말아! 확실히 말해."

"정말 모릅니다. 제가 알고 있는 것은 다케마타님으로 인해
번주님께서 매우 상처를 받고 계시다는 사실입니다."

"……."

"다케마타님, 저와 함께 성으로 돌아가주시지요. 다케마타
님의 진정한 마음을 번주님께 말씀드려 주십시오."

"……."

큰소리를 지른 다케마타는 심장박동이 빨라지면서 호흡이
거칠어졌다. 입을 다물고 콧구멍으로 숨을 들이쉬었다 내쉬었
다 하면서 시선을 다다미로 내려뜨리고 한참 생각했다.

그런 얼굴을 지금까지 사토는 가끔 보았으나, 세 명의 수행

원들은 처음 보는 것이었다. 다케마타의 진지한 고뇌의 빛이 역력했다.

'다케마타님은 아직 본심을 잃지 않고 있다.'

사토는 그렇게 느꼈다. 번뜩 기대의 빛이 가슴에 저며들었다. 그러나 곧 다케마타는 말했다.

"… 안 돼, 이대로 계속할밖에. 하는 수 없어."

"다시 돌아갈 수 있습니다."

"아니."

"일단 비탈길을 구르기 시작한 통은 멈추지 않는다. 무엇인가에 부딪혀 산산조각으로 부서지기 전에는."

"왜 그런 식으로 자신을 생각하십니까? 옛날 활달하셨던 다케마타님은 어디로 가셨습니까?"

"세상이 바뀌면 사람도 변한다 …. 그러나 사토."

다케마타는 처음으로 애절한 목소리로 사토를 향해 말했다.

"나는 나 나름대로 계획을 추진하고 있어. 나는 개혁의 정당성을 믿고 있어. 그렇기 때문에 이런 구더기 같은 놈들과 어울리고 있는 거야."

다케마타는 자주 마을을 돌았다. 옛날부터 그랬다. 농정가인 그는 흙 밟는 것을 아주 좋아했다. 농민 이상으로 땅에 대해 잘 알고 있었으며, 밭이나 두렁에서 자주 농민들과 진지하게 의논도 하였다. 그러나 최근에는 마을을 돌아도 옛날처럼 진지한 태도로 관찰하거나 직접 논에 들어가 벼이삭이 열매맺는 것을 조사하는 등의 수고를 하지 않았다. 마을의 부농집에 머무르며 아침부터 밤까지 연회를 계속하곤 하였다. 옛날의 다케마타로서는 상상도 못할 일이었다. 그때까지의 다케마타는 명신으로서 하루노리의 개혁을 도와 종횡으로 재략을 활용하여 명쾌하게 개혁을 추진하였다.

농정지도뿐 아니라 번이 안고 있는 막대한 채무를 몇 명의 상인에게 부탁하여 변제를 연기시켰다. 식수사업을 위해 자금을 제공받고 옻나무, 닥나무, 뽕나무 등의 대규모적인 식수계획을 세운 것도 그였고 실행을 추진한 것도 그였다. 호소이 헤이슈 초청에서도 수고를 아끼지 않았다. 즉 경전, 식수, 축미 등 현저한 업적은 전부 다케마타의 것이었다. 사람들은 다케마타를 극찬했다.

그러한 극찬을 들으며 다케마타도 자신의 공로에 취해버렸다. 다케마타도 인간이었다. 아무리 뛰어난 인간에게도 결점은 있게 마련이다. 더욱이 권력은 마魔와 같은 것이다. 권력에 오래 익숙해지다 보면 자신도 모르는 사이에 인간은 타락해 버린다. 다케마타도 예외가 아니었다.

다케마타 마사쓰나는 하루노리의 신임을 한몸에 받고 에도 번저 때부터 개혁안 작성에 참가하면서 요네자와의 집정에 임명되어 개혁의 추진을 한몸에 짊어졌다. 다케마타는 놀랄 만한 재인이었다. 농업지도, 특수산업의 진흥, 재정운영, 번사의 교육 등 번정의 모든 면에 재능을 가지고 있었다. 하루노리가 생각하고 있는 것을 착착 실행으로 옮겼고 성과도 올렸다.

번 내의 사람들은 다케마타에게 접근하려 했다.

'다른 가문에서 오신 젊은 번주님은 다케마타님을 신뢰하고 계신다. 모든 것을 다케마타님에게 일임하셨다. 앞으로의 정치는 다케마타님의 손가락이 가리키는 대로 행해진다. 다케마타님이야말로 새로운 권력자다. 어떤 일이든 다케마타님에게 부탁하지 않으면 성사되지 않고 다케마타님에게 부탁하면 성사된다.'

그러기에 다케마타에게 접근하는 것이 인사상 유리해지고 또 상인이나 부농은 장사에 큰 도움이 된다고 생각했다. 개혁에는 열의가 없고 단지 처세를 잘하여 입신출세를 바라는 무사나 배금주의로만 살아가는 상인들의 입장에서 보면 개혁도 그저 단순히 권력자가 교체된 것뿐이라는 피상적인 일에 불과하였다.

이러한 번사에게는 번 인사를 좌우하는 실권이 전부 다케마타에게 있는 것처럼 보였다.

"출세하기 위해서는 우선 다케마타님을 잘 기억해야 한다."

모두 앞다투어 다케마타에게 인사하러 가는 것을 거르지 않았다. 그것은 선물이나 돈을 가지고 가는 것을 의미했다. 상인이나 대부분의 백성도 문턱이 닳도록 방문했다.

"연공을 줄여 받거나 돈버는 장사를 하려면 무엇보다도 다케마타님에게 인사를 하지 않으면 안 된다."

더욱 나쁜 것은 죄를 짓고도 벌을 가볍게 하려고 생각하거나, 감옥에 들어가 있는 자의 감형을 부탁하는 등 번정의 부정비리가 점점 다케마타에게 집중되었다. 권력이란 결국 이런 무리들의 불순한 욕구를 충족시켜 주는 힘이었던 것이다.

다케마타도 처음에는 "나를 모욕하는 것이냐?"라고 화를 내며 선물을 가지고 온 사람들을 쫓아보냈다. 물론 선물도 돈도 받지 않았다.

그러나 개혁이 본격적인 궤도에 올라 번 재정이 점차 나아지자 이런 소리가 번 내 여기저기에서 들리기 시작했다.

"개혁의 성공은 다케마타님의 노력 덕분이다."

"번주는 단지 입으로만 말할 뿐, 정말로 고생하고 있는 건 다케마타님이다."

그러자 다케마타도 조금씩 '나의 공적이 대단한가?'라고 생각하게 되었다. 이것이 인간의 치명적인 약점이다. 권력은 마성을 가지고 있다. 감언이나 찬사는 원래 귀에는 즐겁기 때문에 주위사람들도 권력자에게는 비판이나 험담은 될 수 있는 대로 얘기하지 않으려 한다. 권력자가 '벌거벗은 임금님'이라고 불리는 것은 바로 이럴 때이다.

결국 재인이던 다케마타 마사쓰나도 권력과 찬사와 아첨에 지고 말았다. 처음 '이 정도는 괜찮겠지'라고 받기 시작한 술상이나 접대나 선물들에 점차 익숙해지다 보니 그것이 없으면 불만스러워졌다. 그러다 보니 나중엔 자신이 재촉하기에 이르렀다. 그러면서 다케마타의 평판은 땅으로 떨어질 대로 떨어져갔다.

'기대를 모은 개혁자'가 지금은 타락한 '나쁜 가로'로 전락해 버렸다. 에도에서 뜻을 같이한 노조키 요시마사나 사토 분시로는 진심으로 걱정했다. 이대로 가면 나쁜 평판은 하루노리의 개혁 그 자체에 파급될 것이 불을 보듯 뻔했기 때문이다.

'개혁이란 결국 백성을 괴롭혀서 번의 귀하신 분이 사치하

기 위한 것인가.'

그런 생각이 번민들 가운데 생길 수 있기 때문이다. 그렇게 되면 하루노리의 뜻이 전부 구렁텅이에 빠지게 되는 결과를 가져오게 된다.

"행동거지를 고쳐주십시오."

"옛날의 다케마타님으로 돌아가주십시오."

노조키나 사토가 간곡히 충고했다. 그러나 다케마타는 항상 웃으며 무마시켰다.

"알았어, 알았어."

입으로만 그럴 뿐 마음으로는 하나도 느끼지 못하였다. 친구나 후배의 충고를 받아들이는 가슴속 신뢰의 탑이 무너져버렸던 것이다.

"옛날의 그 다케마타님은 어디로 가셨습니까?"

사토는 에도시절 정의감에 가득 차 있던 다케마타의 언행을 생각하면서 눈물까지 흘리며 통분해 했다. 그러나 다케마타는 취한 채로 냉소를 보냈다.

"허어, 나에게 그런 순정의 시대가 있었던가!"

오늘도 그러하였다. 그렇게 사토를 쫓아보냈다. 그러나 다케마타 마사쓰나가 현재의 자신에 대해 전혀 생각하지 않은 것은 아니었다. 반대로 깊이 생각하고 있었다. 그러나 그 생각하는 방식이 과거의 성실하고 진지한 것과는 분명 거리가 있었다.

# 땅의 균열

돌아오는 길에 사토 분시로는 오노가와의 개간지에 들렀다.
다케마타 마사쓰나의 태도를 도저히 이해할 수 없었다.

'저건 다케마타님의 진정한 모습이 아니다. 다케마타님은
일부러 태도를 가장하고 있다. 거짓말을 하고 계신 것이다.'

사토는 그렇게 믿고 싶었다. 세 명의 치사한 추종자들에게
둘러싸여서, 이런 구더기 같은 놈들이 아첨을 떤다고 분명히
말하면서도 은근히 그런 분위기를 즐기는 듯한 다케마타의 모
습은 사토에게 도저히 이해가 가지 않는 것이었다.

결국 사토는 '풋내기 심부름꾼'이 되었다. 우에스기 하루노
리의 지시를 그대로 지키지 못했기 때문이다. 다케마타가 상

대를 해주지 않았던 것이다.

"나는 지금 바쁘다. 일이 끝나면 성으로 가겠다."

이런 일이 있을 수 있을까? 그 태도는 확실히 번주의 명령에 대한 반항이다. 지금까지의 다케마타로서는 생각할 수도 없는 일이다. 어떠한 중대한 일이 있더라도 하루노리의 명령이라면 곧 달려갔을 것이다.

사토도 이대로 성으로 돌아갈 수는 없었다.

"무엇보다 번주님께 뭐라고 말씀드리면 좋은가?"

사토는 알 수가 없었다. 적어도 하루노리에게 어떻게 설명해야 할지 친구 야마구치 신스케에게 의견을 물어 정리하려고 생각했다.

야마구치 신스케는 밭에 나가 있었다. 개간촌의 사람들과 같이 일구어놓은 토지에 뽕나무를 심고 있었다. 보고 있자니 이젠 제법 익숙해져서 아주 손쉽게 심는 것처럼 보였다. 그것도 모두 줄을 이어 하나의 일관작업이 되어 있었다.

사토는 야마구치를 부를 생각도 잊고 한참 동안 그들의 작업을 방해하지 않는 곳에서 서서 보고 있었다. 야마구치는 사토가 온 지도 모르고 일을 계속하고 있었다. 야마구치를 위시하여 뽕나무 모종을 심고 있는 그들의 모습에서 사토는 부러움을 느꼈다.

'이 사람들은 내가 도저히 할 수 없는 일을 해내고 있다.'

성에서 일하던 무사들과 그 가족이 지금 눈앞에서 완전히 농민이 되어 일하고 있는 모습이었다.

"사토, 번주님은 요즘 어떠신가?"

갑자기 뒤에서 누군가 말을 걸어왔다. 놀라 뒤돌아보니 기타자와 고로베이가 서 있었다. 기타자와는 지금 이 개간지의 우두머리가 되어 있었다.

"번주님께서는 대단히 좋으십니다. 기타자와님께서도 더욱 더 건강해 보이십니다."

기타자와도 완전히 농부의 모습이었다. 이제는 그 모습이 더 어울리는 듯했다.

"음, 몸이 아주 튼튼해졌어."

사토의 말에 기타자와는 만족스럽다는 듯 웃으며 이런 말을 하였다.

"사실 성에 있을 때 나는 마음에 없는 말이나 속이 들여다 보이는 말을 하지 못했어. 그 때문에 단단히 미움을 받아 출세가 늦었지. 그런 건 아무래도 좋았는데 그 때문에 나는 위와 장을 버려서 항상 설사에 시달렸지. 술은 마시지 않기 때문에 분명 마음의 병에서 온 복통일거야. 이타야 역참에서 큰 실수를 범했을 때가 그 복통이 가장 심했을 때였지. 식은땀을 흘릴 정도로 아팠었거든. 나는 번주님께 용서를 받았을 때 길게 살지 못할 거라고 생각했네. 그러기에 얼마 남지 않은 생명을 전부 이 토지의 개간에 바쳐도 후회가 없다고 생각했지. 그런데 말일세, 사토."

기타자와는 큰소리로 웃었다.

"지금은 어떤지 아나? 밥은 주발에다 먹고 위통은 어디론가 사라져버렸어. 성 내에서 한 수고는 도대체 무엇이었는지 아주 의아스러울 정도야. 정말이야. 성에서 생활했던 것이 정말 거짓말 같아. 몸이 완전히 바뀌어버린 것 같은 기분이 들어."

그렇게 말하며 기타자와는 손바닥으로 소리가 나도록 배를 두드렸다. 그래도 위장에는 아무 이상이 없다는 과시였다.

사토는 미소지었다.

'기타자와님은 원래가 때 묻지 않은 사람이었다. 성의 형식 중심의 생활은 기타자와님의 그런 순박함을 감추어놓았지만 지금은 본래의 성격으로 되돌아온 것이다.'

사토는 그렇게 생각했다.

"그것 참 잘 됐습니다. 그렇지만 기타자와님."

여전히 입가에 미소를 머금은 채 사토가 말했다.

"지금은 성 안에서 위를 망치는 사람은 아무도 없습니다."

"그렇다지?"

기타자와는 곧 수긍하며 고개를 한 번 끄덕였다.

"지금 성에서는 생각하는 것이나 말하고 싶은 건 무엇이든 자유롭게 말할 수 있다지. 위장에는 가장 좋은 약이지. 그런 의미에서 번주님은 요네자와 제일의 명의시지. 의사도 고치지 못한 성 안의 병들을 훌륭히 고치셨어. 훌륭하신 분이야."

그렇게 말한 기타자와는 급하게 밭을 보며 외쳤다.

"30분간 휴식이다. 야마구치, 손님이다."

밭에서 조금 떨어진 황토길 수풀 속으로 야마구치는 사토를 끌고 갔다.

"이 나무에 곧 열매가 열리면 그것으로 초를 만들 수 있어."

야마구치가 설명했다.

"초는 깜깜한 밤을 밝혀주는 꽃이요, 달이다."

야마구치가 그렇게 말하자 사토는 성시의 전당포에 가서 새로운 학교를 세우기 위해 돈을 빌리던 때가 떠올랐다. 그때 전당포 주인은 창고로 데리고 가 기타자와나 야마구치가 맡긴 갑옷과 창을 보여주었다. 사토는 그때 그 물건들을 비추던 촛

260

불이 문득 생각났다.

다케마타에게 다녀온 사토의 얘기를 다 듣고 난 후에도 야마구치는 한참 동안 말이 없었다.

"치요가 이런 말을 한 적이 있어 ….."

어떻게 대답해야 할지 몰라하던 야마구치가 갑자기 말을 꺼냈다. 야마구치의 말에 사토는 불끈 화가 났다.

"이럴 때 무슨 소릴 하는거야. 야마구치, 진지하게 내 이야기를 들어."

"진지하게 듣고 있어. 나도 진지한 얘기를 하고 있고 …."

야마구치는 검게 탄 얼굴로 말했다.

"그래도 이런 때에 넌 치요 이야기를 …. 아무리 좋아한다고 해도 그렇지, 이런 때 치요 이야기를 꺼내는 건 …."

사토의 타박에도 야마구치는 정말로 진지한 얼굴이었다.

"치요가 말한 게 지금 네가 말한 다케마타님에 대한 것과 관련이 있어."

야마구치는 반대로 사토에게 왜 화를 내느냐는 표정을 지었다.

"치요의 얘기와 다케마타님과 무슨 관련이 있는데?"

"치요가 옛날 물장사를 할 때 …."

"……."

사토는 대답하지 않았다. 상대도 하지 않았다.

'얘기가 딴 데로 빠지고 있군.'

사토는 그렇게 생각했다. 야마구치는 그런 사토의 마음을 알았으나 개의치 않고 계속했다.

"치요 주위의 친구 중에는 아이들을 데리고 그런 일을 하고 있는 여자들이 많았던 모양이야."

사토는 '그게 어떻다는 말이냐' 하는 말이 목까지 올라왔으나 참고 계속 본론이 나올 때까지 기다렸다.

"그런 여자들의 자식들은 어렸을 때는 어머니의 일이 참으로 고생스럽다고 생각한대. 그러기에 자기들을 먹여살리기 위해 밤늦게까지 일하는 어머니에게 모두가 고생한다며 미안해한다고 ….."

"……."

"자식들에게 그렇게 인사를 받으면 어머니도 밤에 겪은 괴로운 일이 잊혀지고 마음이 놓이지. 그런데."

야마구치는 돌연 목소리를 높였다.

"물장사를 하다 보면 어머니는 때때로 손님의 저속한 주문에도 응하지 않으면 안 된다는 거야. 거절하면 금방 그만두라고 할 테니까."

"야마구치 …."

숨죽인 소리로 사토가 말했다. 눈이 험악해졌다. 야마구치
는 사토의 그런 표정을 무시했다. 조용한 눈매로 사토를 달래
듯이 쳐다보며 말을 계속했다.

"어머니는 점점 일하기 괴로워지고, 자식들에게도 얘기하
지 못하게 되지. 그러나 그러한 괴로움도 집에 돌아왔을 때 얼
굴을 모으고 달려드는 자식들의 '어머니, 고생 많으셨습니다'
라는 말 한마디에 모두 달아나버리지. 이를 악물며 괴로움을
눈물로 삭히는 건 자식들이 모두 잠든 후에야 이불 속에서 한
다는 거야."

"더이상 참을 수가 없군."

화가 북받치듯 사토가 말했다.

"도대체 무슨 얘기를 하고 있는 거야. 물장사하는 어머니와
다케마타님과 무슨 관계가 있어?"

"성질이 급해졌구나, 사토."

"그건 옛날부터 그래."

"그렇지 않아, 사람의 얘기를 침착하게 듣지 않게 되었어.
그건 자네에게만 국한된 건 아니야. 성 안의 열성적인 개혁파

는 모두 그래."

"어이, 잠깐만. 뼈있는 말을 하고 있는데?"

사토가 야마구치를 노려보았다.

"성의 개혁파들이 사람의 말을 듣지 않는다고? 이상한 말을 하는군. 조금 전 기타자와님은 요즘 성에서는 무엇이든 얘기할 수 있어서 위장을 버리는 사람이 없다고 하셨어. 우리는 어떤 의견이라도 듣고 있어."

"듣는 방법이 문제야."

"뭐라고?"

"침착하게 듣지 않고 있어. 지금 너처럼 말이야. 쓸데없이 해결책 모색에만 급급해서 차분하게 듣지 않아. 개혁파는 너무 서두르고 있어."

"자네는 개혁파가 아닌가?"

"개혁파이지만 나는 서두르지 않아. 그렇기 때문에 몇 년 후에야 자라는 뽕나무 모종을 심고 있는 거야."

"……."

사토는 할말을 잃었다. 사토도 바보가 아니었다. 이윽고 사토가 말했다.

"계속해 봐."

"얘기는 끝났어."

"끝나지 않았어. 그래서 그 어머니가 어쨌단 말이야?"

"어머니가 어떻게 된 게 아니야. 문제는 자식들 쪽이지."

"자식들?"

야마구치는 고개를 끄덕였다.

"자식들이 나중에 자라서 그런 어머니를 보았을 때 어떻게 생각할까? 그것이 문제야."

"……."

"사토, 자식들이 어떻게 생각하겠나? 어렸을 때는 자신들을 먹여살리기 위해 밤늦게까지 몸이 가루가 되도록 일하는 어머니에게 자식들은 진심으로 고생한다고 생각하며 감사하는 마음을 가졌다. 그러나 커서 세상 돌아가는 것을 차츰차츰 알게 되면서 어머니가 단지 술을 따르는 것만이 아니라 돈 때문에 손님과 동침도 해야 한다는 사실을 알았을 때 다 큰 자식들은 그 어머니를 어떻게 생각할까? 아니, 내가 묻는 건 그게 아니야. 도대체 어머니와 자식 중에서 누가 옳은 것일까? 자식이 어머니를 비난할 수 있을까? 어떤가? 사토."

야마구치의 눈에 서글픈 빛이 스쳐갔다.

"그런가 …."

사토는 이제 알게 되었다. 야마구치는 치요에게 들었던 에
도의 물장사하는 여자와 그 자식들의 얘기를 했다.

'정확하게 다케마타 마사쓰나님을 어머니에 비유하고, 다케
마타님의 최근 행위를 비난하는 개혁파를 자식들에 비유하고
있다.'

"그러나 ···."

사토는 중얼거렸다.

"다케마타님을 그 어머니에 비유하는 건 무리가 있지."

"무엇이 무리야? 똑같지."

"어디가 똑같아? 다케마타님은 어엿한 요네자와 번의 중신
이고 그 어머니는 보통 여자잖아."

"무슨 얘기야? 중신이나 세간의 여자나 다 똑같은 인간이
야. 내가 같은 인간이라고 하는 건 다케마타님이나 그 어머니
에 대한 게 아니야. 다케마타님이 개혁을 추진하면서 상대하
는 사람이 에도 세간의 남자손님과 같은 무리라고 말하고 싶
은 거야. 성의 무사가 그렇고, 마을 관리나 상인이 그래. 물론
진지하게 번주님의 의지에 협력하는 번민도 있지. 그러나 그
게 전부가 아니야. 요네자와는 아직 혼탁해. 개혁의 좋은 면만
보고 개혁이 성공하고 있다고 생각하면 그건 오산이야. 인간

을 그렇게 좋게만 생각하는 건 생각이 얕은 거야."

사토는 야마구치의 말이 이상하다고 생각했지만 웬일인지 반론을 제기할 수 없었다. 생각하기에 따라서 야마구치 신스케는 우에스기 하루노리를 비판하고 있었다. 그럼에도 불구하고 사토는 야마구치에게 반박할 수 없었다.

멀리 두렁길에 서서 기타자와가 새 쫓는 장치의 줄을 당기며 소리를 냈다. 야마구치가 일어섰다.

"자, 일할 시간이다."

"야마구치."

사토도 일어서며 야마구치에게 말했다. 조금 전 분노의 감정은 사라지고 오히려 깊은 고뇌의 빛이 대신 드리워졌다. 뭐냐고 묻듯이 돌아다보는 야마구치에게 사토가 말했다.

"성으로 돌아와주지 않겠나? 지난번 자네에게 곁으로 와주길 바란다고 하신 번주님의 마음을 잘 이해할 수 있을 것 같아."

야마구치가 조용히 미소지었다.

"번주님께는 자네가 있잖아."

"그런데 나는 정말 번주님께 도움을 드리지 못하고 있다는 생각이 들어. 그것도 자네와 얘기하면서 겨우 깨달았어. 지금까지는 전혀 깨닫지 못했어."

"그렇다 하더라도 ···."

야마구치의 웃음 밑에는 복잡하면서도 짓궂은 의미가 있는 듯했다.

"안 돼, 나는 갈 수 없어."

"왜?"

"왜냐고?"

야마구치의 웃음은 점점 씁쓸해졌다.

"나와 자네는 이렇게 떨어져서 다른 일을 하고 있으니까 잘 지내는 거야. 그런데 같은 장소에서 일해 봐. 반드시 싸움이 일어날거야, 나는 알아."

"······."

잠시 가만히 있던 사토는 곧 생각해 낸 듯이 물었다.

"그게 언젠가 번주님의 부탁을 거절한 진짜 이유야?"

"그것도 있고. 그렇지만 역시 누가 봐도 네가 끌어서 번주님 옆으로 갔다고 보이는 게 싫어서야."

그렇게 말하고 야마구치는 말머리를 돌렸다.

"자, 빨리 성으로 돌아가. 번주님께 뭐라고 대답할까는 네 스스로 생각해. 그런데 자네, 미스즈는 언제 데려갈 거야?"

갑자기 이야기가 엉뚱한 방향으로 돌아가자 사토는 당황했다.

"바보자식, 또 무슨 말을 꺼내는 거야. 지금 그럴 때가 아니야."

"바로 그 말, '지금 그럴 때가 아니다'는 것도 요즈음 개혁파 모두가 하는 말이야. 도대체 언제가 되어야 '지금 그럴 때가 아니다'라는 말이 사라지는 거야? 난 조만간 이야기가 매듭지어질지도 몰라."

"치요와?"

"음 …."

"그것 참 축하하네."

*

안에이 6년(1777년) 11월 25일 갑자기 다케마타 마사쓰나가 우에스기 하루노리에게 알현을 청했다. 하루노리는 곧 만나겠다고 응했다.

"긴히 부탁드릴 것이 있습니다."

다케마타는 바닥에 엎드린 채 말했다.

"황송하오나 당직을 내놓고 싶습니다."

하루노리는 놀랐다. 당돌한 다케마타의 제의였다. 이건 너무 당돌한 요청이었다.

"다케마타."

충격이 너무 커서 하루노리는 호흡을 가다듬으며 반문했다.

"갑자기 무슨 말이냐? 무슨 불만이라도 있느냐?"

"불만 같은 건 없습니다. 부디 허락해 주십시오."

"중대한 이야기다. 간단히 허락할 문제가 아니야."

"아니, 즉시 허락을 받고 …."

잘 보니 다케마타는 평복한 채로 몸이 좌우로 흔들리고 있었다. 앞을 짚은 양손도 여차하면 꽈당 하고 쓰러질 것 같았다. 그렇게 힘이 들어가 있지 않은 손으로 지탱하고 있기에 몸이 불안정하고 균형을 잃고 있어 보고 있자니 조마조마하였다. 그리고 눈도 풀려 있었다. 내쉬는 숨에도 냄새가 지독했다.

'취해 있구나.'

하루노리는 그렇게 느꼈다. 이런 불성실한 행동은 지금까지의 다케마타라면 하지 않는다. 하루노리의 마음은 어두워졌다. 그러나 그만두겠다고 하는 말은 도대체 어떻게 된 일인가. 하루노리는 조용히 물었다.

"왜 그만두고 싶은가?"

"지쳤습니다."

다케마타는 일언지하에 대답했다.

"번주님의 뜻을 어떻게든 번 내에 침투시켜 보려고 일편단심 노력해 왔으나 아무래도 미력한 소인의 힘으로는 감당하기 어렵고 지쳐버려 더이상 기대에 부응하기 어렵습니다."

들으면서 하루노리는 깨달았다. 다케마타는 진심으로 그만두게 해달라고 간청하는 것이 아니었다. 자신에 대한 악평이 어느 정도 하루노리의 귀에 들어가 하루노리가 그것을 어떻게 받아들이고 있는지 탐색차 온 것이다.

'다케마타!'

하루노리는 가슴속에서 애타게 다케마타의 이름을 불렀다.

'너는 거기까지 타락해 버렸단 말이냐? 거기까지 자신을 잃어버렸단 말이냐? 자신의 행위를 뉘우치기는커녕 자신의 악업을 정색하며 대담하게 나오는 그런 치사한 근성은 도대체 어떻게 된 것이냐? 권력이란 것이 너를 그렇게 바꾸어놓을 정도로 무서운 것이더란 말이냐?'

암담한 심정이 되어버린 하루노리는 정말은 호통을 치고 싶었다.

'주인을 시험하는 것은 무슨 태도인가.'

하루노리는 그렇게 다케마타를 꾸짖고 싶었다. 그러나 하루노리는 다시 마음을 고쳐먹었다.

'다시 한번 다케마타에게 기회를 주자. 여기서 관계를 끊어서는 안 된다.'

하루노리는 말했다.

"사직은 안 된다."

"예?"

"그대로 당직을 지켜라. 너의 노력은 누구보다 이 하루노리가 잘 알고 있다."

"예."

하루노리는 또 말하였다.

"나를 슬프게 하는 말은 하는 것이 아니다. 지금까지와 같이 나의 충신으로 계속 도와주기 바란다. 나는 변함없이 너를 신뢰하고 있다."

그런 말을 하면서도 하루노리는 가슴이 아팠다.

'나는 거짓말을 하고 있구나.'

다케마타는 평복하였으나 그 얼굴에는 안도와 자만의 빛이 스쳐가는 것을 하루노리는 놓치지 않았다. 하루노리는 젊어도 인간을 보는 눈, 통찰력이 탁월하였다. 결코 하루노리는 다케마타의 손에 놀아나지 않았다. 오히려 상황을 정확히 보기 위해 다케마타를 헤엄치게 하자고 생각했다. 그러나 동시에 다케마타에게 본심과는 전혀 다른 말을 한 자신의 태도에도 하루노리는 깊은 자기혐오감을 느꼈다.

'다케마타는 나의 본심을 알아주었을까?'

다케마타 마사쓰나가 사라진 후 우에스기 하루노리는 홀로 앉아 생각했다. 외로웠다. 사실을 말하자면 하루노리는 다케마타에게 화가 났다. 다케마타가 하루노리를 쳐다보던 눈 저변에는 탐색의 기미가 여실히 드러나 있었다. 번주가 어디까지 자신의 부정을 알고 있는지 확인하고자 하는 기색이 짙게 드리워져 있었다.

하루노리는 탐색당한 것이 외로운 게 아니었다. 탐색한다는 것은 더이상 그 사람을 신뢰하지 않는다는 것을 의미한다. 불신의 마음이 있기에 탐색을 하는 것이리라.

'왜 그런가, 다케마타. 대체 왜 그래?'

몸부림이라도 치고 싶은 심정으로 하루노리는 다케마타에게 마음속으로 물어보는 것이었다. 모처럼 개혁이 성공하기 시작하고 있는데 그 추진자 중 핵심인물의 타락은 하루노리에게 매우 큰 상처를 입혔다. 하루노리는 절실하게 느끼는 것이 있었다.

'개혁의 가장 어려운 점은 옛것을 부수는 것도, 새것을 시작하는 것도 아니다. 시작한 것을 어떻게 유지하는가가 관건이다.'

자기주장이 뚜렷하던 의사 와라시나 쇼하쿠는 이미 폐병으로 죽었다. 그리고 지금 또 다케마타 마사쓰나의 배신은 그렇게 단단히 결속된 에도의 동아리들을 뿔뿔이 흩어지게 만들 것이 자명했다. 하루노리는 처음으로 깊은 고독감을 느꼈다. 바닥을 알 수 없는 검은 심연의 나락으로 빙글빙글 돌며 떨어져내리는 기분이었다.

하루노리의 은정어린 배려에도 불구하고 다케마타는 마음을 바꾸지 못했다. 조금 지나자 다케마타의 타락 상태는 점점 더 그 속도를 빨리했다. 변함없이 추종하며 졸졸 따라다니는 자들을 데리고 이 마을 저 마을을 다니며 향응을 강요했다.

"금년 세금의 많고 적음은 모두 내가 정한다."

그렇게 목에 힘을 주며 취기어린 목소리로 마을을 누비고 다녔다. 마을마다 사람들은 다케마타를 두려워하며 뒷걸음질 쳤다.

"이것이 개혁의 실태인가?"

그리고 사람들은 점점 더 질려갔다.

다케마타의 소행에 따라 개혁은 확실히 초기의 이념을 잃고 더러운 것으로 번민의 눈에 비추어졌다. 그러한 보고가 빈번하게 하루노리에게 들어왔다. 하루노리는 다케마타를 더이상 내버려둘 수 없었다. 그러던 어느날 중대한 사건이 터졌다. 텐메이天明 2년 8월의 일이었다.

# 가슴아픈 처단

8월 13일은 우에스기 겐신의 기일이었다. 이날은 매년 번주가 겐신의 사당에 참배하도록 되어 있었다. 번주 부재시에는 집정이 대신 참배한다.

이 해는 하루노리가 참근교대로 에도에 가 있었다. 따라서 집정인 다케마타가 대참代參해야 했다. 그러나 이날 다케마타는 영내를 순시한다는 명목으로 또 고마쓰의 가네코라는 부농의 집에서 향응을 즐기고 있었다.

8월 12일 밤 가네코 집에서의 향연이 너무 길어져 수행한 사람들이 걱정의 말을 하였다.

"내일 13일은 번주님을 대신하여 겐신님의 사당에 참배하

276

셔야 합니다. 이제 일어나셔야 하는 것 아닌지요?"

그러나 다케마타는 곤드레만드레 취해서 전혀 귀를 기울이지 않았다. 그냥 기울이지 않는 정도가 아니었다.

"이 양초가 타고 있는 동안은 8월 12일이다. 이것을 다케마타력曆이라고 한다."

굵은 양초를 가져오게 하여 불을 붙인 뒤 이렇게 말하고 대소하며 방자하게도 향응을 멈추지 않았다. 그리고는 곧 만취 상태가 되어 잠이 들고는 깨지 않았다. 그가 눈을 뜬 시각은 다음날 점심 무렵이었다. 초가을의 뜨거운 태양빛이 장지문에 눈부시게 와닿고 있었다. 눈을 뜬 다케마타는 얼굴이 파랗게 질렸다.

"왜 깨우지 않았느냐!"

주위에 호통을 쳤으나 굵은 양초만 부질없이 타고 있었다.

겐신의 제사는 행해졌다. 그러나 대참해야 할 다케마타가 결석한 사당에 제대로 참배하는 자는 없었다. 모인 사람들은 우에스기 가가 시작된 이래 처음 생긴 이 뜻하지 않은 일에 모두 어찌할 바를 몰라했다. 불안과 혼란의 와중에서 제사가 끝났다. 사자使者가 에도로 달려갔다.

급보를 접한 하루노리는 사토에게 말했다.

"모두 불러라."

모두라고 하면 노조키나 기무라, 진보 등이었다. 자리를 일어서는 사토에게 하루노리가 말을 덧붙였다.

"아, 그리고 스다, 이모가와의 자제들도 불러라."

"……?"

일순 사토는 하루노리의 얼굴을 쳐다보았으나 곧 대답하고 모두를 부르러 갔다.

가슴의 고동이 고조되었다. 번에 새로운 강이 흐르기 시작했다고 느꼈기 때문이다. 새로운 강이란 우에스기 하루노리의 마음에 변화가 일어났다는 의미였다. 즉 하루노리의 마음 한 구석에 자신들에 대해 의심을 갖기 시작했다는 것이다. 그들은 다케마타, 노조키, 기무라, 사토 등 에도시절 이래의 측근들이었다.

사토 분시로의 이러한 직감은 맞았다. 측근들이 모이자 하루노리가 말했다.

"오늘 급히 모여달라고 한 까닭은 다케마타 마사쓰나 때문이다. 다케마타는 8월 13일 대참을 태만히 하였다. 술에 취해 있었다고 한다."

"옛?"

놀라는 소리가 모두의 입에서 튀어나왔다.

"나는 단호히 다케마타를 처벌한다. 용서할 수 없다. 그러나 다케마타를 처벌함과 동시에 너희들에게 얘기해 둘 것이 있다."

하루노리가 말을 이었다.

"요즈음 계속 다케마타에게 심상치 않은 변화가 일어나고 있었다. 나는 어떤 일이 일어나고 있는지 알고 싶어 도움의 손을 뻗었다. 직접 다케마타로부터 들어보자고 생각했으나 그는 아무것도 말하지 않았다. 보아하니 사토는 다소 알고 있는 듯했지만 나에게는 아무것도 얘기하지 않았다. 이럴 때 야마구치 신스케라면 틀림없이 모든 내막을 거침없이 이야기했겠지만, 그는 성에 근무하게 되면 개간을 출세의 수단으로 삼았다는 구설수에 오르는 것이 싫다며 곁에 오지 않았다. 혹시 사토 외에 다케마타에 대해 아는 사람이 있었는지도 모른다.

그러나 이젠 늦었다. 때를 놓쳐어. 왜 때가 늦었는지 내가 생각해 보았다. 스다와 이모가와를 빼고는 모두 내가 가독을 계승했을 때부터의 동아리들이다. 의기투합하여 오늘까지 왔다. 그러나 나는 생각했다. 그 의기투합하는 것이 언제부터인가 서로의 잘못까지도 감싸주기 시작하게 된 것이 아닌가? 그러한 마음이 사토로 하여금 다케마타를 더더욱 감싸주게 만든 것이다. 나는 사토를 꾸짖는 것이 아니다. 우리가 점점 그런 식으로 서로의 단점을 은폐시켜 주는 상황에까지 이를까 무섭다. 우리는 다시 한번 강 상류로 돌아가지 않으면 안 된다. 맑은 물이 솟아나는 강 근원으로 돌아가지 않으면 안 된다. 그것이 초심이라고 하는 것이다. 새로이 스다와 이모가와를 부른 것도 그 때문이다. 스다, 이모가와는 새로운 피다. 오늘은 이러한 마음으로 내 이야기를 들어주기 바란다. 우선 다케마타를 벌주는 것에 이견이 있는가?"

무겁고 괴로운 침묵이 그 자리에 흘렀다. 하루노리의 발언은 중대하고 매우 단호했다. 특히 사토 분시로를 예로 들 만큼 측근들의 '감싸주기'에 대한 지적은 통렬하였다. 이견은 나오지 않았다. 아니 나올 수 없다고 해야 옳았다. 사토를 위시하여 노조키 등이 인식하고 있는 개혁추진의 이면구조를 하루노리에게 설명해도 알아줄 리가 없었다.

그런 얘기를 하면 그것은 다케마타가 불쌍하다는 변명밖에 되지 않는다. 그리고 동시에 그러한 이면구조를 파괴시키고 그러한 구조에 관련있는 사람들을 하루노리는 즉시 처단할 것이 틀림없었다.

"개혁은 항상 맑은 물에서 헤엄치는 물고기 같은 마음으로 행하라."

그렇게 강조하는 하루노리에게 물을 혼탁하게 하고 그 물이 고여서 더러운 웅덩이가 되는 것은 참을 수 없는 일이기 때문이다.

사토는 새삼 야마구치가 말한 '물장사하는 여자와 그 자식들'과 현재 번 상황의 비유가 사무치게 느껴졌다. 물론 하루노리는 비유에 나오는 자식은 아니다. 그러나 좀더 높은 입장에서 어머니에게 그런 난잡한 일을 그만두게 하고 자식들에게는 가슴을 펴고 떳떳하게 살 수 있는 길을 만들자고 할 것이다. 추잡한 손님들의 요구에 응하지 말라고 할 것이 틀림없었다. 그리고 하루노리는 분명 이렇게 말할 것이다.

"그 여자가 그런 일을 하지 않아도 살 수 있는 세상을 만들지 않으면 안 된다. 그것이 개혁이다."

바로 그 점이라고 사토는 생각했다. 그러나 한편 어머니 입장에서는 이렇게도 말할 수 있다.

"그러한 세상이 되는 날까지 어떻게 살면 됩니까? 번 정부에서 자식들을 먹여살려 줍니까?"

그 물음은 절실했다. 다케마타가 어떤 계기로 지금과 같이

술에 취해서 대참에 참석지도 못할 만큼 나쁜 길을 밟게 되었는지 모른다. 그러나 그렇게 덕망이 높고 능력이 있는 다케마타가 그렇게 되기까지에는 역시 그만큼의 고통이 누적되었음이 틀림없었다.

'그것을 우리는 눈치채지 못한 채 여기까지 왔다.'

지금 스다와 이모가와를 제외한 모든 참석자가 그렇게 괴로운 생각을 씹고 있었다. 개혁의 이념 아래 요네자와 번의 고루함을 일거에 근절시킬 수 있다고 생각하지는 않았지만, 뿌리 깊은 전래 관습을 너무 간단하게 생각했던 건 아닌가 하는 반성이었다. 개혁의 적을 너무 가볍게 보지는 않았는가 하는 쓰라린 후회였다. 다케마타 마사쓰나는 혼자서 그러한 갈림길의 희생이 되었다. 요네자와 번에는 아직도 '고루함'이 완강하게 남아 있었던 것이다.

갑작스러운 다케마타 처단 이야기는 측근들에게 새삼스럽게 번 내에 잔류해 있는 고루한 조직과 그 조직에 빌붙어 있는 완강한 번사들의 존재를 실감케 했다. 개혁을 추진하면서 그러한 조직들과 어느 정도는 타협하지 않으면 아무것도 되지 않는다는 현실이 뼈저리게 느껴졌다.

번의 기구나 번 내의 유력자들에게는 서류 한 장에 의한 명령이나 구두지시가 대부분 제대로 통하지 않았다. 자연히 양해를 얻어내기 위한 선물이나 '사전협상'이 필요했다. 그것을 하지 않으면 번의 조직은 꿈쩍도 하지 않아 의도하는 대로 움직이지 않는 것이다.

강권을 발동하여 강제로 시키려고 하면 표면으론 따라오는 척하다가도 실제로는 아무것도 하지 않는다. 이것이 근무태만으로 이어진다. 그러한 실력자들은 정규관리가 아닌 자들이 많았다. 일종의 숨어 있는 권력자들로, 암적 요소인 감방장들과 같은 존재들이었다. 그러한 무리들은 '사전협상'이나 선물로 체면을 세워주면 협력하지만 그것을 생략하면 오히려 음흉한 방해를 놓았다. 손을 댈 수가 없었다.

하루노리의 '백성을 풍요롭게 하기 위한 개혁'이라는 훌륭한 이념도 이러한 인간들의 가슴은 조금도 감동시키지 못했다. 그들에게는 개혁도 일이었다. 그래서 '일을 하려면 꼭 사전협상을 하라'는 태도를 고수했다.

다케마타 마사쓰나도 아마 처음에는 번이 부패되어 있다고 화를 냈을 것이다. 그러나 그러한 관습은 명령이나 노력으로는 깨뜨릴 수 없을 정도로 강력했다. 그래서 다케마타는 개혁을 추진시키기 위해서 그러한 구조를 깨뜨리는 데 많은 시간을 낭비하기보다 차라리 모두를 활용하는 게 빠르다고 판단했음이 틀림없었다.

숨은 실력자들을 이용하는 편이 개혁추진에 도움이 되고 이러한 층을 배척하면 개혁은 일보도 전진하지 못하고 오히려 여러가지 방해만 받게 된다고 다케마타는 생각한 것이다. 그러기에 자신이 그러한 조직 속으로 뛰어든 것이다. 야마구치가 말하는 '몸을 더럽히는 물장사 어머니'가 되어버린 셈이다.

다케마타 혼자 감당해야 하는 괴로움은 잘 알면서도 그런 방법이 과연 옳았던가 하는 뭐라고 꼬집어 말할 수 없는 상념이 기무라나 노조키, 사토의 가슴에 가득 차올랐다. 다케마타라는 인간이 바뀐 것은 틀림없이 그런 무리들과 어쩔 수 없이 접촉했기 때문이겠으나, 과연 다른 방법은 없었는가 하는 개운치 않은 마음들이 있었기에 다케마타를 잘 아는 측근들은 하루노리에게 좋은 의견을 말할 수가 없었다.

이와는 반대로 스다와 이모가와는 이들과는 거의 행동을 같이하지 않았기 때문에 다케마타에 대하여 냉정하게 볼 수 있었다. 그러기에 하루노리는 오늘 회의에 둘을 참석시킨 것이리라. 그 중 한 명인 스다가 고개를 들었다.

"번주님."

"무어냐?"

"저의 생각을 말씀드려도 좋겠습니까?"

"좋고 말고. 어서 듣고 싶구나."

가벼운 동요가 일어났다. 무슨 말을 할지는 모르지만 이것
은 새로운 변화였다. 이러한 의제가 되면 당연히 제일 먼저 대
답할 노조키, 기무라, 사토 등의 개혁파가 오늘은 잠자코 침묵
을 지키고 있다. 대신 아버지가 하루노리에게 죽임을 당하고
개혁에도 반대해 온 스다가 무언가 말을 하려 하고 있다. 다시
금 반하루노리파의 결속을 군건히 다져서 일거에 번정의 주도
권을 뺏으려고 하는 것은 아닌가?

갑자기 어색한 분위기가 되었다. 그러나 역시 옛 가로의 자
식다웠다. 스다 헤이구로는 그러한 분위기를 별로 개의치 않
았다. 스다가 말했다.

"다케마타님 처단은 참으로 황송하오나 재고해 주셨으면
합니다."

동요가 일었다. 스다의 발언은 모두의 예상을 뒤엎고도 남
았다. 스다가 다케마타를 유임시키자고 할 줄은 정말 아무도
생각하지 못했다. 스다는 말을 계속했다.

"황송하오나 이번 개혁에서, 특히 농정지도에 있어서 다케

마타님은 발군의 실적을 올려 다른 사람으로는 대체될 수가 없습니다. 번주님의 노여움을 충분히 이해하고 있습니다마는 번의를 부탁드리옵니다."

스다의 발언이 끝나자 곧 옆에 있던 이모가와 이소에몬이 같은 취지의 발언을 하였다.

"스다의 의견에 전적으로 찬성하는 바입니다. 지금 다케마 타님을 처단하면 개혁에 중대한 차질이 생깁니다."

두 사람의 말은 사토 분시로의 가슴을 날카롭게 찔렀다.

'너희 측근들이 무심해 다케마타님 혼자 너무 괴로움을 당하게 만들었기 때문이다.'

그렇게 꾸짖는 듯한 기분이 들었다. 충동적으로 사토가 발언을 하려 했을 때 노조키가 입을 열었다. 그리고 차분히 다케마타의 노고를 열거해 가며 변호하였다. 하루노리는 말없이 듣고 있었다. 노조키의 애기는 길었다.

한 시간이나 지나서야 겨우 애기가 끝났다.

"모쪼록 관대한 처분을 ···."

노조키는 평복하였다. 볼을 타고 눈물이 흐르고 있었다. 노조키는 진심으로 다케마타를 걱정하고 있었다. 기무라, 사토 그리고 스다와 이모가와도 평복했다.

286

"관대한 처분을 ….."

하루노리는 고개를 저었다.

"모두 잘못 생각하고 있다."

"예?"

"나의 개혁에 더럽혀지는 역할은 필요없다."

"예?"

"시간이 아무리 많이 걸리고 반대가 있더라도 나는 맑은 정치로 일관해 나갈 것이다. 요네자와를 또다시 혼탁한 연못으로 만들어서는 안 된다. 나의 개혁은 아무리 길이 멀어도 깨끗한 방법으로 추진해 나가겠다. 그것은 번민을 위해서이다. 개혁은 번민을 위해서 추진하는 것이다. 번민의 눈에 조금의 더러움도 보여서는 아니된다."

"예."

"아까운 인물이지만 책임을 물어 엄벌하겠다."

"예 ….."

일동은 무릎을 꿇었다. 곧 어깨를 들먹이며 오열하기 시작했다. 다케마타를 향한 동정심도 있었으나 그것을 넘어 거기까지 생각한 하루노리의 괴로운 심정을 너무나도 잘 알기 때문이었다.

"노조키."

하루노리가 말했다.

"괴롭겠지만 요네자와에 가서 다케마타를 벌하라."

노조키는 침통한 표정으로 하루노리를 바라보았다.

"… 벌은 어떻게?"

"다케마타의 직위 일체를 면免한다. 본인은 종신금고에 처한다."

"… 알겠습니다."

본래 이렇게 중대한 과실에 대한 처벌은 할복이 보통이다. 그러나 오늘날까지 번정개혁의 공적을 감안하여 하루노리는 관대한 처분을 내린 것이다. 목숨만은 건진 까닭에 노조키는 안도의 숨을 쉬었다. 다음날 노조키는 에도를 떠났다. 관동평야를 가로질러 후쿠시마에서 요네자와로 급하게 향했다. 그리고 성에 도착하자 곧 다케마타를 호출하여 중신들이 배석한 가운데 하루노리의 명령을 전했다.

"직위 일체를 면한다. 이모가와 가택에 감금한다."

다케마타는 깨끗이 군명을 받아들였다. 그리고 노조키에게는 너무 걱정을 끼쳤다며 진심으로 사과하였다. 그러나 뜻밖의 일이 일어났다. 다케마타에게 벌을 전한 노조키 요시마사가 이번에는 자신이 맹우에게 내려지는 벌을 전하고 염치없이 직분을 수행해 나갈 수 없다며 사직한 것이다. 노조키는 좀처럼 자기주장을 굽히지 않았다.

노조키는 원래 가난한 집에서 태어나, 성에 근무하게 되었는데도 다른 젊은이들처럼 새로운 옷을 얻어입지 못했다. 아버지가 입었던 낡아서 해진 옷을 입고 출근하는 사람이었다. 선대 번주 시게타다의 근신으로 임명된 후에도 노조키는 전과 같은 복장 그대로였다. 동료들이 아무래도 그 모습은 너무하다며 새옷을 사라고 주의를 주기도 했지만, 노조키는 가난해서 살 수 없다고 태연하게 답했었다.

동료들이 모두 돈을 모아 새옷을 마련해 주어도 노조키는 고개를 저으며 이렇게 말했다.

"필요없어. 그런 돈이 있으면 나보다 더 가난한 하급무사들에게나 주게."

노조키는 가끔씩 마주치는 번주 시게타다에게 물었다.

"번주님, 이런 낡은 옷을 입고는 근신으로 일할 수 없습니까?"

시게타다는 전부터 노조키의 복장에 대해서 알고 있던 터라 웃으며 상관없다 했다. 노조키는 동료들에게 "그것 봐라" 하면서 이후로도 낡은 옷을 그냥 입고 다녔다. 지금 복장도 그때와 조금도 변하지 않았다.

그러한 노조키에게 다케마타 마사쓰나는 어떠한 일이 있어도 개혁의 고통을 같이한 동지였다. 다케마타에 대한 여러가지 나쁜 평판을 들은 적이 있어도 노조키는 가슴속으로 부정해 왔다.

'그럴 리가 없다. 다케마타님은 언젠가 다시 일어설 것이다. 지금의 모습은 결코 다케마타님의 진정한 모습이 아니다.'

그렇게 자신에게 일러왔다. 그러나 만취되어 겐신묘에 대참을 태만히한 것은 용서할 수 없는 실책이었다. 하루노리가 내린 벌은 오히려 관대하다고 할 수 있었다. 그러나 다케마타의 실각은 그대로 노조키의 정치생명도 끊어버리는 결과를 초래했다. 노조키에게는 다케마타와 일심동체라는 정서가 깊숙이 깔려 있었기 때문이었다.

노조키의 사직 소식을 들은 다케마타는 통곡했다.

"노조키가 그렇게까지 …. 면목이 없다. 미안하다."

그러나 유수幽囚의 몸으로는 그러한 통곡과 회한의 심정도 노조키에게 전할 수가 없었다.

벌이 내려졌을 때 다케마타는 쉰네 살이었다. 이미 다케마타는 자신의 행위가 번 내에서 악평을 듣고 있다는 사실을 알고 있었다. 그리고 그 자신도 결코 자신이 저지른 부정이 옳다고 생각하며 한 일이 아니었다. 면직과 감금이 다케마타에게 구원책이었는지도 몰랐다. 다케마타는 누군가의 손에 의해서 처단되지 않으면 스스로 이 심연의 늪에서 빠져나올 수 없다고 생각했다. 그러기에 하루노리가 노조키에게 명하여 다케마타를 처단한 것은 다케마타 자신에게 있어서는 오히려 사는 길이었다. 그는 하루노리를 원망하지 않았다. 반대로 하루노리에게 감사하는 마음뿐이었다.

다케마타의 유폐생활에서 그의 마음을 알 수 있었다. 다케마타는 유폐된 이래 전혀 다른 사람으로 변모하여 매일매일 듣는 번정의 동향에 기뻐하고 슬퍼했다. 그리고 그는 소식을 들려주는 사람에게 의견을 말했는데 그 의견은 충성의 일념으로 검소한 생활을 즐기던 즈음의 다케마타 그 자체였다. 다케마타도 하루노리의 개혁을 마음으로부터 깊이 믿고 있었다. 그러나 그 방법론상 전개에 있어서 마가 씌였는지 자기 자신이 권력의 포로가 되어버렸던 것이다. 때문에 그 권력에서 해방되자 다케마타는 다시 충성일념의 인간으로 돌아갔다.

다케마타는 이모가와 가택에 유폐된 지 3년 후 자신의 집으로 돌아갈 수 있는 허락이 내려졌으나 근신은 풀리지 않았다.
10년의 금고형에 처해져서 간세이寬政 5년(1793년)에 죽었다.
그의 나이 예순다섯 살이었다.

금고중에 다음과 같은 노래를 읊었다.


"눈이 쌓이는 뜰 언젠가는 내 몸에도 흰눈이 내리겠지.
춥지 않느냐고 방문하는 이도 없구나."


그는 유폐중 여러가지 개혁론을 써서 〈장야침어長夜寢語〉,
〈수양편樹養編〉, 〈문무론文武論〉, 〈정담야광집政談夜光集〉 등의
정무요서 수십 권을 집필했다. 그리고 아들 모토쓰나原網에게
이렇게 유언했다.

"나는 깨닫지 못한 소치로 유폐의 몸이 되었다. 이후 살아서
나라에 보답할 길이 없구나. 죽더라도 이 점이 마음에 걸린다.
너는 다행히 집정의 직무를 맡게 되었으니 내가 쓴 책 중에서
좋은 것을 선택하여 잘 행하여 주길 바란다. 그것이 나의 뜻을
계승하여 나라에 보답하는 길이다. 네가 그렇게 해준다면 나
는 지하에서나마 안심하고 눈감을 수 있겠다."

사사로운 일을 언급한다든지 하루노리에 대한 원망의 말은

하나도 없었다. 10년의 금고가 그로 하여금 담담하게 반성의 날을 보낼 수 있게 해주었으리라. 어쨌든 제일의 신뢰를 한몸에 받아 권력이 집중되게 되면 자신은 비록 그런 마음이 아니더라도 주위의 인간들이 그대로 내버려두지 않고 옆에 다가와 타락시켜 버리는 전형적인 예였다.

동시에 아직 그런 무리들에게 '사전교섭'이나 의례적인 인사를 치러야 효과가 나타나는 번 내의 낡아빠진 관습 탓도 있었다. 다케마타가 그렇게 걸려들었다는 것은 그에게도 그런 낡은 사고방식이 남아 있었다는 것을 의미한다.

'번주님의 목적을 빨리 실현하기 위해서는 이쪽이 빠르다.'

눈앞의 현실에 급급하다 보니 개혁이념의 원대함을 잊은 것이다.

요즘 말로 하면 올바른 길은,

· 사회상황의 변화와 함께 소속기업이 무엇을 추구하고 있는가를 알고,

· 그 요구에 응하기 위해 현재의 기업목적이나 조직구성원의 의식이 현상태로 괜찮은가를 반성하고,

· 그것을 어떻게 개혁하여 위를 보좌하고 아래를 지도할

것인가?

등을 자신이 정확하게 파악하는 것이다. 그것이 최고경영자의 측근 보좌역이 할 임무요, 책임이다.

다케마타 마사쓰나는 그런 것을 알고 급히 고루한 형식절차를 부활시켰다. 그러나 새로운 역사가 그것을 인정하지 않았다. 역사의 흐름을 볼 줄 아는 하루노리는 그러기에 다케마타를 처단한 것이다.

"내가 처단하는 것이 아니다. 역사가 처단하는 것이다."

하루노리는 그렇게 말하면서 다케마타를 벌했다. 그런데 노조키도 사직한 것이다.

'모두 낙엽처럼 흩어져가는구나 ⋯.'

생명이 다하여 뚝뚝 떨어지는 정원의 나뭇잎을 쳐다보며 하루노리는 그렇게 생각했다. 그러나 나뭇잎은 가지에 붙어 있을 때는 뿔뿔이 흩어지지 않는다. 가지에 꼭 붙어 있다. 땅에서 빨아올려 가지를 통해 공급해 주는 자양분을 먹고 산다. 죽을 때만 홀로 되는 것이다.

'그것에 비하면 인간의 결속이란 얼마나 약한 것인가 ⋯.'

살아있을 때부터 뿔뿔이 흩어진다.

에도 번저에서 맹세한 그날의 결속은 거짓이었던가? 굳게 잡았던 손들은 서로 위선이었단 말인가? 하루노리는 가슴속에 보관해 두었던 소중한 물건이 연이어 무너져내리는 것 같은 기분이 들었다. 가슴속에 있었던 것은 결국 '모래성'에 불과했단 말인가?

하루노리는 갑자기 자신을 잃었다.

'이후로도 내가 번주를 계속해 나갈 수 있을까?'

이러한 하루노리에게 하늘은 재차 타격을 가해왔다. '텐메이 대기근'이 덮친 것이다.

\*

'텐메이 대기근'은 텐메이 2년에서 6년에 걸쳐 5년간 계속되었다. 텐메이 2년에는 긴 비가 봄부터 시작해 여름이 되어도 그치지 않아서 서늘한 여름이 되었다. 3년이나 같은 기후로 일본 열도는 북에서 남까지 냉해와 홍수 속에서 신음하였다.

작물이 모두 물에 잠겨 어떻게 할 수도 없게 되자 백성들은 제각기 번 정부에 도움을 요청하였지만 일본 3백 번 가운데 이에 응할 수 있을 만큼 비축이 있었던 지역은 겨우 기슈, 미토水戶, 구마모토熊本, 그리고 요네자와 등 4개 번뿐이었다. 특히 7

월이 되어도 3, 4월의 기온밖에 되지 않는 동북지방은 이 천재로 직접적인 타격을 입었다. 이렇게 되자 각 번 정부는 혈안이 되어 국경의 관문을 폐쇄하고 경계를 강화하였다. 한 톨의 쌀, 보리라도 다른 번에 유출되는 것을 금지하였다. 그러나 비축해 놓은 것이 있는 곳은 그런 대로 괜찮았다. 없는 곳은 그야말로 비참하였다. 관문이 폐쇄당해 비축식량이 없는 번의 번민은 우리에 가둬진 채 먹이를 먹지 못하는 가축과도 같았다.

돈이 있어도 물건이 없었다. 개가 한 마리당 500문, 고양이가 300문에 매매되었다. 심지어 지푸라기, 소나무 껍질, 잡초까지 비싸게 팔렸다. 아오모리나 이와테岩手에서는 굶어죽은 사람들의 살을 먹는 처절하고 끔찍한 상황마저 일어났다. 마치 지옥이 출현한 것 같았다. 우에스기 하루노리는 이러한 상황속에서 더이상 비탄에 빠져 있지 않았다. 그는 행동에 옮겼다. 전대미문의 기아상태에서 그가 일어서는 것이 곧 우에스기 가를 짊어질 세자 하루히로治広에게 본보기를 보여주는 것이 되기 때문이었다.

하루노리의 옆에는 사토 분시로밖에 인재가 남아 있지 않았다. 그러나 하루노리는 번 조직에 명령해 무명의 번사들을 지휘하여 다음과 같은 대책을 가차없이 밀어붙였다.

- 식량은 번사, 번민 구별없이 하루에 남자 쌀 세 홉, 여자 두 홉 반의 비율로 지급한다.
- 이것을 죽으로 해서 먹게 한다.
- 술, 초, 누룩, 과자, 두부 등 곡류를 원료로 하는 음식의 제조를 금지한다.
- 비교적 재해가 적은 사카다, 에치고에서 급히 식량을 나누어 받는다.
- 인근 다른 번으로부터의 구원요청은 어쩔 수 없이 사절한다.
- 그러나 다른 영지에서 유입해 들어오는 난민들은 번민과 같은 수준으로 보호한다.


마지막 항은 각 번의 정치방식의 잘못을 책임져 준다는 것이 아니라, 그 희생물이 된 민중은 요네자와 번민과 구별없이 구한다는 뜻이었다. 위정자로서 엄격하면서도 백성에게는 애정을 가진다는 하루노리의 일관된 사고방식이었던 것이다.

이때가 하루노리의 나이 서른넷이었다.

다른 번에서는 아사자가 속출하고 있는데 요네자와 번에서는 아직 한 명의 아사자도 나오지 않았다. 하루노리는 그것을 결코 기뻐하지 않았다. 자기 나라만 괜찮으면 된다는 생각은 추호도 없었다. 그러나 많은 아사자를 내는 다른 번의 번 정부 책임자에 대해서는 깊은 분노를 느꼈다. '백성에게는 책임이 없다'고 생각했기 때문이다.

급사를 보낸 사카다도 에치고도 하루노리의 정치를 잘 알고 있는 터라 될 수 있는 한 많은 식량을 팔아주었다. 동시에 센다이仙台, 미하루三春, 아키타, 모가미最上, 시라이시白石 등 여러 번에서 요네자와 번으로 조금이라도 쌀을 나누어달라고 애원해 왔다. 그곳의 번민들을 생각하면 마음이 아팠으나 하루노리는 단호히 거절했다.

동북의 난민은 국경을 돌파해 에도로 향하기 시작했다. 철창을 부수고 먹이가 있는 곳으로 가자고 합의라도 한 듯이 요네자와로 물밀 듯이 흘러들어 왔다. 번민을 구별해서는 안 된다는 하루노리의 엄명이 있던 터라 요네자와의 식량은 금방 줄어들었다. 비는 아직도 계속 내리고 있었다. 요네자와의 식량이 떨어지는 것도 이젠 시간문제였다.

여름의 막바지에 와 있었지만 기후는 겨울과 같았다. 차가운 비도 계속 내렸다. 논의 벼도 밭의 작물도 모두 발육이 멈추어 열매를 제대로 맺지 못했다. 번 창고에 있던 쌀도 전부 방출되어 버렸다.

에도에도 난민이 노도와 같이 흘러들어 왔으나 막부의 조사에 의하면 난민 중에 요네자와 출신이라고 말하는 사람은 하나도 없었다. 요네자와에는 쌀이 무척 많다는 소문이 퍼졌다. 관동, 동북의 번민이 요네자와로 한꺼번에 몰려든 것은 이 때문이었다.

하루노리는 이러한 유민을 국경에서 쫓아내지 않았다. 전부 들어오도록 놔두었다. 번민들에게서도 먹을 것이 없어질 판인데 다른 번의 사람들까지 받아들여서 도대체 어떻게 하려는거냐며 원망의 소리가 튀어나왔다.

하루노리도 할 수 있는 노력은 다하였다. 그렇지만 자멸을 기다릴 수밖에 없는 상태가 되었다. 하루노리는 가스가, 시라코 두 신사에 참배하고 그대로 3일간 단식에 들어갔다. 텐메이 4년 6월 1일이었다. 양부인 시게타다나 가신들은 대단히 걱정하였다. 지금 하루노리의 건강에 무슨 일이 생기면 안 되기 때문이었다.

그런데 6월 13일 비가 갑자기 소나기로 바뀌었다. 하늘에서 몇 번 우뢰와 같은 소리가 나면서 비가 그쳤다. 이번엔 갑자기

맹렬한 더위가 닥쳐왔다. 여름이 돌아온 것이었다. 벼도 작물도 작열하는 태양볕을 몸 가득히 빨아들여 숨을 되돌리며 소생하였다. 요네자와는 비로소 위기에서 벗어났다. 번민들은 번주의 성의가 하늘에 이르렀다며 무척 기뻐하였다.

# 전국의 사

텐메이 5년(1785년) 2월 3일 우에스기 하루노리는 막부에 은거원隱居願을 냈다. 갑작스러운 일에 주위의 모든 사람들이 놀랐다. 그러나 하루노리로서는 오래 전부터 생각하고 있었던 것이었다. 아니, 오래 전부터라기보다 자신이 우에스기 가에 양자로 들어올 때부터 생각했던 것이다. 막연하게나마 처음부터도 우에스기 가는 가능한 한 빨리 우에스기 가의 혈통자손에게 넘겨주지 않으면 안 된다고 생각해 왔었다.

규슈 휴가의 다카나베 3만 석의 작은 다이묘에서 요네자와 15만 석의 다이묘 가문에 들어왔기에 보통사람 같으면 자신의 혈통에게 상속시키려 했을 것이다. 한번 오른 이 자리를 다른 사람에게 물려주지 않으려는 것이 인지상정이었다.

그러나 하루노리는 그렇게 생각하지 않았다. 그리고 우에스기 가의 혈통자손에게 우에스기 가를 물려주고 싶다는 생각을 구체적으로 서두르게 된 것은 하루노리가 양자로 들어온 후에 양부 시게타다에게서 실자實子가 태어났기 때문이었다.

하루노리는 이 아이가 열세 살이 되었을 때 자신의 세자로 봉했다. 주변은 웅성거렸다. 겉으로 체면치레하는 것이라고 비뚤어진 시각으로 보는 사람이 있는가 하면, 젊지만 참으로 장한 분이라고 감동하는 사람도 있었다. 일을 꾸미고 있다고 오해하는 사람도 있었다. 그러나 하루노리는 진심으로 선대 번주의 아들인 세자에게 빨리 우에스기 가문을 계승시켜 주고 싶었다.

그것이 잘 실현되지 않은 것은 무엇보다도 우에스기 가의 실정 때문이었다. 몇백 년이 걸려야 상환할 수 있을지 예측조차 할 수 없는 거액의 빚 때문에 우에스기 가의 재정 재건은 젊은 하루노리의 두 어깨를 짓눌렀다. 마치 천 근이나 되는 가마를 혼자서 짊어지고 있는 것과 같았다.

하루노리가 가문을 계승했을 때는 열일곱 살, 본국에 들어온 것은 열아홉 살 때였다. 요네자와 번사나 번민이 볼 때는 부족함투성이의 번주였다.

'젊다. 규슈의 보잘것없는 다이묘의 집안에서 양자로 왔다. 요네자와에 대해서 아무것도 모른다. 요네자와의 가신은 아무도 하루노리를 모르고, 하루노리도 가신 중 아무도 모른다. 그런데 도대체 재정 재건이 이루어질 것인가?'

모두가 똑같이 그렇게 생각했다. 아니 곧 실패하고 풀이 죽어서 번주 자리를 물러날 것이라고 생각했다. 보잘것없는 집안에서 대번의 양자로 온 것을 마음속으로 깊이 후회할 것이라고 생각했다. 모두들 우에스기 가는 그렇게 달콤한 게 아니라는 눈으로 하루노리를 보았다.

그러나 하루노리는 많은 사람들의 예상을 뒤엎었다. 그는 차가운 요네자와의 공기를 힘으로 내리누르려고 하지 않았다. 오히려 그 반대였다.

"나의 힘은 이것밖에 없다."

그렇게 솔직하게 털어놓았다. 나이가 젊은 것도, 아무것도 모르는 것도 정직하게 얘기했다. 그리고 그렇기 때문에 자신에게 부족한 부분을 모두에게 채워달라고 부탁하였다. 이런 번주는 여태까지 없었다. 그는 처음부터 자신은 힘이 없다고 한 것이다.

그리고 이 젊고 솔직한 번주는 이런 말도 했다.

"우에스기 가의 재건은 번민을 위해서 행한다. 백성은 나라의 보물이다."

그런 말을 하는 다이묘도 드물었다. 아니 다른 다이묘도 막부도 분명히 백성은 나라의 보물이라고는 했다. 그러나 그것은 연공을 많이 짜내기 위한 수단이었다. 진실로 보물이라고 생각하지는 않았다. 머릿속으로는 백성은 짜내면 짜낼수록 기름이 빠져나오는 푸성귀 같은 것이라고 생각했다. 그러기에 죽지 않을 만큼, 살아나지 않게끔 그렇게 취급했다.

그러나 젊은 번주는 달랐다. 그는 자신의 입으로 말했다. '백성은 나라의 보물'이라는 신념을 진심으로 실행에 옮겼다. 그것은 무엇보다도 번민들을 인간으로서 존중한 것이다. 요즘 말로 한다면 번민 한 사람 한 사람의 인권을 존중한 것이다.

번 내는 동요하기 시작했다.

'이번 양자 번주는 다르다.'

모두 그렇게 생각했다. 특히 성에서 일하는 번사가 먼저 동요했다. 그러한 번사들에게 하루노리는 이렇게 말했다.

"번사 한 사람 한 사람이 불씨가 되어주기 바란다. 우선 자신의 가슴에 불을 붙여주기 바란다. 그리고 다른 사람의 가슴

에도 그 불을 옮겨주기 바란다. 그러기 위해서는 나도 나 자신
을 불태우겠다."

번사들의 반응은 대체로 두 갈래로 나뉘었다. 투덜대거나
딴전을 피거나 반대하는 자들도 있었다. 그러나 진정으로 자
신의 가슴에 불을 지핀 사람들도 있었다. 요네자와 번은 이렇
게 자기 가슴에 불을 붙인 층에 의해 조금씩 살아나기 시작했
다. 특히 하루노리가 추진한 특수산업으로 번민들의 가계가
윤택해지기 시작했다. 그리고 번민들은 젊은 양자 번주가 입
으로만이 아니라 진실로 애정과 따뜻한 마음을 지닌 인간이라
는 것을 알았다.

하루노리는 곧잘 이렇게 말했다.

"가령 너희들 중에 나를 속이는 자가 있다 하더라도 나는
결코 너희들을 속이지 않는다."

정말이었다. 하루노리는 결코 사람들을 속이지 않았다.

다케마타 마사쓰나 사건이 일어났을 때 하루노리는 커다란
불안에 휩싸였다. 그것은 '개혁파가 새로운 권력을 가진 파벌
로 등장하고 있다'는 것이었다. 자신은 고루한 파벌을 부수고
번을 통풍이 잘되는 일터로 만들기 위해 개혁을 시작했다. 그
러나 번사나 번민들 중에는 그 개혁세력을 파벌로 보는 사람

들도 있었다.

"다케마타님께 부탁하면 출세할 수 있다."

"다케마타님께 부탁하면 돈버는 장사를 할 수 있다."

일부 번사들은 그렇게 생각했다. 편안하게 출세하거나 돈을 벌기를 원하는 층은 다케마타에게 쇄도하였다. 새로운 부패가 시작된 것이다.

다케마타는 그것을 '개혁을 빨리 추진시키기 위한 피할 수 없는 수단'이라고 하였다. 야마구치 신스케는 이런 다케마타의 입장을 '자식을 훌륭하게 키우기 위해서 몸을 더럽히는 물장사하는 여인과 같다'고 하였다. 희생자라는 의미다. 다케마타의 심정을 모르는 바 아니었으나 하루노리는 그것과는 다르다고 생각했다.

'다케마타는 착각하고 있다. 개혁은 시간이 걸리더라도 그런 것을 일제히 소멸시키는 것이다. 그런데 다케마타는 결과만을 서두르고 있다. 내가 중요하게 여기는 것은 과정이다.'

'요네자와에 사는 한 사람 한 사람이 자신의 가슴에 불을 붙여서 누군가의 행복을 실현하기 위해서 사는 것이 바로 개혁이다.'

하루노리는 그렇게 생각했다.

그때 다케마타를 유임시킨 것은 다케마타에게 다시 한번 기회를 주기 위해서였다. 하루노리의 뜻은 다케마타가 가장 잘 알고 있기에 모쪼록 제자리로 돌아와주길 바라는 마음이 있었기 때문이었다.

그러나 생각처럼 되지 않았다. 다케마타는 처음 길로 되돌아오지 않고 계속 샛길을 걸어갔다. 하루노리는 어쩔 수 없이 다케마타를 파면시킬 수밖에 없었다.

하루노리가 은거하겠다는 마음을 굳힌 까닭은 개혁파가 자신을 너무 의지하고 있다고 느꼈기 때문이었다. 그런 징조가 단적으로 표현된 부분이 세자 하루히로에 대한 교육담당 기무라 다카히로의 태도였다.

하루히로가 열세 살 되던 해에 정식으로 세자로 봉한 사실을 막부에 보고한 하루노리는 세자의 교육담당으로 자기주장이 뚜렷한 기무라 다카히로를 붙였다. 언젠가 다가올 상속의 날에 대비하여 기무라에게 번주교육을 담당하게끔 하였다.

그러나 결과적으로 이 인선은 실패였다. 기무라의 머릿속에는 하루노리의 영상이 가득 차 있었다. 세자교육의 기준은 모두 하루노리의 언행 그대로였다.

기무라는 하루노리에게 처음부터 충실한 심복이자 가까운

측근이었다. 올바른 것을 사랑하고 무엇이든 거침없이 말해 버리는 성격 때문에 선대 시게타다나 그 주위의 중신들에게 소외당했으나 하루노리는 반대로 곁에 가까이하였다.

기무라는 하루노리에 의해 자신의 능력이 유감없이 활용되었다고 생각했다. 동시에 번정개혁의 기본을 '민부'에 두고 백성을 풍요롭게 함으로써 요네자와 번의 재정 재건을 성취한 하루노리에게 깊은 존경심을 가지고 있었다.

그러기에 에도 번저에서 하루노리에게 세자교육을 명령을 받았을 때 기무라가 결심한 것도 이랬다.

"하루히로님을 하루노리 공公과 같이 만들어보자."

기무라가 보는 견지에서 열세 살의 하루히로는 아주 그릇된 소년이었다. 기무라는 용서하지 않았다.

"그런 정도로 우에스기 가를 물려받을 수 있습니까?"

기무라는 호되게 하루히로를 단련시켰다. 큰소리로 야단쳤다. 그러나 보통같이 꾸짖었으면 하루히로도 아무렇게 생각하지 않았을 것이다. 오기가 나서라도 이를 악물고 기무라를 좇아왔을 것이다. 그런데 기무라는 항상 쓸데없는 한마디를 더 하였다.

"양부인 번주님은 열세 살 때 이렇게 하셨습니다."

"번주님의 세자로서 그런 것을 하시면 안 됩니다."

이렇게 꼭 하루노리를 연관지어 세자를 나무라곤 했다. 처음에는 그렇구나 생각해도 너무 자주 그런 말이 계속되면 듣는 쪽은 짜증이 나게 마련이다. 그것은 게으름뱅이 자식에게 이런 말을 하는 것과 같다.

"너의 아버지는 그런 칠칠치 못한 사람이 아니었다."

"아버지라면 이렇게 했을 것이다."

책망을 듣는 자식은 점점 자신을 잃고 열등감에 사로잡힌다. 그것은 곧 굴욕감으로 변하고 그러한 말을 함부로 하는 사람을 증오하게 된다. 아니 그런 말을 하는 사람뿐만 아니라 아버지에게도 악의를 품게 된다.

하루히로의 경우도 그러하였다. 하루히로는 기무라가 자주 입에 올리는 '번주님이라면 이렇게 하신다'라는 말에 식상하고 말았다. 식상할 뿐만 아니라 끝내는 화가 치밀었다. 기무라의 교육은 하루히로가 열아홉 살이 될 때까지 계속되었기 때문에 하루히로는 완전히 고집불통이 되어버렸다.

그렇게 되고 보니 자기 기분에 맞는 인간을 주위에 모아 새로운 측근들을 만들었다. 이를 민감하게 눈치챈 부하들에게서 세자에게 결탁하는 층이 나왔다. 그래서 '세자파'라는 파벌

이 생기고 집안분열이 번 내 항쟁을 발생시키게 되었다. 하루
히로에게서 차츰차츰 그러한 조짐이 보이기 시작했다. 그리고
그 측근자들이 하루히로를 부채질했다. 하루히로는 기무라에
대해 강경하고도 반항적인 태도를 노골적으로 드러냈다.

"기무라, 너는 무슨 일에 있어서도 아버지를 척도로 삼아
'나는 안 된다, 안 된다'라고 하는데 내가 그렇게 형편없는 인
간인가?"

"형편없지는 않으시지만 아직도 번주님께는 도저히 따라가
실 수 없습니다."

"양부는 위대하고 비범하시다. 그러나 나는 아직 열아홉 살
이다. 수업중이고 지금 당장 양부와 똑같은 기량을 바라는 것
은 무리다."

"아닙니다. 결코 그렇지 않습니다. 번주님은 열일곱 살에 우
에스기 가를 상속하고 세자님과 같은 나이인 열아홉 살 때는
이미 개혁이라는 장한 작업에 손을 대셨습니다."

"……."

무엇을 말하든 번주님, 번주님이었다. 잠자코 있던 하루히
로는 획 하고 불쾌하게 고개를 옆으로 돌렸다.

'어째서 세자님은 내가 말하는 것을 알아주지 않는가? 이젠

좀더 심하게 말하지 않으면 안 되겠구나.'

엇나가는 하루히로를 보며 기무라는 이런 생각으로 더욱 직선적으로 말의 강도를 높였다. 하루히로가 급기야 폭발했다.

"닥쳐! 사사건건 양부와 비교해 몰아붙이지만 나는 도저히 당신이 말하는 대로 할 수가 없어. 기무라, 확실하게 말해 두겠어. 당신이 말하는 것 같은 인간이 되지 못해 이 우에스기 가를 계승할 수 없다면 차라리 나는 가문 같은 것을 계승하지 않겠어. 다시는 당신의 얼굴을 보고 싶지 않아. 꺼져버려, 꺼져!"

열아홉 살 청년의 참고 참았던 감정이 폭발해 버린 것이다.

"……!"

기무라는 충격을 받고 아연실색하였다. 기무라는 강직한 반면 유연함은 없었다. 그의 마음은 뚝 부러졌다. 눈앞이 캄캄했다. 그리고 하루히로의 교육에 완전히 실패했다고 느꼈다. 세자가 얼굴도 보기 싫다고 한 것은 교육담당으로서 실격을 의미했다. 그날 기무라는 곧 사직하고 집에 들어앉았다. 놀란 하루노리는 사토를 보내어 기무라의 유임을 권유하였으나 사토는 사색이 된 얼굴로 돌아왔다.

"기무라님이 스스로 목숨을 끊었습니다."

하루노리는 말을 잃었다. 기무라는 쉰두 살이었다. 고집스러운 성격의 그는 하루히로에게 미움을 받은 사실이 하루노리에게 못내 면목이 없다고 생각해 자살해 버린 것이었다.

하루노리에게는 충격이었다.

"또 하나의 가지가 꺾였다."

하루노리는 암담하게 중얼거렸다.

"아니, 불이 꺼진 것이다."

하루노리 주변에는 남은 사람이 거의 없어졌다. 와라시나 쇼하쿠가 제일 먼저 죽었고, 다케마타 마사쓰나가 타락하여 직임을 떠났고, 그 책임을 느껴 노조키가 사직하였다. 그리고 지금 또 기무라가 자살했다.

앞일을 생각하니 하루노리는 앉지도 서지도 못하는 참담한 기분이 들었다.

'도대체 누가 이 하루노리를 도와서 요네자와 번정을 이끌어갈 것인가.'

하루노리는 침묵하였다. 그리고 줄곧 우려하던 일이 생각에 그치지 않고 현실로 닥쳐오는 것을 깨달았다.

'모두가 나를 너무 위대한 인간으로 생각하고 있다.'

이러한 염려는 극도에 달하여 또다른 우려를 나았다.

'나를 산 부처처럼 취급하고 있지 않은가.'

아니, 이미 그러한 현상이 일어나고 있는 것이다. 다케마타 사건이 그랬고 기무라 사건도 그랬다.

'두 사건 다 내가 원인이다.'

하루노리는 그렇게 생각했다. 일부 능력자들을 혹사시켜서 그들을 소모시켜 버린 것이다. 다케마타가 교만하게 된 것도 기무라가 세자를 꾸짖은 것도 전부 자신이 지나치게 그들을 중용했기 때문이다. 과대한 중용이란 그 인간에게 과대한 책임을 지운다는 것을 의미한다.

"아아 …!"

밤늦은 시간까지 하루노리는 자기 방에서 신음하였다. 자신의 독단으로 많은 인간을 못쓰게 만들고 심지어는 생명까지 빼앗았다고 생각했다. 동시에 측근들이 자신을 너무나 이상화하고 있다고 느꼈다.

'이대로 가면 번은 무슨 일이든 나 하나에게만 의지하려고 할 것이 분명하다. 그것은 애초에 의도했던 바가 전혀 아니다. 번은 앞으로도 존속한다. 그러나 나는 언젠가 죽는다. 그럴진대 나 하나에게 의지해서는 안 된다.'

'그렇다면 어찌해야 할 것인가?'

하루노리는 자문했다. 그리고 자답했다.

'나 하나에게 의지하지 못하게 해야 한다.'

'은거, 은퇴다.'

'아직 젊지 않은가?'

'개혁 도중이지 않은가? 내가 없어도 괜찮은가?'

'모르겠다. 그러나 그러한 고통을 맛보지 못하면 후계자는 길러질 수 없다.'

하루노리는 가슴속으로 이러한 문답을 반복하였다.

그리고 곧 은거를 결심하였다. 하루히로도 이미 스무 살이 넘었다. 아이도 태어났다. 하루노리는 서른다섯이었으나 이미 조부가 되어 있었다.

하루노리는 사토 분시로에게 이 생각을 알렸다. 사토는 아무말도 하지 않았다. 잠자코 하루노리를 바라보던 사토의 눈에 곧 눈물이 가득 고였다.

텐메이 5년 2월 6일 요네자와 번은 에도 막부로부터 하루노리의 은거, 하루히로의 상속을 허가받았다. 하루노리는 '요잔鷹山'이라고 칭해졌다. 아직 서른다섯의 젊은 나이지만 이미 18여 년 동안 번정을 주재해 온 것이다.

이날 요잔은 새 번주 하루히로에게 '번주의 마음가짐'이라고 하여 다음 3조를 제시하였다.

- 국가(요네자와 번을 지칭)는 선조로부터 자손에게 전해내려 오는 것으로, 결코 자신의 것으로 생각해서는 안 된다.
- 백성은 국가에 귀속되는 것으로, 결코 자신의 것으로 생각해서는 안 된다.
- 백성을 위해 존재하는 번주이어야 하며, 번주를 위해 백성이 존재해서는 안 된다.

이러한 내용을 세간에서는 '전국伝国의 사辞'라고 불렀다. 이 '전국의 사'는 요네자와 번주가 교대할 때마다 계속 전해내려 왔다.

여기에는 요잔의 사상이 확실하게 나타나 있는데, 당시 봉건 막번체제하에서의 번주는 번민을 사유하여 단순한 세원税源으로밖에 생각하지 않았다. 번민의 인격을 완전히 무시했다. 그러나 요잔은 그렇게 생각하지 않았다. 여기서 국가란 번을 의미했다. 번은 번주의 사유물이 아니라는 것과 번의 백성 즉, 번민도 사유물이 아니라는 것이다. 즉 번민은 번이라고 하는 당시의 자치제에 속해 있는 것으로 절대로 여기에서 만나는 번주나 번사들의 사적인 세원이 아니라는 것을 요잔은 선언하였다. 그러기에 번주는 그 국가와 백성을 위해서 일하기 위해 존재하는 것이지, 국가나 백성이 번주를 위해서 존재하는 것이 아니라고 명확하게 표명하였다.

요잔의 생각은 명확하게 번기관설藩機関說이다. 번은 백성의 합의를 실행하기 위한 기관임을 명확히 표현하고 있다. 2백여 년 전에 이러한 민주주의적 사고방식을 표명한 것은 도쿠가와 막번 체제하에서는 아주 희귀한 일로서 요잔의 사상이 그만큼 담대했다는 것을 보여준다. 또한 근대 민주주의가 발달되지도 않은 상황에서 요잔이 그런 것을 알고 있을 턱도 없었다. 어디까지나 요잔의 독창적인 사고였다.

하루히로가 계승하고 얼마 지나지 않아 요잔이 두려워하던 것이 현실화되었다. 번정이 역류되어 흐르기 시작한 것이었다. 번 중신 가운데 요잔이 심어놓은 개혁노선을 실행할 수 있는 중신이 한 사람도 없게 되었다.

당시 중신의 필두는 시가 스케치카였는데 성실하지만 보수적인 성향으로 단지 사람만 좋았지 비상시에 중요한 역할을 할 인물이 아니었다. 때문에 임무가 너무 과중하여 요잔이 실현해 놓은 여러가지 시책을 지탱하지 못하게 되었다. 특히 특수산업의 진흥에는 손도 대지 못하여, 힘들여 이룩한 식산산업도 점차 쇠퇴되고 있었다. 시가 자신도 씁쓸하게 자신의 능력부족을 인정하기에 이르렀다.

"나는 무사이다. 상인 흉내는 낼 수 없다."

그리고 시가의 이런 '힘없는 소리'에 동조하는 자들이 대거 등장했다. 시가와 같이 번정을 맡고 있던 중신의 대부분이 그러하였다. 번사들도 그러하였다. 아직도 무사가 농민이나 기술자와 똑같은 일을 하는 게 뭔지 모르게 꺼림칙한 기분으로·번사들 마음속에 자리잡고 있었던 것이다.

옛날같이 성에서 부질없이 서류나 들척이며 하루를 소일하며 바쁜 척 번민들에게 허세부리던 생활이 그리웠다. 땀을 흘리는 것을 환영하지 않았다. 이러한 해이함이 번 내에 점점 들이차기 시작했다. 새 번주 하루히로는 요잔에게 배워서 회의를 잘 열었으나 언제나 회의에는 이러한 분위기가 지배적이었다. 회의 때마다 요잔도 참석했으나 그는 이미 은거의 몸이었다. 하루히로를 앞세운다는 소리는 듣고 싶지 않았다. 하루히로는 하루히로대로 자신이 어린 나이로 무시당할 것 같아 사사건건 허세를 부렸다. 모르는 것도 알았다며 판단을 서둘러 결단을 내렸다. 확실히 양부 요잔을 의식하고 있었다. 그러기에 회의의 결과는 매번 형편없어지곤 했다.

"번의 재정 재건은 검약 일변도로 대방침을 정하며 그러기 위해서는 요네자와 15만 석의 반으로 번정을 꾸려나가고 남은 반으로는 채무 변제를 한다."

이런 결정도 하였는데, 그 구체적인 방책도 다음과 같은 어처구니없는 것들이었다.

· 모든 사찰, 신사 비용 삭감
· 성 내 제반비용의 가일층 삭감
· 번교藩校의 폐쇄
· 학장 진보 쓰나타다의 휴직
· 수예산물樹芸産物 관리소 폐지, 각 소속관리의 휴직

성 내 경비를 다시금 검약하자는 시책은 좋으나 수예산물 관리소를 폐지한다는 것은 특수산업의 진흥도 중지시키는 결과를 낳았다. 지금부터가 승패의 갈림길이라고 긴장하고 있는데 생사의 생산도, 잇꽃나무 육성도, 비단잉어의 양식도, 수축직물의 생산도 전부 정지시킨다고 하는 것이었다. 그리고 번교를 폐쇄한다는 결정은 장래의 번정을 짊어질 후계자의 양성을 그만둔다는 뜻이었다.

원래 요잔의 개혁안은 다음과 같은 이상을 저변에 두고 있었다.

- 백성을 부유하게 할 것
- 개혁이 즐거울 것
- 사농공상의 신분을 잊고 하나가 될 것
- 젊은 인재를 육성할 것

한마디로 요약하자면, 눈앞의 일뿐만 아니라 요네자와의 장래를 모두가 함께 준비하자는 뜻이 밑바탕에 깔려 있었다.

하지만 하루히로 이후 연속되는 회의는 그 전부를 뒤집어 놓았다. 눈앞의 재정 마련에 급급한 나머지 앞일은 생각할 수 없다는 태도로 일관하였다.

'이것은 아무것도 하지 않겠다는 것과 똑같다.'

요잔은 어두운 표정을 지었다.

'무사들은 성 안에서 꼼짝 않고 백성들은 집안에서 꼼짝 않는다. 요네자와는 다시 재의 나라로 돌아가고 있다. 죽음의 나라로 돌아가는 것이다.'

요잔은 안타까웠다. 요네자와 번은 다시 위태로운 지경에 놓였다. 그러나 개혁 속행의 소리는 의외의 곳에서 일어났다. 개척지에 있는 하급무사였다. 그리고 특수산업에 참여하고 있는 번사의 가족들도 있었다.

"무위도식했던 우리 무사들은 모처럼 알게 된 삶의 보람을 잃고 싶지 않다."

"가난한 살림에 보탬이 되는 수입원을 잃고 싶지 않다."

그리고 또 이런 목소리도 들렸다.

"개혁의 불씨를 꺼뜨리지 말라. 불은 아직도 우리들 가슴에 타고 있다."

개혁을 계속하자고 부르짖는 사람들이 속속 나타났다. 대부분이 현장으로부터의 목소리였다.

그리고 그 목소리는 이런 바람과 요구로 고조되었다.

"은거하신 번주님께 다시 한번 정무를 부탁하자."

"보좌역에 노조키님을."

이러한 소리들을 사토는 즉시즉시 요잔에게 전했다. 그러나 요잔은 은거의 몸이라며 침통한 표정만 짓고 있었다. 그 말을 귀담아들으려고도 하지 않았다.

"하루히로를 세우지 않으면 안 된다."

요잔은 무릎 위에서 주먹을 쥐고 있었다.

# 다시 일어서자

"은거는 대단히 잘못하신 것입니다."

다케마타가 말했다.

"잘못한 건 아니야⋯."

요잔은 무거운 목소리로 대답했다. 요잔의 은거처로 근신중인 다케마타가 돌연 찾아온 것이었다. 다케마타는 입실하자마자 결연한 표정으로 말했다.

"근신중인 제가 알현하는 것은 죽을 죄를 저지르는 것입니다. 물론 죽음을 각오하고 찾아뵈었습니다. 이번 결정이 마음에 걸리기 때문입니다. 따라서 말씀드리고 싶은 것을 말씀드리고 나서 집에 돌아가 즉시 할복하겠습니다."

그렇게 서두를 꺼냈다.

'변함이 없구나.'

요잔은 마음속으로 쓸쓸히 웃었다. 그리고 이런 점이 다케마타답다고 느꼈다. 동시에 그러한 다케마타를 지금까지도 사랑하고 신뢰하고 있는 자신의 마음을 깨달았다. 요잔은 알고 있었다. 지금이야말로 번이 다케마타나 노조키를 필요로 하는 것을, 아니 요잔 자신이 그들을 필요로 한다는 것을. 그런데 다케마타가 그런 사건을 자초한 것이 못내 안타까웠다.

'세상은 마음먹은 대로 되지 않는다.'

요잔은 절실하게 느꼈다. 요잔이 필요로 하는 것은 이번 결정처럼 어떤 사안이 있을 경우 즉시 다케마타처럼 예민하게 반응해 잘못을 지적하는 감각이었다. 지금의 말로 하자면 '정치감각'이다. 항상 긴장하고 있기 때문에 생기는 감각이다. 그 점이 요잔과 공통된 것이었다. 그러나 그러한 '정치감각'을 가진 사람일수록 죄가 될 수 있는 돌출행동를 하게 된다. 그것이 안타까운 일이었다.

지금 번의 중신으로 줄을 서 있는 사람들은 모두 성실하기만 하다. 사람은 좋지만 일에 대한 자세는 '쉬지 않고, 늦지 않고, 일하지 않고'의 '세 가지 안하기' 주의자로서 생애를 무사안일하게 서류나 만지작거리고만 있으면 행복하다는 인간들이다. 돈이 남아도는 평화로운 때는 괜찮지만 비상시에는 도무지 도움이 안 되는 사람들이다. 살고 있지만 마음이 죽어 있기 때문이다.

그래서 다케마타의 내방에 요잔은 표면적으로는 당혹해 하면서도 마음속으로는 기뻐하였다. 생각한 것을 거침없이 말하고 거침없이 말하는 그 말 속에 심오한 내용이 있기 때문이다. 같은 수준의 대화를 나눌 수 있는, 척하면 척할 정도로 잘 통하는 사이였기 때문이다.

"번주님께서도 그 자리에 계셨으면서 그러한 결정을 간과하셨습니까?"

"은거의 몸이다. 간섭은 절제해야 한다."

"그것은 겸허가 지나치신 처사입니다. 그것이 옛날부터 번주님의 나쁜 버릇이십니다."

"다케마타, 자넨 근신중인 몸일세. 큰소리는 내지 마라. 그리고 몇 번이나 말했듯이 나는 이미 은거의 몸이다. 번주라고 부르는 것은 그만두어라."

"그러니까 은거라는 결정이 너무 빨랐다고 말씀드리는 것입니다. 이번 결정, 그게 무슨 일입니까? 번주님과 저희가 애써 쌓아올린 것을 일거에 무너뜨리는 것이 아닙니까?"

"너는 그런 불평을 말하려고 왔느냐?"

"아닙니다. 불초 다케마타, 예전에는 번주님의 총애를 받았습니다. 연령의 차가 어찌되었든 저는 번주님을 스승으로 받들고 있습니다. 그런 스승에게 불평을 하기 위해서 할복을 각오하고 배알하였겠습니까?"

"그러면 정말 하고 싶은 말을 해보아라."

"노조키 요시마사를 다시 한번 등용시켜 주십시오."

"뭣이 …?"

요잔은 놀랐다. 그러나 속으로는 자기도 모르게 외쳤다.

'묘수다!'

제 아무리 능숙한 요잔도 생각해 내지 못했었다. 요잔이 말했다.

"잘 될까? 우선 노조키가 승낙을 할까?"

"제가 승낙하게끔 하겠습니다."

"지금 중신들은?"

"면직입니다."

당연하다는 듯이 말했다. 요잔은 쓸쓸히 웃었다.

"상당히 과격하구나."

"할 수 없습니다. 번을 움직이는 것은 사람입니다. 옛날부터 번주님의 지론이지 않습니까?"

여기서 한숨을 쉰 다케마타는 처음으로 목소리를 낮추었다.

"그러나 그렇게 말할 수는 있어도 쉽지는 않겠지요. 비책이 있습니다."

"비책?"

요잔은 적극적인 입장을 취했다.

다케마타 마사쓰나가 진언한 비책이란 현재의 번정 타개에 관한 솔직한 의견을 전 번사로부터 수렴하자는 것이었다. 그러나 이런 정도라면 새로울 것이 없었고 지금까지 요잔도 실행해 왔었다.

그런데 다케마타는 조금 다른 것을 제안했다.

"의견을 받을 때는 문서로서 밀봉하여 이름을 쓰고, 그렇게 하고 싶지 않은 자는 무기명으로 하는 대신 진실을 적으라고 지시하는 것입니다."

요잔은 웃음을 지었다. 확실히 묘안이라고 생각했다. 이로써 번정에 전 번사가 참가하도록 할 수 있고 참가하는 이상 번사들은 당연히 번의 실태를 알아야 한다. 즉 실태를 알지 못하면 제안을 할 수 없을 것이기 때문이다. 다케마타의 제의는 현재의 '사원제안제도' 같은 것이었다.

"저는 한 번 집정에 실패한 자입니다. 따라서 큰소리로 말할 자격은 없지만 솔직히 지금의 번정은 번주님이 입번하셨던 초기와 똑같은 상태로 되돌아가 있습니다."

"나도 그렇게 생각하네."

그렇게 답하는 요잔을 보는 다케마타의 눈이 번쩍 빛났다.

"어리석고 황송스러운 생각이오나, 그 큰 이유는 너무 관대하고 겸허하신 번주님의 자세에 있다고 사료됩니다."

"……."

요잔은 미소를 지우지 않고 잠자코 있었다. 다케마타가 물었다.

"기분이 상하셨습니까?"

"전혀. 계속하라."

왜 기분이 상하겠는가. 다케마타는 사심으로 얘기하고 있는 것이 아니다. 번 걱정으로 머리가 가득했다. 그러기에 근신의 몸으로 금지사항을 어기며 이렇게 직언을 하러 온 것이다. 변함없이 부드러운 요잔의 태도에 마음을 놓으며 다케마타는 계속했다.

"현 번주님이 상속하신 후 은거하신 번주님은 정치에는 일체 간여하지 않으시고 고지식한 시가 스케치카 일파가 하는 대로 맡겨놓았습니다. 그들은 은거하신 번주님의 정책을 하나 하나 뒤집어놓았습니다. 특히 산업을 중지시킨 요네자와는 불이 꺼진 것과 마찬가지로 들은 바에 의하면 번의 빚이 다시 10만 냥에 달한다든가 ….”

“11만 냥이다.”

요잔은 정확한 숫자를 댔다. 다케마타는 씁쓸하게 웃었다.

“역시 모든 것을 다 잘 알고 계시는군요. 그런데도 왜 번정이 기울어가는 것을 그냥 앉아서 보고만 계시는지 이 다케마타는 도무지 이해할 수 없습니다.”

“그것이 아니네. 너는 나의 마음을 잘 알고 있어. 잘 알고 있음이 틀림없어. 그러나 다시 말하지. 내가 지금 번정에 간섭하지 않는 것은, 물론 은거중이라는 입장이 한 가지 이유다. 그러나 그보다 더 중요한 것이 있어. 그것은 내가 무엇이든 간섭하고 이끌어나가면 후계자가 클 수가 없다는 점이다.”

“예?”

“하루히로는 물론이고, 집정 하나도 길러지지 않아.”

“……”

“너는 오늘 솔직한 말을 해주었다. 그러기에 나도 솔직한 마음으로 말하겠다. 하루히로도 번정 담당자도 고생이 아직 모자르다. 자신이 고생하지 않으면 정치는 자신의 것이 되지 않는다. 그러기에 나는 아무 말도 하지 않는 것이다 ….”

“……?”

다케마타는 입을 다물었다. 겸허하게 사양하며 요잔이 번정을 수수방관하고 있는 것이 아니라, 오히려 그 반대라는 것을 다케마타는 처음 깨달았다.

'번주님의 침묵은 실로 무서운 채찍이다.'

요잔이 간섭하지 않는 것은 현 번주인 하루히로나 하루히로를 둘러싸고 있는 위정자들이 좀더 고통을 당해야 한다는 뜻이었다. 자신이 고통을 당해봐야 자신의 머리와 피부로 타개책을 발견할 수 있다는 것이다. 하나하나 지적하는 것보다도 훨씬 무서운 것이다. 요잔의 진의를 파악한 다케마타는 고개를 끄덕였다. 그랬었구나 하는 생각이 들었다. 그런 다케마타에게 요잔이 말했다.

“그러나 그렇게 생각한 것은 오늘까지이다. 이대로 두면 요네자와 번은 망한다. 오늘 너의 얘기로 나는 마음을 정했다. 나는 번정에 관여하겠다. 우선 이것을 보아라.”

다케마타에게 요잔은 한 권의 책자를 건넸다. 〈여름 저녁〉

이라고 쓰여 있었다. 읽어나가는 사이 다케마타는 점차 흥분되었다. 감정을 넣지 않고 조리있게 써내려간 비판은 그 자체만으로도 매우 혹독했다. 번의 현 정권담당자들을 완벽할 정도로 질책하고 있었다.

"이것은?"

다 읽은 뒤 다케마타는 고개를 들었다. 요잔은 끄덕였다.

"이것과 함께 우선 집정들에게 건네준다. 그 후에 전 번사에게 공개한다."

"옛?"

다케마타는 또 놀랐다. 요잔이 이것이라고 말하며 내놓은 또 한 권의 책자는 요네자와 번의 〈재정백서〉였다. 잘고 빽빽하게 숫자로 쓰여진 실태서였다. 요잔은 이것을 공개한다고 했다. 〈재정백서〉는 그렇다 하더라도 집정들을 심하게 비판한 〈여름 저녁〉까지 공개한다는 것은 무슨 이유일까?

'시가파들에게 미움을 받겠다.'

다케마타가 직감한 것은 우선 그 점이었다. 그러나 하루노리는 조용히 미소지었다.

"다케마타."

"예."

"은거해 있는 몸으로 할 수 있는 것은 아니, 하지 않으면 안 되는 일은 원망의 말을 듣는 것과 진흙을 뒤집어쓰는 것이다."

"황송하옵니다."

다케마타는 이번에야말로 정말로 탄복하며 마음으로부터 평복하였다. 자신의 아들과 비슷한 연령의 요잔이 거기까지 깊게 생각하고 있었다고는 상상하지도 못하였다.

더이상 방관할 수 없게 된 번정의 궁핍 타개에 다시 관여할 뜻을 굳힌 요잔은 곧바로 손을 대지 않고 다음과 같이 신중한 절차를 밟았다.

우선 에도에 출부중인 현 번주 하루히로에게 집정의 한 사람인 츄죠 마사스케中条至資를 사자로 파견하여 〈여름 저녁〉과 〈재정백서〉를 가지고 가게 하여 현재의 궁핍상황을 어떻게 타개할 작정인지 물었다. 그리고 요네자와에 있는 집정들에게도 이 두 권의 책자를 건네주고 집정으로서의 생각이 어떤지 물었다.

에도에서 츄죠가 급히 돌아왔다. 츄죠는 하루히로의 답변을 가지고 왔다.

"번정개혁에 선대님의 전면적인 관여를 부탁드리고 싶습니다. 어떠한 조치를 취하시든간에 현 번주로서 따를 것이며 가신들도 따르게 하겠습니다."

요잔은 만족한 듯 끄덕였다.

시가 등 요네자와의 수뇌들도 요잔을 찾아왔다.

"황송하옵니다. 선대님의 모든 지시에 따르겠습니다. 그리고 이 두 권의 책은 저희들 손으로 번사들에게 공개하겠습니다."

요잔이 고개 숙인 중신들에게 말했다.

"그렇게 해주겠는가? 미안하다. 너희들의 괴로움은 잘 안다."

요잔으로부터의 비판이 적힌 책자를 자신들의 손으로 전 번사에게 알리는 것은 아무래도 괴롭다. 그 부분의 미묘한 심리에 요잔은 마음을 쓴 것이다. 그러나 그렇다 해도 요잔은 온정주의로 처리하지는 않았다. 정한 방침에 따라 행동에 옮겼다.

'이렇게 우리는 은거하신 번주님으로부터 비판받고 있다.'

시가를 비롯한 집정들은 그들이 말한 대로 〈여름 저녁〉을 공개하였다. 동시에 번의 실태를 정확히 알리기 위해 〈재정백서〉를 공개했다. 이 두 가지는 유기적으로 연결되어 있었다. 즉, 번의 실태가 이런 데도 불구하고, 번 수뇌의 정책이 적절하지 못해 선대님에게 이렇게 비판받고 있다고 조리있게 정리되었기 때문이다. 이렇게 되면 다케마타가 진언한, '그래서 이 기회에 너희들이라면 어떻게 할 것인지 솔직한 의견을 들려주기 바란다'는 방법이 유효해진다.

과감한 방법이었다. 선대가 현 정권을 심하게 비판한다. 비판당한 쪽은 정직하게 전 번사에게 알린다. 그리고 번사들에게 타개책을 묻는다. 생각하기에 따라서는 요네자와 번 수뇌들의 전면항복이 된다. 번정 수뇌부의 나약함, 취약성을 적나라하게 드러낸 것이 된다. 그뿐만이 아니라 전 번사들로부터 타개의 지혜를 빌리려는 것은 또 어떻게 생각해야 할 것인가.

시가 등의 수뇌부 입장에서 이런 창피와 굴욕은 없었다.

"이건 좀 너무하는군. 은거한 번주는 어떻게 이처럼 비정한 짓을 ….."

시가 등에게 호의적이 아닌 층도 이렇게 일제히 두둔할 것이 틀림없었다. 그것이 요잔이 다케마타에게 말한 '원망의 소리를 듣고 진흙을 뒤집어쓴다'는 것이었다. 모두가 좋은 역만 맡으면 난관은 도저히 타개될 수 없다. 돌파구가 필요하다. 요잔은 그것을 택했다.

그러나 요잔에게도 일말의 불안이 있었다. 현 정권 담당자의 해이한 정책으로 다시 원점으로 돌아간 번사들이 과연 좋은 의견을 내줄까 하는 의문이었다. 그런 얘기를 하자 다케마타는 이렇게 말하며 웃으며 돌아갔다.

"손을 쓰겠습니다."

무슨 생각이 있는 듯하였다.

요잔의 공개주의는 어디까지나 사태를 번사들에게 올바르게 인식시키는 것이 목적이었다. 〈여름 저녁〉은 그것을 위한 충격제였다.

"수뇌진을 이렇게 꾸짖었으니 너희들이 정신차려 협조해다오."

그것은 수뇌진의 무력함을 공개하여 같이 조소하려 함이 아니었다. 수뇌진은 의지할 수 없으니 번사들 스스로 분발하라는 사기고양의 측면도 있지만 그 이상으로 요잔에게는 이후 자신의 생각을 전개해 나갈 수 있는 '토양조성'의 의미가 있었다. 번사들의 협력을 얻을 수 있는 땅고르기가 필요한 것이다. 수뇌진의 무능이란 형태를 걸고 나온 이유는 어디까지나 그것을 위한 수단이었다. 그런 의미에서 자신이 스스로 〈여름 저녁〉을 공개한 시가는 누구보다도 요잔의 의도를 파악한 협력자인 동시에 자기능력의 한계를 겸허하게 알고 있었던 사람이라고 할 수 있다.

간세이 2년 11월 22일 요잔은 전 번사에게 명했다.

"현 번정에 대하여 생각하고 있는 것을 적어라. 무기명 밀봉을 허락한다. 이 요잔이 직접 개봉한다. 다른 사람에게는 보여주지 않겠다."

요네자와 번이 시작된 이래, 아니 도쿠가와 막부가 시작된 이래 다른 번에는 전례가 없던 선언을 한 것이다.

오늘날도 마찬가지로 직원들은 곧잘 '상층부는 우리의 의견을 조금도 들어주지 않는다'고 하지만, 그러면 의견을 들을 테니 생각한 바를 마음대로 얘기해 보라고 하면 의견이 잘 나오지 않는다. 문장이 서투르다는 표현상의 문제도 있지만, 그렇지 않은 것도 많다. 의견이라고 생각하는 것이 실은 단순한 불평이나 불만일 경우가 많기 때문이다. 말로만 투덜댈 때는 남 못지않은 개혁안처럼 들리지만 실제로 말이나 문장으로 정리해 개인감정을 지워나가면 양파의 껍질을 벗기듯이 점점 알맹이가 작아지는 경우가 있다.

동시에 조직에 국한된 것만은 아니지만 '진정한 목소리'는 좀처럼 나오지 않는 것이기도 하다. 진정한 목소리를 낼 사람들은 여태 기다리다 지쳐서 상층부에 불신의 마음을 품고 이미 비뚤어진 자세가 되어 있기 때문이다.

"지금에 와서 뭐야?"

"말한들 어차피 묵살당할 텐데."

이러한 사람들을 원래대로 돌리는 것은 쉬운 일이 아니다.

우에스기 요잔의 걱정도 똑같았다. 아무리 전 번사의 의견을 구한다, 무기명 밀봉해도 무방하다고 역설하여도 전 번사가 쉽게 응해주리라는 것은 기대할 수 없는 일이었다.

1만 명 가까운 번사 중에서 요잔의 부탁에 응한 사람들은 결국 수백 명에 불과하였다. 사토 분시로가 수백 통의 봉서를 가지고 왔다. 요잔은 매우 기뻐하며 빨리 뜯어보라고 하였다.

차례차례 사토가 뜯어서 건네주는 의견서를 요잔은 열심히 읽었다. 반 이상은 현 번청 중신들에 대한 감정적인 불만이 주류를 이루었다. 이러한 투서의 결론은 번 중신의 경질을 원하는 내용이었다. 그리고 서로 미리 짠 것같이 무기명이었다.

그러나 그런 것만 있는 건 아니었다. 자신의 생각을 확실하게 적고 서명을 해 보낸 의견서도 있었다. 오쿠이즈미 젠노죠奥泉善之丞라는 무사는 논리정연하게 분석해 솔직한 의견을 피력하였다.

"은거하신 번주님 때는 개혁이 너무 성급하였고 현재의 번주님은 너무 완만합니다. 각각의 장점을 융합시켜야 된다고

335

생각합니다."

구로이 타다요리黑井忠寄라는 무사는 매우 구체적인 제안을
하였다.

"신전을 개발하려면 우선 물을 끌어들이는 것이 중요합니
다. 가령 번 내 호죠노사토北条鄕는 땅이 비옥한데도 불구하고
수리水利가 좋지 못합니다. 봇둑이 필요합니다. 불초 이 구로
이는 토목기술에 어느 정도 자신이 있습니다. 허락하여 주시
면 호죠노사토에 제가 둑을 만들겠습니다."

요잔은 오쿠이즈미의 의견에는 옳은 말이라고 수긍을 하고
구로이의 의견에는 이 자에게 둑을 만들게 하자고 생각했다.

"지금까지의 어용상인은 번의 실태를 너무나 잘 알기 때문
에 안 됩니다. 사카다의 혼마本間 또는 에치고의 와타나베渡辺
등 이름난 전주錢主와도 교섭해야 합니다."

이런 새로운 의견도 있었다. 요잔은 이 의견도 쓸 만하다고
생각했다. 의견 중 압도적으로 많았던 것은 '현장에서의 부정
부패 척결'의 목소리였다. 특수산업의 진흥은 요잔이 그렇게
열심히 추진해 왔음에도 불구하고 현 번청 상층부가 거의 폐
지시켜 버렸지만 모시풀과 같이 조금씩 남아 있는 것도 있었
다. 투서는 그 이권을 둘러싸고 관리와 상인 간의 뇌물증여에

대한 폭로로서 각 농촌의 연공을 결정할 때 사정 관리와 마을 관리와의 결탁을 고발하는 것이었다.

"이건 안 되지."

요잔은 미간을 찌푸렸다. 청결한 요네자와 땅에 부정의 더러운 얼룩이 져서는 안 되겠다 싶은 생각에 마음이 우울해졌다.

'이것을 가장 우선으로 해야 한다.'

요잔은 마음속으로 결정하였다. 사토가 다음 봉투를 건네주면서 싱긋 웃었다.

"무엇이냐?"

쳐다보니 사토가 그 투서자의 이름을 가리켰다. '다케마타 마사쓰나'라고 쓰여 있었다. 요잔도 미소지었다.

'다케마타, 폐문의 몸인 주제에 의견을 써보내다니 ….'

요잔이 봉투를 펴보니 단 한 줄만이 쓰여 있었다.

"현 중신 파면, 노조키 요시마사 재등용"

노조키를 등용하자고 하는 의견은 다케마타 혼자가 아니었다. 계속해서 쏟아져나왔다.

"하아!"

읽고 있는 사이에 요잔은 무언가 깨달았다. 그래서 사토에게 이렇게 말했다.

"분시로, 이상하다고 생각하지 않느냐?"

"무엇이 말입니까?"

"이 노조키 등용에 대한 의견 말이다. 문장이 전부 똑같다."

"그럴 수밖에 없습니다. 아마 다케마타님이 자기 사람들 모두에게 쓰게끔 하셨을 테니까요."

"뭐라고?"

거기까지는 생각이 미치지 못한 요잔은 중대한 사항을 담담하게 얘기하는 사토의 태도에 놀랐다.

"이 투서는 다케마타가 지시한 것이란 말이냐?"

"예. 번주님께 전 번사들로부터 의견을 물어보아야 한다고 진언을 드렸을 때부터 다케마타님은 자신과 주위 번사들 의견을 투입시키려고 작정하신 모양입니다."

"……."

요잔은 말을 잃고 사토를 쳐다보았다. 다케마타가 손을 쓰겠다고 했던 의미를 이제야 깨달았다. 그렇다면 이 투서를 권유한 게 미리 계획한 것이라는 것을 안 순간 기분이 상했다.

요잔의 그런 기분을 감지한 듯 사토가 말했다.

"요리를 맛있게 하기 위해서는 다소의 양념이 필요합니다.

다케마타님이 취한 방법은 불가피한 것이었다고 생각합니다."

"음 ….."

그러고 보면 옛날 에도 번저에서 개혁안을 짜낼 때 이해하지 못하는 번사들에게 번의 실태를 알리기 위하여 요잔은 다케마타나 노조키, 사토와 함께 미리 각본을 짜놓고 대화를 한 적이 있었다. 모든 사람에게 성의로 대하고 싶다는 마음이 요잔의 기본적인 바람이었으나 그것이 통하지 않는 사람이 많은 것도 이 세상 그대로의 모습이다.

"분시로."

요잔이 새삼스럽게 불렀다.

"나 모르게 너희들이 수고를 많이 하고 있는 것 같구나."

"절대로 그렇지 않습니다."

사토는 밝게 웃었다.

"단지 …, 은거하신 번주님의 마음을 오해하고 있는 사람이 전혀 없다고는 할 수 없습니다. 그러한 자들에게는 나름대로 설명을 해줄 때가 있어야 합니다."

함축성이 있는 답변이었다. 말뜻은 잘 몰랐으나 요잔은 생각했다.

'나는 말만 하는 것으로 족하다. 그러나 이들은 그것을 이해

시키고 실현하기 위하여 말하고 싶어도 말할 수 없는 수고를
하고 있다 ….'

그러나 그 괴로움을 안다고 하더라도 새로운 개혁을 그만둘
수는 없었다. 그런데 예상 외의 일이 일어났다. 노조키 요시마
사가 재등용에 응하지 않은 것이다.

"뭣이라?"

이것은 요잔도 예기치 못한 일이었다. 집정 히로이 타다오
키居忠起에게 명하여 다시 노조키를 설득케 하였으나 노조키
는 완강하게 고개를 저었다.

"은거하신 번주님의 명령이다."

지쳐버린 히로이가 이렇게 말했으나 노조키는 꿈쩍도 하지
않았다.

"은거하신 번주님의 명령이라 할지라도 받아들일 수 없네."

"무엇 때문에 그렇게 완강하게 거부하는 건가?"

노조키가 너무 고집을 부리고 거부하는 것이 이상하여 히로
이는 불쾌한 표정으로 물었다.

"그러면 솔직하게 얘기해 보지."

이윽고 노조키가 마음을 열고 이야기를 시작했다.

"은거하신 번주님께서 당대에 나를 불러주셨을 때, 솔직히

말하자면 개혁의 정당성은 충분히 이해하면서도 나에게 그처럼 괴로운 나날은 없었네."

"개혁이 잘못되었단 말인가?"

"아니, 개혁은 옳아. 그것이 아니라 나를 향한 번사들의 눈 때문이었어."

"번사들의 눈?"

"음, 알다시피 우리집은 신분이 낮고 가난했네. 시동으로 부름을 받았을 때도 나는 새옷을 사지 못하여 누덕누덕 기운 옷을 입고 있었지. 모두가 동정하여 도와주겠다고 했지만 나는 거절했다네. 가슴속으로 언젠가 출세하여 이 가난을 벗어보겠다고 생각했지. 은거하신 번주님께 발탁되어 번의 중추에서 개혁작업을 시작했을 때 나는 하늘을 나는 기분이었어. 그동안 쌓였던 설움이 사라지는 것 같았지. 그렇지만 모든 것은 뜻대로 되지 않았어. 신분이 낮은 자가 요직을 맡게 되는 것을 싫어하는 사람은 중신뿐만이 아니었네. 아니, 오히려 하급자들에게서 더 많았어. 발탁에 대한 질투심이나 증오심과 싸우는 것이 개혁작업을 추진해 가는 것보다 얼마나 더 정력을 빼앗기는 일인지, 얼마나 더 괴로운 일인지 자네는 모를 거네. 히로이, 내가 사임할 때 읊은 시가를 기억하는가?"

진실된 마음의 소리를 오래간만에 토로해 버린 사람의 차분한 표정을 지으며 노조키가 말했다.

"나는 이렇게 읊었었지. '지나오고 보니 보기만 해도 위험해 보이는 외나무다리를 건너고 난 뒤의 흰 물결 ….' 용케도 외나무다리에서 떨어지지 않았구나 …. 지금 생각해도 몸이 오싹해. 확실히 말해두지. 설령 은거하신 번주님의 명령이라 할지라도 나는 다시 또 외나무다리를 건널 마음이 없네. 이 요네자와 번은 밑바닥까지 고루한 형식, 신분에 얽매인 나라라네. 새로운 생각이나 더더구나 신분이 낮은 자를 등용하여 중요한 일을 맡긴다는 것을 절대 용납하지 못할 거야."

마지막에는 거의 통분하듯이 말하였다.

신분 얘기가 나오면 히로이도 잘 알았다. 노조키가 말하는 대로였다. 히로이는 성으로 돌아갔다. 요잔의 거실이 있는 세 번째 성곽에 가서 그대로 이야기를 전했다. 요잔은 침통한 얼굴로 듣고 있다가 도중에 고개를 천천히 젓기 시작했다. 히로이의 얘기를 다 듣고 나서 강한 어조로 이렇게 말했다.

"그건 아니야. 노조키의 생각이 틀렸어."

"노조키가 잘못 생각하고 있단 말씀이십니까?"

"그래. 노조키를 만나서 내가 얘기하지."

요잔은 직접 노조키에게 달려갔다. 오랜만에 요잔의 젖은 얼굴을 보자 노조키 요시마사는 그만 눈물이 글썽해졌다.

"요시사마, 오래간만이구나."

"네, 번주님도 별고 없으셨습니까?"

"음, 조용히 독서의 나날을 보내려고 했으나 다시 외나무다리를 건너야 할 것 같구나."

외나무다리라고 하는 말에 노조키는 곧 긴장하고 말았다.

'번주님의 다정한 얼굴에 속지 않는다.'

"요시마사, 너의 마음은 히로이에게 잘 들었다. 네가 잘못 생각하고 있다."

"뭐를 말입니까?"

"전에는 내가 강제로 너희들을 요네자와 번의 중신으로 끌어왔다. 당연히 저항도 컸고 고생도 많이 했다. 정말 면목이 없구나."

"아니, 제가 히로이에게 얘기한 것은 결코 그런 의미로 ….”

"괜찮아, 이건 내가 내 자신을 꾸짖고 있는 거야. 그러나 이번에는 달라. 요시마사, 내가 널 번 중신으로 앉히려는 것이 아니야. 번사들이 너를 원하고 있어."

그렇게 말하면서 요잔은 노조키의 등용을 원하는 산더미같

343

이 쌓인 편지들을 가리켰다.

"어?"

괴이한 표정으로 편지를 읽는 노조키의 얼굴이 점점 놀라움
으로 변하였다.

"요시마사."

"예."

"너를 원하는 그 목소리에 응답해 다오. 그리고 다시 한번
이 요잔을 도와주게."

"… 예."

더이상 말하지 못하고 노조키는 평복하였다. 간세이 3년 1
월 29일이었다.

막부에서도 노중수좌 마쓰다이라 사다노부松平定信에 의한
'간세이 개혁'이 나날이 날카롭게 진행되고 있었다. 그러나 사
다노부의 개혁은 어디까지나 절약과 근검 일변도였다.

노조키 요시마사를 재등용시키고 요잔은 엄정한 표정으로
말했다.

"너로서는 괴로운 일이겠지만 우선 번 정부에서 부패한 관
리들을 제거해 주기 바란다. 누구도 다케마타의 전철을 밟게
해서는 안 된다. 다케마타의 후원을 받은 자라도 용서해서는

안 된다."

"예."

노조키는 평복하며 비장한 목소리로 말했다.

"꼭 그렇게 하겠습니다."

곧 대회의를 열어 번사 전원에게 솔직한 의견을 물어보니 노조키 요시마사의 재등용을 원하는 목소리가 매우 높았다. 노조키는 그러한 여망에 부응하여 다시 번정의 중심이 되는 자리에 앉았다.

물론 노조키의 복귀는 다케마타 마사쓰나의 작전이었다. 그러기 위해 다케마타는 번사의 의견이라는 형태를 취하여 '노조키님의 재등용을 원한다'는, 다시 말해서 바람잡이나 강요된 목소리를 사용하긴 했으나 그것이 전부는 아니었다. 정말로 노조키가 재등용되기를 원하는 목소리도 많았다. 미리 짜놓고 한 사기(?) 각본이 전부는 아니었던 것이다. 요잔은 가슴 속 깊이 안도의 숨을 쉬었다.

요잔은 '나라를 풍요롭게 하기 위해서는 봇둑이 필요합니다. 오랫동안 호죠노사토에 봇둑을 만드는 계획이 있었으나 아직 완성되지 않고 있습니다. 만약 제게 맡겨주시면 마쓰가와에서 호죠노사토까지 물을 끌어와 보여 드리겠습니다'라고

한 의견서를 꺼냈다. 구로이 타다요리라는 무사가 보낸 것이었다. 노조키조차도 이런 무모한 일이 가능할까 의심하며 마쓰가와에서 호죠노사토까지는 너무 먼 거리라고 고개를 저었으나, 요잔은 맡겨보자고 하였다.

주변사람이 말려도 요잔에게는 생각이 있었다.

"기술을 보람으로 사는 자가 자신이 안을 세웠는데 받아들여지지 않으면 반드시 굴절되고 만다. 그렇게 되면 마음이 비뚤어져 두 번 다시 협력하지 않는다. 많은 사람들이 이런 일 때문에 비뚤어진 길을 걷는 것이다. 우리 번에도 아직 그런 사람이 있다. 나는 내 손으로 그런 사람들을 만들고 싶지 않다. 이 사람이 생각한 대로 하게 해서 지금까지 비뚤어져 있던 사람들의 굳게 닫힌 마음을 풀어보자. 앞으로는 번사가 우리를 따라오게 하는 것이 아니고 우리가 번사를 따라가는 거다."

노조키는 요잔의 말대로 하였다. 이 의견을 보내온 구로이 타다요리는 사토 분시로처럼 외모는 그다지 볼품이 없었으나 심성이 곧은 중년 남자였다. 곧은 만큼 직언하는 버릇이 있어 상사들에게 미움을 받아 언제부터인가 일다운 일을 못하게 되면서 서서히 소외당한 신세였다. 이런 기회가 없었다면 구로이도 자신이 둑을 만들 수 있는 기술을 가지고 있다는 사실을 알리지 못하였을 것이다.

자기가 생각한 대로 할 수 있음은 그만큼 책임감이 따른다는 것을 의미한다. 구로이는 자기 목숨을 걸고 이 일에 몰두하였다. 그리고 훌륭하게 둑을 완성시켰다. 호죠노사토의 농민들이 뛸 듯이 기뻐한 것은 물론이었다.

이 소식을 접한 요잔은 구로이를 만나 노고를 치하하고 영지 50석을 내렸다. 그리고 그 둑을 '구로이둑'이라 부르도록 번 관리와 호죠노사토 마을에 지시하였다. 이 둑은 그때부터 줄곧 '구로이둑'이라고 불리워져 현재도 그렇게 불리고 있다.

구로이는 감동하여 또다시 고노메, 쓰루마키鶴 등에 수로를 만들어 마지막으로 이이데잔에 터널을 파서 물을 끌어대는 대공사를 완성하였다. 요잔의 인재를 보는 눈은 정확하였다.

또 한 가지 '번이 빚을 얻는 상대를 에도나 번 내의 상인에 국한시키고 있습니다만 눈을 다른 방향으로 돌려서 사카다의 혼마가나 에치고의 와타나베가와 같은 돈많은 상인들에게 부탁하는 것도 생각해야만 합니다'라는 의견도 채택하였다. 이 안에는 요잔뿐만 아니라 노조키를 위시한 중신들도 전부 수긍하였다.

즉시 혼마와 와타나베에게 얘기를 하니 양가 모두 주인이 달려왔다.

"요네자와의 정치는 양자로 오신 젊은 번주님의 노력으로 무엇보다도 백성을 보물로 만들었다고 듣고 있습니다. 지난번 대기근 때도 요네자와에서는 아사자가 한 명도 없었고, 또 에도 유민 중에 요네자와 출신은 한 사람도 없었다고 합니다. 그렇게 백성에게 잘해주는 번에게 다른 번에 있는 저희들이 도움을 드릴 수 있다는 것은 자손대대의 명예입니다."

이렇게 말하면서 그 자리에서 필요액을 빌려주었다. 감격한 노조키가 물었다.

"조그만 보답을 하고 싶은데, 무엇이 좋겠소?"

둘은 서로 얼굴을 쳐다보며 대답했다.

"그러면 은거하신 번주님의 휘호揮毫를 …."

이 말을 전하자 요잔은 기쁜 얼굴을 하며 어린아이같이 들뜬 모습을 보였다.

"그런가, 빚을 승낙해 주었는가? 글을 쓰는 정도는 전혀 힘든 일이 아니지. 견포絹布를 가지고 와서 곧 쓰도록 하자. 그런데 문구는 뭐라고 쓰는 것이 좋을까?"

노조키는 가슴이 뜨거워졌다.

"나는 다케마타님과 절친한 사람이다. 노조키님도 다케마

348

타님의 은혜로 입신출세한 것인데 나를 면직시킬 것인가?"

부정관리들을 축출하는 과정에서 이렇게 대드는 자도 있었으나 노조키는 그러한 인간들을 가차없이 처단하였다. 비정하고 은혜도 모르는 사람이라는 비난이 노조키에게 쏟아졌다. 요잔은 이런 노조키에게 딱 한마디만 할 수 있을 뿐이었다.

"괴롭지?"

노조키는 미소지으며 고개를 저었다.

요잔은 노조키를 등용할 때 그에게 진보 요스케神保容助와 구로이 타다요리를 붙여주어 표면상으로는 하루히로 체제를 강화시켰으나 실상은 요잔이 정치지도를 하였다.

과거의 개혁정책을 부활하고, 양잠을 장려하고, 그 외에 국산품을 진흥시켰다. 의학관을 건축하고, 둑을 만들고, 마을마다 50명을 한 조로 하는 협동체를 조직하여 차근차근 민부를 실현해 나갔다. 번정은 빠르게 안정돼 나갔다. 이즈음 막부는 다누마 오키쓰구의 뇌물정치가 끝나고 그 뒷처리를 위하여 8대 장군 도쿠가와 요시무네德川吉宗의 손자인 시라가와白河 번주 마쓰다이라 사다노부가 노중이 되어 개혁을 행하고 있었다. 그러나 상업을 무시한 채 막부의 재정 재건만을 목적으로 한 사다노부의 개혁은 확실하게 실패의 길을 걷고 있었다. 사다노부는 곧 실각하였다.

"시라가와의 맑은 정치보다도 과거의 탁한 다누마가 그립다."

그런 풍자가 나돌았다. 여론이라는 것은 매우 복잡했다. 사다노부의 긴축정책은 그렇게도 국민생활을 암울하게 만든 것일까? 절약 일변도에 그치고 경기부양책이 없으면 국민들은 반드시 외면하고 만다.

이런 와중에도 우에스기 요잔의 개혁은 착착 성공하고 있었다. 일본 내 2백60여 개 번 중에서도 아주 드문 일이었다.

*

요잔은 보여준 것이다. '어떠한 절망적인 상황이라 할지라도 다각적인 사고방식을 가지고 역사의 흐름을 잘 파악하면 극한상황에서도 그 벽을 돌파할 수 있는 길이 있다'라는 신념으로 미루어보아 요잔은 결코 인정 일변도의 수뇌는 아니었다. 그는 매우 유연한 사고와 과감한 행동력을 갖추고 있었다. 그리고 그것을 실행하는 데 '덕'이라는 것으로 잘 포장을 하였다. 그러나 그 '덕'이란 그가 타고난 것으로 작위적인 포장은 아니었다. 그의 솔선수범, 선우후락의 일상행동은 많은 사람들의 마음을 감동시키고도 남았다. 그가 거짓이 아닌 진정으로 성실한 인간이었기 때문이다.

세상이 음울하고 경제가 생각처럼 발전하지 못하면 사람들은 타인을 원망하고 상황 탓으로 돌려버리는 수가 많다. 그러나 요잔은 그런 인간의 낡은 사고방식을 돌파하였다.

요잔의 번정개혁이 성공한 이유로 모두가 주목한 공통점은 '사랑'이었다. 타인에 대한 헤아림, 자상함이었다. 번정 개혁을 번민의 것으로 설정하여 그것을 추진하는 번사들에게 끝없는 애정을 쏟았다. 고통을 감수하지 않으면 안 되는 사람들에게 사랑을 아끼지 않았다. 그러한 자상함이 북풍과 태양의 비유처럼 사람들의 두꺼운 마음의 옷을 벗겼다. 그것도 자발적으로. 옷을 벗고 몸이 가벼워진 요네자와 번藩 사람들은 무사, 상인, 농민 할 것 없이 요잔의 개혁에 협력하였다. 개혁에 협력하는 것이 곧 자신들의 부와 직결된다는 사실을 알고 있기 때문이었다.

그리고 요잔의 개혁은 풍요로움뿐만 아니라 타인을 사랑하는 마음을 부활시켰다. 요잔이 소생시킨 것은 요네자와의 죽은 산과 강, 땅만이 아니었다. 그는 무엇보다도 인간의 마음에 사랑이라는 마음을 다시 소생시켰다. 그것을 생략하면 어떠한 훌륭한 번정개혁도 성공하지 못하는 것이다. 요잔의 치적은 어떤 지도자에게서도 찾아보기 어려운 바로 이 점 때문에 더 존경받는 것이다.

그것은 도쿠가와 막부에 의한 3대 개혁, 특히 시라가와 라쿠오白河樂翁라고 불린 명군 마쓰다이라 사다노부의 '간세이 개혁'과 미즈노 타다구니水野忠邦에 의한 '텐포天保 개혁'이 너무나도 명확하게 실패한 예만 보아도 알 수 있다. 명재상이라고 불리던 두 사람에게는 막부의 신하나 백성들에 대한 연민과 애정이 결여되어 있었던 것이다. 그것이 개혁이 실패한 주 원인이었다. 그렇지만 요잔은 그 전철을 밟지 않았다.

# 매의 화신

몇 년이 지난 어느날 사토 분시로가 권했다.

"번주님, 오늘 멀리 떠나보시지 않겠습니까?"

"어디로 가느냐?"

"이타야 역참에서 조금 더 갑니다."

"아, 내가 처음 입번할 때 그 산마루에 있던 역참 말이구나."

"그렇습니다. 재 속에서 불씨를 발견하신 추억의 장소입니다. 그러나 안내할 곳은 조금 더 가셔야 합니다."

무언가 감추고 있는 듯한 말투였다. 요잔은 사토와 말머리를 나란히 하였다.

봄이었다. 산의 눈이 녹아서 강으로 흘러내리고 마을에는 일제히 꽃이 피었다. 어디를 보아도 죽은 나라, 재의 나라였던 요네자와는 녹색과 붉은색으로 물들어 있었다.

"풍요로워졌구나."

요잔은 즐거운 듯 말했다.

"그렇습니다. 풍요로워졌습니다. 다 은거하신 번주님 덕분입니다."

"나는 아무것도 한 게 없다. 모두 너희들의 노력 덕분이다."

"아닙니다. 번주님께서 저희들의 가슴에 불을 붙여주셨기 때문입니다."

사사노 관음 앞에서 또 한 사람이 동행하게 되었다. 야마구치 신스케였다.

"저도 따르겠습니다."

"신스케, 건강한가?"

"예, 덕분에. 번주님도 건강하십니까?"

"어이, 번주님이 아니셔. 은거하신 번주님이시다."

사토 분시로가 끼어들었다. 그러나 야마구치는 머리를 옆으로 저었다.

"나에게는 번주님이셔, 언제까지나 ⋯."

언제까지나라고 하는 말 뒤에 야마구치의 깊은 마음이 담겨 있었다.

관음의 문전에서 한 노인이 금칠목을 쓰윽쓰윽 소리내며 작은 칼로 세공하고 있었다. 하루노리는 노인에게 다가가 말을 걸었다.

"노인장, 잘 팔리나?"

눈이 부신 듯 눈을 가늘게 뜨고 태양빛을 손으로 가린 노인은 깜짝 놀라며 땅에 무릎을 꿇었다.

"번주님!"

"무릎꿇는 것은 그만두고 일을 계속하라. 잘 팔리는가?"

"예. 그게 날개 돋친 듯 팔려서 …. 이게 어디가 좋은지 …."

정말로 의아한 표정을 지으며 말했다.

"유명해졌구나, '사사노의 일도조각'도."

"예, 모두 번주님 덕분입니다."

입번했을 즈음 하루노리는 이 노인이 심심풀이로 금칠목을 깎고 있는 것을 보고 특수산업의 한 가지로 권했었다. 그것이 그대로 맞아떨어진 것이다.

"더우니까 무리는 하지 말게."

그렇게 말하고 하루노리는 길로 나갔다.

"날개 돋친 듯 팔린다니 다행이군."

마을을 떠나 산길로 올라 곧 이타야 역참을 통과하였다. 이타야 역참은 실로 활기차게 소생되었다. 거기에서 약 10리를 더 가니 아무도 다니지 않는 외로운 산길이 나타났다.

"여깁니다."

사토가 말하자 요잔은 말에서 내렸다. 길가에 몇 개의 말뚝이 세워져 있었다. 말뚝마다 소쿠리가 줄로 매달려 있고 그 속에 주먹밥, 짚신, 밤, 곶감, 야채, 부싯돌, 비옷, 삿갓 등 여행에 필요한 생활필수품이 들어 있었다. 일부는 팔렸는지 돈도 들어 있었다.

요잔은 놀랐다.

"아무도 훔쳐가지 않느냐?"

"훔쳐가지 않습니다."

사토는 미소지으며 확실하게 대답했다. 아주 의아한 표정으로 요잔은 사토를 쳐다보았다.

"번주님의 노력이 이러한 결실을 맺으셨습니다."

사토는 요잔을 똑바로 쳐다보며 말했다.

"뭐라고?"

"쓰러져가는 요네자와 번을 이렇게 훌륭하게 일으키셨습니다. 재정만 재건시키셨다면 제가 여기까지 모셔오지는 않았을 겁니다. 번주님께서는 번을 재건시키신 것뿐만 아니라 사람들의 마음을 다시 일으키셨습니다. 지금 이렇게 보고 계시듯이 요네자와 사람은 물론 이곳을 지나다니는 사람들도 누구 하나 이 소쿠리 속에 있는 물건을 훔쳐가지 않습니다. 이제는 말뚝한테도 거짓말을 하지 않습니다. 말뚝을 사람과 똑같이 믿고 있습니다.

번주님의 제일가는 개혁은 인간을 이렇게 변화시키신 것입니다. 사람 마음속에 서로 믿는 마음을 되살려주신 것입니다. 그것은 무엇보다도 번주님께서 요네자와 사람들을 믿으셨기 때문입니다. 사람들이 속여도 우리는 속여서는 안 된다고 계속 말씀하셨기 때문입니다. 그리고 그 기본은 전에 말씀하신 '참을 수 없는 마음', 즉 누구에게나 다 있는 타인에 대한 헤아림, 자상함이 자연스럽게 교류될 수 있는, 그런 개혁을 펼치셨습니다. 저는 무엇보다도 이 점이 기쁩니다.

지금 다른 번 사람들은 이 말뚝을 가리켜 '말뚝장사'라고 부르고 있습니다. 저는 이것이 요네자와의 자랑거리라고 생각합니다."

감동 잘하는 사토는 이미 자신의 가슴을 적시고 눈을 적시고 있었다. 요잔의 가슴도 먹먹해왔다. 요잔이 말했다.

"나의 공이 아니다. 단지 나는 이 이타야 역참에서 말했다. 재 속에서 불씨를 발견했을 때지. 이 재의 나라 요네자와에도 반드시 인재가 있다고. 분시로."

"예."

"너는 그 불씨 가운데 최고였다. 오늘날까지 정말 잘 해내주었다."

사토가 소쿠리 속에서 주먹밥 세 개를 집었다. 그리고 확실하게 그 대금을 소쿠리 속에 넣었다.

"드시죠. 저는 배가 고픈데요."

요잔과 야마구치에게 권하며 자신도 입을 크게 벌리고 덥석 집어넣었다.

"음, 먹자."

요잔은 주먹밥을 받아 길 옆에 앉았다. 올려다보이는 나뭇잎이 햇빛을 가려준 그늘로 선선한 바람이 불고 있었다. 바람이 땀이 난 피부에 와닿아 기분이 상쾌해졌다.

세 사람은 잠자코 주먹밥을 먹었다. 그리고 가끔 얼굴을 마주보고 웃었다. 요잔이 하늘을 보았다. 두 사람도 따라 쳐다보았다.

한 마리 새가 날고 있었다. 하늘을 유유히 날고 있었다. 하늘이 마치 자기 혼자만의 것인 양 날고 있었다.

"매鷹다! 희한하군."

사토가 쳐다보며 말하자 고개를 끄덕이며 야마구치가 중얼 거렸다.

"마치 번주님 같아 …."

야마구치는 하늘을 날고 있는 매를 계속 쳐다보며 이렇게 말했다.

"번주님, 번정에 무슨 일이 생기면 저 매와 같이 날렵하게 내려와주십시오."

하루노리는 아무 말도 하지 않았다. 말 대신 미소만 짓고 있 었다. 그 눈에는 요네자와에 대한 깊고 깊은 애정이 담겨져 있 었다. 요잔은 멀리 눈 밑에 있는 요네자와 땅으로 눈을 옮겼다. 그리고 입을 열었다.

"아름다운 나라다."

"예, 그리고 풍요로운 나라입니다."

"그렇다. 분시로, 신스케."

"예."

"나도 먼 규슈에서 요네자와에 양자로 오게 되어서 정말 좋 았다고 생각한다."

"정말 그렇게 생각하시는 겁니까?"

"마음속 깊이 그렇게 생각한다."

"고맙습니다 …."

더이상 참을 수 없어 사토 분시로와 야마구치 신스케는 흑흑 하고 어깨를 들먹이며 오열하였다.

그렇게 아름다운 주종의 모습을 몇 개의 말뚝만이 쳐다보고 있었다.

*

분세이文政 5년(1822년) 2월 12일 요잔은 병이 들어 자리에 누웠다. 그 즈음은 하루히로에서 사이테이斉定로 가독이 계승되어 있었고, 두 사람은 물론 가신단 모두가 깊이 걱정하였다. 그러나 3월 12일 이른 새벽녘 축시에 요잔은 마침내 타계하였다. 그와 온 번민이 합심하여 일으켜 세운 아름답고 풍요로운 요네자와 땅에 묻힌 것이다. 그때 그의 나이 일흔두 살이었다. 묘호廟号를 〈원덕원전성옹문심대거사元德院殿聖翁文心大居士〉라고 하였다.

요잔이 진흥시킨 요네자와의 직물, 견제품, 칠기, 잇꽃나무, 비단잉어 그리고 '사사노의 일도조각'에 이르기까지 지금도 모두 보존되어 전해오고 있다. 요잔의 묘는 옛 요네자와 성城 내에 있다.

(끝)

# 저자후기

언젠가 요네자와 시청에 가보니 우에스기 요잔의 〈전국伝国의 사辭〉 복사본을 직원들에게 나누어주고 있었다. 지금으로부터 2백 년이나 전에 쓰여진 〈전국의 사〉에는 번주가 번민과 번을 위해 존재하는 것이지, 번민과 번이 번주를 위하여 존재하는 것이 아니라고 명확히 쓰여 있다.

　루소의 〈사회계약론〉이나 〈에밀〉이 발표된 시기는 요잔이 열두 살(1762년 · 호레키宝暦 12년) 때였으나 당시 일본의 사정으로 보아 요잔이 이러한 저서를 읽었다고는 믿어지지 않는다. 그리고 프랑스가 혁명에 성공해 〈인권선언〉이 발표된 시기는 그가 서른아홉 살 때가 된다.

〈전국의 사〉는 은거한 요잔이 후계자에게 물려준 치국의 마음가짐이었으나, 그 내용은 명확하게 주권재민 사상이었다. 그리고 프랑스의 〈인권선언〉보다 무려 4~5년 빨리 쓰였다. 이러한 대담한 생각은 당시의 일본인들을 무척 놀라게 했을 것이다.

그렇게 시공을 초월한 사고방식이 요잔에게 있었다. 역사의 본질을 정확히 알고 정치에 적용시킬 줄 알았던 것이다. 케네디 미국 대통령이 우에스기 요잔을 자신이 가장 존경하는 일본인이라고 말한 이유도 여기에 있다.

나는 '피었다 피었다 사꾸라가 피었다'를 들으며 자란 세대이기 때문에 〈수신〉(2차 대전 종전 전의 학과목의 하나로 지금의 도덕에 해당)에서 우에스기 요잔에 대하여 배웠지만 그다지 좋아하지는 않았다. 너무나도 째째한 인상이 강했기 때문이었다.

이러한 생각이 바뀐 것은 케네디의 말과, 요잔이 심신장애인인 아내를 무척 아끼고 위로해 주며 그 애정을 번정 전반에 펼쳐나갔다는 사실을 알면서부터였다. 나는 요잔에게 빠져들어 갔다.

이 소설의 모체는 야마가타山形 신문에 연재된 것이다. 처음 150회라는 약속이 2배에 가깝게 연장되었다. 그 지역 사람들

의 관심이 높았기 때문이었다. 그 연재소설을 토대로 하여 각
켄学研출판사의 〈계발啓発〉에 발표한, 요잔에 대한 사례연구식
의 사적事蹟을 융합시켰다. 그리고 PHP에서 낸 〈경영자로서
의 요잔론〉을 참고하였다. 자신이 쓴 것을 참고하는 것도 묘한
일이었지만 그렇게 하였다. 그 외 자료로는 우에스기 신사 발
행의 〈위적록偉蹟錄〉, 스기하라 사부로杉原三郎의 저서 〈사전史
伝〉, 우치무라 간죠內村鑑三의 저서 〈대표적 일본인〉 등을 참고
하였다.

다시 말해서 우에스기 요잔을 내 나름대로 종합화하는 데
주력하였다. 분명히 빈틈이 많았을 것으로 생각하기 때문에
심히 부끄러운 마음이다.

이 한 권을 펴내는 작업과정에서 가쿠요쇼보学陽書房의 다
카하시슈高橋脩 씨의 열성적인 후원을 받았다. 조용한 성품에
숨겨진 정열에 진심으로 경의를 표한다.

'일본에도 이런 인물이 있었다'라는 마음을 혼자 품어두기
가 너무 아까워서 쓴 소설이었으나 결국 조그마한 종을 두드
린 것에 불과하였음을 부끄럽게 생각한다.


도몬 후유지童門冬二

옮긴이 김철수金哲秀

한국외국어대학 통역번역대학원 및 서강대학교 공공정책대학원 졸업.
이화여자대학 통역번역대학원과 외국어대학 통역번역대학원에서 강사를 맡았으며
NHK(일본방송협회)뉴스 동시통역 담당, 전문통역번역가로 활동하였다.

UESUGI YOZAN Vol. 2 by Fuyuji Domon

Copyright © 1983 by Fuyuji Domon
All rights reserved
Original Japanese edition published by Gakuyo Shobo
Korean translation rights arranged with Gakuyo Shobo
through Japan Foreign-Rights Centre/Bookpost Agency
Translation Copyright © 2002 by Good Information Publishing Co.

# 불씨 2

지은이 도몬 후유지 | 옮긴이 김철수
초판 1쇄 펴낸날 2002년 4월 15일 | 리커버개정판 3쇄 펴낸날 2023년 6월 5일
펴낸곳 굿인포메이션 | 펴낸이 정혜옥 | 출판등록 1999년 9월 1일 제1-2411호
주소 04779 서울시 성동구 뚝섬로1나길 5(헤이그라운드) 7층
전화 02)929-8153 | 팩스 02)929-8164 | E-mail goodinfobooks@naver.com

ISBN 97889-88958-85-8 03830
ISBN 97889-88958-83-4(전2권)

■ 잘못된 책은 본사나 구입하신 서점에서 바꾸어 드립니다.

굿인포메이션(스쿨존, 스쿨존에듀)은 작가들의 투고를 기다립니다.
책 출간에 대한 문의는 이메일 goodinfobooks@naver.com으로 보내주세요.